嫁姑戦争 in 異世界！

MAIN CHARACTER
登場人物紹介
クレイヴ
国一番と言われている魔導師。
有能な美青年なのだが、
サエが絡むとヤンデレになったり
ポンコツになったりする面も。
サエ
元は日本人のOL。
深夜残業帰りにクレイヴによって
異世界につれてこられ、彼の妻となった。
前向きではきはきした新妻。

ヴルガ
クレイヴの父で
レイリアの夫。
魔術の研究に
勤しみなかなか
帰宅しない。
クレイ
クレイヴの幼少期
そっくりの少年。
クレイヴの子だと
名乗るけれど……？
ミ・シェーラ
首都にある神殿の巫女。
クレイをサエのもとへ
送り込んだ。
レイリア
クレイヴの母でサエに
とっては姑。日々、サエと
仁義なき嫁姑戦争を
繰り広げている美魔女。
パロウ
クレイヴの従えている
獣魔で、サエの護衛。
お洒落な黒猫。
ネイ
ヴルガの従えている
獣魔でレイリアの護衛。
姉御肌な銀狼。

第一章　嫁と姑は戦います！

蒼天《そうてん》に、祝いの鐘が鳴り渡る。

雪のように白い鳥達が羽根を広げ羽ばたき、光の粒を散らしていく。

その先に見えるのはいくつも並んだ尖塔と、悠然《ゆうぜん》と佇《たたず》む巨大な古城。

まるでおとぎ話の挿絵のような不思議な光景が、ここが故郷から『遠く離れた場所』であることを物語っていた。

「……サエ、手を」

いつかと同じく、あたしの目の前に艶《つや》やかな褐色《かっしょく》の手が差し出され、シャラリと金属が擦《こす》れる音が聞こえた。

その指先から視線で辿れば、少し長い濃藍《こいあい》の髪に閃《ひらめ》く、銀色の額飾り《フェロニエール》が目に映る。

すらりとした長身に、金飾りで縁取《ふちど》られた漆黒のローブ――魔導師《マージ》の礼装を身に纏《まと》うのは、彫りが深く鼻筋の通った、流れるような輪郭を持つ男性だ。

「クレイヴ」

あたしは男性を見上げながら微笑んだ。すると、彼の濃い肌に似合う涼しげな藍の瞳が喜色に染まる。

あたし達の足下には古城へと続く緋色《ひいろ》の絨毯《じゅうたん》が敷かれており、両端には輝く透明な結晶《クリスタル》がいくつも浮かび並んでいる。

その中心で、あたしは純白のドレスと揃いのヒールをこつんと鳴らした。胸元の白い花束から片手を離し、今日この時より夫となる人の手を取らんと、一歩踏み出して――

「どぅわっ……!?」

でもって、思いきり、ものの見事に、つんのめった。

突如として現れた、紅《あか》い扇に蹴躓《けつまず》いて。

たたらを踏んで堪《こら》え前を見れば、バージンロードの先に、地獄に咲く華のような美女がいた。

「ご機嫌ようサエさん。私はクレイヴの母、レイリアよ」

そう言って妖艶《ようえん》に微笑まれた瞬間、視線と視線がかち合い、火花が散った。

そして気付く。今この場に持つべきは、ウエディングブーケなどではなく、愛用の竹刀《しない》であったのだと。

頭に被った白いマリアヴェール越しに見えたのは、雲一つない澄んだ空と、強烈な紅《あか》のドレス。精微《せいび》な黒いレースの手袋をはめた手を差し出しているのは、今日から家族と呼ぶべき間柄になった女性《ひと》だ。

ついでに言えば、彼女とは本日めでたく初対面。そう、初対面なのである。

「初めましてお義母様《かあさま》。これから……よろしくお願いします」

あたしは、薄い微笑を浮かべたまま絨毯《じゅうたん》の上を歩き、ほっそりした手をぐっと握り返した。

重なった掌《てのひら》に、さらに強い力が込められたのを感じる。

「ええ。よろしくね。仲良くしましょう」

本日この時より、義母となった人が紅《べに》を引いた唇で弧を描く。

一見愛想よく、しかし声音の端々に含まれた敵意は、恐らくあたしだけが感じ取れる類《たぐい》のもの。

故《ゆえ》に、理解した。

日本だろうが、異世界だろうが、婚姻にまつわる問題は皆同じ。

出会ったその時、その瞬間に、嫁と姑の戦いの火蓋《ひぶた》は切られるのだと。

高らかに鳴り響く鐘《ウェディングベル》の音は——開戦の合図《ゴング》。

◆◆◆

「つぐ……！」

漏《も》らした呻《うめ》きと共に、口の端から落ちた紅《あか》い滴《したた》りが石畳を染めた。

細長いステンドグラスの窓から差し込む朝日が、零《こぼ》れた液体を紅玉《ルビー》の如《ごと》くきらきらと輝かせる。

その美しさに反して、口内にはゆっくりとエグ味と渋み、そして苦みが広がっていく。

「……っふふ、ふ、お、お義母さま……っ！　スープに何を……っ！」

引き笑いと共に膝から崩れ落ちながら、あたしは目の前で不敵に笑う女性を見つめた。

本日のメインディッシュであるロンファ鳥の香草焼きが置かれたローズウッドテーブルの対面には、波打つ紅蓮《ぐれん》の髪と瞳を持つ妖艶《ようえん》な美女。彼女は「ほほほほ」と口元に扇を添え笑いつつ、あたしを女王の如《ごと》く見下ろしている。

また食事に仕込みやがったな。このオバハン……！

「まあサエさんったら。何を仰《おっしゃ》っているのかしら。私がまさか、貴女に一服盛るとでも……？食あたりじゃあなくって？」

派手な顔立ちに似合う睫《まつげ》ばさばさの大きな目が、チェシャ猫みたいに三日月に歪《ゆが》む。

砂時計を思わせる体躯には、精微《せいび》な金刺繍《きんししゅう》が施《ほどこ》されたマーメイドラインの真紅《しんく》のドレスを纏《まと》っている。

ボンテージスタイルがとても似合いそうですね、と言いたくなるほど存在感も態度もでかい彼女の名は、レイリア＝オルダイア。あたしの最愛の夫、クレイヴ＝オルダイアの母であり、あたしにとっては『義母』もしくは『姑』という存在である。

古今東西、世界各国に至るまで。

どこでも繰り広げられる女の戦いといえば、まずこれだろう。

この世に息子を持つ母がいる限り、決してなくならない争いといえば——そう。

『嫁　姑　戦　争　』である!!

「ふっ」

「……？」

現在抗戦の真っ最中。むしろ先制攻撃を受けているあたしは、紅《あか》く染まった口の端を余裕たっぷりにつり上げ笑ってみせた。

すると妖艶《ようえん》な美女……もといお義母様が、眉を顰《ひそ》め怪訝《けげん》な顔をする。

それから、何かに気付いたように、はっとして掌《てのひら》で口元を押さえた。

ふ。ふふふふふ。流石《さすが》お義母様だ。あたしの素振り一つで全てを理解したか。

だが、最早手遅れである。

内心は高笑いしつつも、口から液体を零《こぼ》すあたしを見て、お義母様の肩がふるふると小刻みに揺れる。勿論、泣いているとか震えているとかではなかった。そんなひ弱なお義母様なら、あたしもこんなに苦労していない。

先手を打たれたのは失敗だった。調理中に仕込まれたのか、もしくはそもそもの食材に仕込まれていたのかはわからない。だがしかし、こちらもただでやられるつもりはさらさらないのだ。

やられる前にやれ、とは高校時代の剣道部顧問の教えである。

込み上げてくる衝動をなんとかやり過ごし、あたしはお義母様に決定的な言葉を告げる。

「食あたりって、一緒に食事した人も同時になるものですよね……お義母様？」

あたしの台詞《せりふ》に、紅《あか》い目が見開かれた。

「つぐ……こ、これは……!?　サエさ……まさ、か……！」

言い切ると同時に、お義母様が先ほどのあたしと同じく膝から頽《くずお》れる。凝《こ》った彫刻が施《ほどこ》された椅子から床へと膝をつき、口元からはこれまた先ほどのあたしと同じく、紅《あか》い液体を零《こぼ》していた。ちなみにこれ、血じゃありませんのでご心配なく。

してやったり！　と言ってやりたいのはやまやまだが、ぶっちゃけあたしもそれどころではないので、説明だけ付け加えておくことにした。

「お義母様がシチューに仕込む前に、芋と豆のサラダへ紛れ混ませていただけのこと！　いくら細かく刻んであったといえど、食感で気がつかないとは、お義母様もまだまだですねっ！」

「こ、小癪《こしゃく》な……っ」

お義母様が紅《あか》い唇を悔しげに歪《ゆが》めながら、ぎりりとテーブルを爪で引っ掻く。

うお。やめろ。あたしがその音嫌いなの知ってる癖に。って、絶対わざとやってるんだよこの人。

「いつ何時《なんどき》も気を抜くな……常あるものにこそ注意を払えとは、お義母様の教えじゃありませんか……！」

野菜不足の解消に、毎食サラダを出すと決めたのはお義母様である。自分が提案したものを利用されたのだ。策士策に溺れるとはまさにこのことだろう。ちなみに、先の台詞《せりふ》はあたしが嫁入りした際、お義母様が最初に教えてくれたことである。ちゃんと覚えて実行しているのだから、むしろ褒《ほ》めていただきたい。

が、あたしもそろそろキツい。もう抑えがききません。めちゃめちゃ効き目速いな。コレ。

「な、中々やるわね……サエさん……っ！」

「お義母様こそ……っ！」

お義母様も同じだったのか、休戦の合図とばかりにニヤリ、と笑う。

そして段々と、笑い声を大きなものへと変えていく。あたしとお義母様双方の肩が、小刻みに揺れていた。

「つふ、ふふふふ……っ！」

「つほ、ほほほほ……っ！」

別に、何か楽しくてあたしとお義母様はこんな馬鹿笑い大会をしている訳ではない。正直なところ、止めたくても止められないのだ。これまでのやりとりでなんとなく察している人もいるだろうが、お義母様とあたしは互いの食事に『毒』を仕込んでいた。その名も『ベニオオワライジニタケ』。名前からわかるように毒性を持ったきのこである。主に春から秋にかけて、広葉樹の枯れた幹《みき》などに発生する、直径十五センチほどの真っ赤なしめじみたいな可愛いきのこだ。食べても死にはしないものの、ひたすら笑いが止まらなくなるという強い神経毒を持っている。

それを、あたし達は互いに盛ったのだ。本日の昼食である、シチューとサラダの中に。

「つふ、つぐ、ふふふ、お、お義母《があ》ざま……っ！」

口から零《こぼ》れているのも、そのベニオオワライジニタケの汁である。一見、血にしか見えないけど。

「ザ、ザエざっ……っほほ、ほほほほほ!!」

込み上げてくる笑いを抑えるのにあたしもお義母様も必死だ。最早張り合うどころではなくなっている。というか、どなたか酸素吸入器をお持ちじゃないですか。このままじゃ本気で腹筋が崩壊する。

しかし今回も相打ちとは……流石《さすが》お義母様だ。あたしの人生のラスボスだけあって中々手強い。

でもいくら何でも、毎日のように嫁の食事に毒きのこを盛ってくるのはヘビーにも程がある。

今日こそ我が痛みを思い知れと盛り返してやったものの、まんまとあたしも引っかかってしまった。もうこうなったら闇討ちくらいしか手は残っていないんじゃなかろうか。

はて、次の月のない夜はいつ来るんだったか。

と、あたしが闇の計画を練り出した、ちょうどその時。

――シャララン、と、金属の擦《こす》れ合う美しい音が空間に鳴り響いた。

「相変わらず仲良いね、二人とも」

あたしとお義母様の笑い（むしろ呼吸不全の）声しかなかった食堂に、よく通るテノールヴォイスが木霊《こだま》した。続いて、声が聞こえてきた方――ステンドグラスの格子窓《こうしまど》から、するりと人影が浮かび出てくる。

夜の闇よりも濃い漆黒のローブがふわりと揺れて、縁についた金の房飾りがシャラリと流れた。

「クレイヴ！」

呼吸の苦しさを一瞬忘れ、あたしは愛しい人の名を叫んだ。

「ただいま、サエ」

現れた長身の男性が、あたしを見てふんわりと笑みを浮かべる。

藍色の髪と同色の切れ長の目に、エキゾチックな褐色《かっしょく》の肌。長めの前髪からは菱形《ひしがた》をした銀色の額飾りが煌《きら》めいていて、黒く長いローブについた金の房飾りが動く度《たび》にシャラシャラと鳴っている。

ローブの下には紺色に細かい刺繍の入ったベストと、首元までの黒いシャツを着込んでおり、その下は、シャツと同じ黒のズボンがすらりとした長い足を際立たせている。腕や腰元につけた細い革ベルトには、青や紫の宝玉がいくつもつけられていて、さながら異国の王子様を思わせる出《い》で立ちだ。そんな見とれてしまうほどの美丈夫が、そっとあたしの隣に寄り添った。

そして額飾りの下にある藍色の目を嬉しそうに細めた後、あたしに向け愛用の錫杖《しゃくじょう》をかざす。大きな銀月の中心に黒曜石で彫られた黒い一角獣が鎮座する錫杖《しゃくじょう》には、いくつもの金の輪がついており、揺れる度《たび》に澄んだ音を響かせる。

それがシャン、と打ち鳴らされたのと同時に、呼吸の苦しさが消えた。

どうやら解毒の術をかけてくれたらしい。

「おかえりなさい！」

「一週間ぶりだね、サエ。会いたかったよ」

「あたしもです！」

若干食いつき気味に喜び勇んで言えば、艶《つや》のある褐色《かっしょく》の頬が綻《ほころ》んだ。

この異国情緒溢れる美丈夫の名はクレイヴ＝オルダイア。

皇国ティレファスで一、二を誇る魔導師であり、しかも……えーっと、あたしの夫だったり……しちゃうんだな、これが！

うわ、自分で言ってて恥ずかしい。なんか小《こ》っ恥《ぱ》ずかしい。でも大事なことだから二度でも三度でも言います正直に。

このイケメンが！　あたしの!!　夫!!　な・の・で・す・よーっ！

世界の中心で何度でも叫べそうです。いや、だって、信じられます？　元の世界では、あたしなんぞを貰ってくれる異性はいないと悟りの境地に達していたけれど、よもや異世界にいようとは。

ん？　元の世界とは何かって？　詳細を話せば長くなるので割愛《かつあい》しますが、あたしの本名は本﨑《もとざき》紗江《さえ》と言いまして、生粋《きっすい》の日本人。ちなみに、現在は結婚してサエ＝オルダイアと名乗っております。

元は現代日本で細々《ほそぼそ》とＯＬ生活をしていたけれど、深夜残業帰りのある日、コンビニでおにぎりと酒を買って夜道をふらふら歩いていたら石に躓《つまず》き、その上、夜空に褐色《かっしょく》のイケメンが現れて、この世界に連れてこられたのが話の始まりなのでございます。

この褐色《かっしょく》のイケメンというのが、夫であり藍色の髪と瞳を持つ魔導師兼、皇国の英雄、クレイヴだったりしまして。

二十二歳の時に彼に連れられ、こちらの世界にある皇国ティレファスへと転移してから早二年。この世界に存在する『獣魔獣《じゅうまじゅう》』という魔物の大元を封じるために、異世界人の血が必要だったらしいのだけど――現在はそれも片付いて、あたしは無事に英雄クレイヴと結ばれ、平和な結婚生活を送っているという訳である。

ざっくりし過ぎ？　まあ、他の話は追々ってことで。

「サエ？　大丈夫？　生きてる？　というか起きてる？」

「んお？」

束の間、回想と脳内ボケ突っ込みに勤《いそ》しんでいたあたしは、クレイヴに話しかけられたことに気付いていなかったらしい。はっと我に返ると、目の前で褐色《かっしょく》の掌《てのひら》がひらひら揺れていた。

「生きてる！　でもって起きてますよ！」

あたしは気を取り直して彼の大きな手をしっかと掴み、満面の笑みを浮かべた。

ついでに、嬉しさを全面に押し出し、掴んだ手ごと抱きつけば、クレイヴは笑いながら空《あ》いた方の腕で抱き留めてくれる。うん。包容力抜群ですね、うちの夫は。

「母さんに酷いことされなかった？」

「大丈夫です。ちゃんと反撃はしてますから」

「そっか。サエはやっぱり強くて綺麗だね」

猫が甘えるようにクレイヴのベストの胸に顔を擦り付けつつ、一週間ぶりに会う夫を堪能する。僅《わず》かな汗の香りに混じって、花の甘い匂いと土の匂いがした。今回の仕事は外でのものが多かったのだろうか。

クレイヴはこの国でも数少ない魔導師という職に就《つ》いているせいか、家を空《あ》けることが多い。生き残っている獣魔の駆除のためにたびたび招集され、帰宅は必ずといって良いほど日をまたぐのだから、中々難儀なお仕事である。

まあ、あたしも元の世界では深夜残業当たり前のＯＬだったけど。

「ちょっとクレイヴ！　母親にもちゃんと挨拶《あいさつ》くらいなさいよ！　サエさんばっかり……！」

だむだむ、という行儀の悪い足音に振り向けば、愛しい夫の帰宅でさっぱり忘れていたお義母様が何やら苛立っておられた。ううむ。怒ると皺《しわ》が増えますよお義母様。なんて、一瞬思い浮かべただけなのにお義母様がギン！　と睨んでくる。おお怖い。美魔女の睨みは中々に強烈です。

「ああ、母さんも。ただいま。あんまりサエにちょっかい出しちゃ駄目だよ。度が過ぎたら父さんに言いつけるからね」

「まあ……！　それが一週間ぶりの母親に言うことなの？　ヴルガだって、このところ全然帰って来ないんだから！　ったく、あの人といい貴方といい、本当にこの家の男は……！」

きいぃっ、とお義母様が元の世界で見た昼ドラの女優のように悔しがる。

正直言って女優さんより美人なお義母様だけど、性格がアレなせいかコントにしか見えないのがまたおかしい。

お義母様の言ったヴルガとは、あたしから言えば舅《しゅうと》であり、お義母様にとっては夫のヴルガ＝オルダイアのことである。クレイヴと同じく藍色の髪と目を持つ片眼鏡《モノクル》の美中年で、研究オタクのせいか最近はあまり帰宅していない。一度没頭すると研究以外のことが意識から根こそぎ削《そ》げ落ちてしまうタイプらしく、お義母様はお義父《とう》様に対して、ああやってよく怒っている。

あたしは寂しいからだと踏んでいるけれど、一度言ったら毒きのこ両手に追いかけられたので二度と口にしていない。

「俺も早くサエに会いたかったんだけどね。魔導師団長が中々離してくれなくて。父さんがいない分の埋め合わせを俺が請け負ってるんだから、そう怒らないでよ」

「今度帰ってきたらただじゃおかないんだから……ヴルガの馬鹿！」

ふんっ！　と鼻息荒く椅子に腰かけたお義母様は、赤みがかったローズウッドテーブルの上にあるティーカップを手に取り、ぐいっと一気に飲み干した。紅茶というよりやけ酒の勢いである。

勿体ない飲み方してるなぁと内心苦笑いしつつ、あたしはそれを、クレイヴの隣で眺めていた。

「今は少し難しい研究をしてるみたいだからね。もうしばらくかかるんじゃないかな」

「愛しい妻を放ったらかしにして！　何かあったらどうするつもりなのかしら……！」

「母さんは自衛できるから大丈夫でしょ」

「この薄情息子っ！」

「あはは、だけどサエには俺の守護警術がかけてあるからね。何かあればすぐに飛んでくるよ」

「あ、ありがとうございます……？」

実母をそっちのけで、満面の笑みを向けてくる夫に、少々戸惑いながら感謝をしたら、子供にするようにいい子いい子、と頭を撫でられた。とりあえず、嬉しいので享受する。

先ほどクレイヴが言ったのは、あたしにかけてある防御の術のことだ。名前からわかるように守護と警備の効果があり、かけられた人間、つまりあたしの身体に何か異変があれば、すぐに術者であるクレイヴに伝わる。ちなみに、把握できる異変は転んだとか、小さな火傷《やけど》や切り傷とか、風邪という些細なことから大きなことまで全部だったりする。

ほんのちょーっとだけ監視されてるみたいな気がしないでもないけど、この世界には獣魔という危険もあるので、一応納得はしている。以前、裁縫中に針で指先を突いただけでクレイヴが転移してきた時には驚いたけど。目の前に突然夫が出現したら、いくら妻でも悲鳴を上げる。なので、以降は簡単な取り決めをした。それに急に抜けられた職場の人達も困るだろうし。

でも、クレイヴは出会った当時からこんな感じなのだ。二年前、日本で出会った頃から、ずっと。

そもそも、あたしがこうやってレイリアお義母様と何とかやっていけているのは、夫のクレイヴが完全にあたしの味方になってくれているからである。溺愛されていると言っても過言ではない。

元栓はどこにありますか？　と聞きたくなるほど湧き出る美辞麗句に、過剰とも言える守りの魔術。

自《みず》ら恥《か》ずかしげもなく夫に溺愛されてます、と断言した要因は他にもあれど、最たる理由はやはり『彼女』の存在だろうか。

「お帰りニャ〜クレイヴ様〜。サエはちゃんと良い子にしてたニャよ〜」

チリンチリン、と鈴の音を響かせて、食堂の入り口から一匹の黒猫が歩いてくる。間延びした声は猫の鳴き声っぽい。

完全に二足歩行の猫である。服を着ているのもあって、遠目に見れば人間にしか見えないだろう。アイルランドの伝説で有名な猫妖精《ケットシー》そのものと言えば理解しやすいだろうか。あとは長靴を履いた猫とか。身長百五十六センチのあたしより少し背の低い、すらりとした人間サイズの黒猫さんだ。

黒猫の名はパロウ。この世界に生息する獣魔の変異体の一種で、クレイヴの使い魔のような存在だ。パロウはあたしの守護獣魔という役割も受け持っている。お義母様曰《いわ》く、本来、害獣とされている獣魔を使役することは、並の魔導師にできることではないらしい。パロウは他の獣魔と存在原理が異なっているそうだけど、それでも皇国で屈指の魔力を持つクレイヴだからこそ、できる芸当なのだとか。

ただでさえ守りの魔術をかけてくれているのに、ボディガードまでついている。これを溺愛以外のなんと呼べばいいやら、である。

「ちニャみに、サエはレイリアとの勝負に、通算すると千六百三十八戦中、八百十七勝八百二十一敗で負け越してるニャ」

「数えてたのっ⁉」

あたしの突っ込みに、パロウが大きな琥珀色《こはくいろ》の目をにっこりと糸目にした。

絶対面白がってるよね、その顔。

じろり、と睨むと、パロウは黒いもふもふの毛で覆われた手で首元の白いフリルタイをいじりながら、「あれだけ毎日飽きずにやってたら、覚えもするニャ」と飄々《ひょうひょう》と言ってのけた。

首を竦めた拍子に、着ているフロックコートについたとりどりの宝石飾りがきらりと光る。

パロウはお洒落《しゃれ》するのが好きらしく、上半身には純白の絹のシャツにフリルタイを付け、その上には濃い紫の別珍《べっちん》生地ベストと揃いのフロックコートを着ている。

腰元には大きな緑柱石《エメラルド》の宝石をバックルにした幅広ベルトを巻いていて、下はゆったりめのズボンに月の文様が入った黒革ブーツ。衣装のいたるところに金の鎖や青玉《サファイア》、紅玉《ルビー》といった宝石を用いた豪華な装飾が施《ほどこ》されており、全体的にじゃらじゃらした印象なのにどこか品がある。本人（猫）曰《いわ》く、絶対的な美的センスによる絶妙なバランス故《ゆえ》だとか。

ちなみに、ぱっと見ではわかりづらいが性別は雌《めす》だ。

「クレイヴ様のご帰還、喜ばしいですニャ」

パロウは猫らしく目を糸のように細めて、にっこり笑顔であたし達の前まで来ると、腰を折り優雅に一礼した。主《あるじ》であるクレイヴに対しての、彼女なりの礼儀なのだろう。黒い耳に付いた金鈴が、またチリンと綺麗な音を響かせる。

「報告ありがとう、パロウ」

「どういたしましてニャ。ご褒美《ほうび》と言ってはニャんですが、いつものマタタビ酒をお願いしたいニャ」

クレイヴの感謝にパロウはピンクの肉球が付いた黒い両手を擦り合わせ、琥珀色《こはくいろ》の瞳をきらんと輝かせた。髭《ひげ》がふよふよ動いており、少しそわそわしているのがわかる。

こういうところは猫っぽくて可愛いと思う。あたしとお義母様との抗争には基本ノータッチでノーヘルプだけど。彼女が動くのは、あくまであたしの命に関わることのみなのだ。

「マタタビ酒なら、ちゃんとあるよ。君の部屋に転送しておいたから、後で飲むといい」

「流石《さすが》クレイヴ様だニャ〜。良い主《あるじ》を持つと仕事しがいがあるニャ」

パロウは満足げに喉をゴロゴロ鳴らしながら、軽い足取りで部屋を出ていった。

これから自室で一杯やるつもりなんだろう。まだ朝なのに羨《うらや》ま……じゃない、飲兵衛《のんべえ》な猫さんだ。

パロウは獣魔なせいか猫なのに大酒呑みで、彼女の部屋には各国のマタタビ酒が数え切れないほど置いてある。

このマタタビというのは皆様ご存じ、日本でもお猫様御用達《ごようたし》のあのマタタビである。

異世界転移したあたしにとって救いだったのは、ここ皇国ティレファスは、動植物の種類や用途、食べ方が元の世界とさほど変わらなかったことだ。

主食はパンや米で、メインは魚やお肉。言語はクレイヴの魔術のおかげで自動変換されているけれど、食物などの文化が違っていたら正直困っていたと思う。これは正直ありがたかった。

「何やら騒がしいと思えば……子主殿《こあるじ》のご帰還ネ」

「ネイ」

パロウと入れ替わりに食堂に入ってきたのは、犬……じゃない、銀狼の獣魔ネイだ。冥狼《フェンリル》という種族らしいが、こちらも二足歩行の狼にしか見えず、パロウと同様に人間サイズのお犬様である。

ちなみに、ネイもパロウと同じく雌《めす》だ。

少し違うのは、ネイは生成《きな》りの簡素なシャツに焦げ茶のズボン、折り返しブーツというシンプルな格好で、パロウのようにじゃらじゃら着飾るのは好みじゃないこと。性格はＯＬ時代にお世話になった姉御肌の先輩に似ていて、語尾が上がるのが特徴的だ。そこに関しては姉御というより、オネエに近いかもしれない。

「その子主殿《こあるじ》ってやめてくれないかな。いつまでも子供扱いされてるみたいだ」

ふさふさの銀色尻尾を左右に揺らしながら歩いてきたネイに、クレイヴが苦笑する。お義母様相手には強気なクレイヴだけど、ネイには弟のような顔を見せるので、あたしにとっては結構貴重だ。

「子主殿《こあるじ》が赤子の頃からアタシはいるんだからラ。仕方ないワ。それより、ギーズはあル？」

「あるよ。部屋に送ってあるから、おやつに食べるといい」

「感謝するワ。ああ、それと『異状』はなかったわヨ」

「ありがとう」

ネイが一瞬だけあたしを見て、視線を戻し言った。彼女の言葉にクレイヴは深い笑顔で答える。

ネイの動きに疑問符が浮かんだけれど、ギーズと聞こえてつい、うげ、と零《こぼ》したら、クレイヴが声を上げて笑った。

「俺は触ってないから。安心していいよ」

「そ、そうですか……っ」

ネイの好物であるギーズとは、簡単に言えば干し肉だ。ただその、干す前の形状が……ええと、卒業証書を入れるケースサイズの、でっかいミミズなのである。想像してみよう。あの野太いサイズのミミズが、うぞうぞ動いている様《さま》を。流石《さすが》は異世界である。何でもかんでもスケールがデカい。

「……さてと。一週間ぶりの夫婦の再会なんだから、早く二人きりにしてくれないかな」

まるで、「今日の献立《こんだて》は何かな？　母さん」と尋ねるかのように、クレイヴがにこりと微笑んで言う。お義母様はみるみるうちに真っ赤になってしまった。うわぁ。我が夫ながら、えげつない。嬉しいけど。

先ほどから妙に静かだと思っていたら、お義母様は食後のティータイムとしゃれ込んでいたらしい。って、ちょっと待て。お義母様が食べてたそのクッキー、あたしが隠しといた秘蔵の胡桃《くるみ》クッキーじゃないですか。何しれっと人のものを食べてるんだ、この人。まあいいけど、他にも隠してあるし。今クレイヴが意趣返しもしてくれましたし。

「クレイヴ！　何よその言い草はっ。実の母に向かってっ！　そんなに嫁が大事なのっ⁉」

「当たり前じゃないか。サエは俺の愛する奥さんなんだから」

「きーっ！　昔っから可愛げのない息子なんだからっ！」

「ははは、そんなもの俺にある訳ないよ。いいじゃないか。その分サエがこんなに可愛いんだし」

「親子の会話にしれっとノロケを入れないで頂戴……」

あ、お義母様が意気消沈してる。顔にうんざりって書いてありますよ。美人が台無しです。

やや気の毒にも思えたけれど、秘蔵のクッキーを食べられた後だし、これが二人の親子関係でもあるので口は挟まないでおいた。元よりそんな度胸もない。ネイも黙って頷いているし。

けれど一応、フォローだけはしておく。

「クレイヴ、お義母様をからかうのはほどほどにしてください。ずっと帰りを待ってたんですよ。もう少し構ってあげてもいいと思います」

苦しいくらい腰元をぎゅうぎゅう締め付けてくる腕を、軽く叩きながら言うと、クレイヴは藍色の目を細めて拗《す》ねたように口を尖らせ頬を寄せてきた。その拍子に、彼が纏《まと》うローブの金飾りがシャラリと揺れる。

ええ、はい。母親の前で堂々とほっぺたくっつけてくる夫に、妻は少々どぎまぎしてますよ。嬉しいですけど。

「つれないなぁ俺の奥さんは。サエは寂しいと思ってくれなかった？　俺、一週間も君に会えなかったんだよ？」

「それはまあ……寂しくなかったと言ったら嘘になりますけど……あ、それよりも、ご飯とお風呂どっちを先にしますか？」

「流された。今綺麗に流してくれたね、サエ。まあいいけど。そんなところも好きだし。ああほんと、サエが足りなくて、精神的な栄養失調を起こす寸前だったよ。あと一日延長されてたら、部下の魔導師達をなぎ倒してでも、師団長を磔《はりつけ》にしてでも、帰るつもりだったんだから。サエに変な虫がついたらと思うと気が気じゃなくてさ」

師団長を磔《はりつけ》って。仮にも上司ですよね。

物騒な文句を言う夫に、あたしは苦笑いを零《こぼ》す。

「そうならなくて良かったです。あと、あたしは異性に関してはクレイヴにしか興味ないので、そこら辺の心配は必要ありませんよ」

相変わらず妻への評価が天空を突き抜けている夫に、嬉しく思いながらも少々呆れた。あたしなんぞに目をとめる人など、彼くらいだと思う。そういう意味でもかなり、クレイヴという夫は特殊だ。

「いいや、サエは綺麗で可愛くて最高だからね。離れてたら横から攫《さら》われかねない。俺が君を……元の世界から攫《さら》ったように」

母親の前で、妻とほっぺたをくっつけたままクレイヴが溜息交じりに言う。

彼はまるであたしが希少な宝石か何かみたいに褒《ほ》め称《たた》えてくれる。正直、こういう時は照れやら申し訳なさやらを感じてしまって、ちょっと気まずい。

だけどやっぱり、元枯れ女でもこんな風に開けっぴろげに好意を示されるのは、嬉しいものだった。

「元の世界では余り物同然だったので、結果的には攫《さら》ってもらって良かったかと。それはさておき、ずっとこうやってるのもなんですし、とりあえずご飯にしましょうか」

言いつつ、クレイヴの腕を解こうとする。が、離れない。ううむ、と夫の顔を見てみるけれど笑顔のまま無言だ。解放してくれる気はないらしい。

仕方がないので、彼がくっついた状態で食事の用意をすることにした。控えめに言って邪魔だが、こうやって甘えられるのも嬉しいので良しとする。引っ付きたいのは、あたしも同じだったし。

「息子がここまで嫁馬鹿だと、むかつくのを通り越して呆れるわ……サエさん、私はネイと手合わせしてくるから、クレイヴのことお願いね」

「ええ〜……朝から鍛錬なんて、アタシ嫌ァヨ」

「つべこべ言わないの！　少しは私のストレス発散に付き合いなさい！」

ふん！　と鼻息荒く言うお義母様に、ネイは不服げな顔をしていたけれど、結局は渋々外へ連れ出されていった。

ネイはお義母様のボディガードとしてつけられている獣魔で、結構長い付き合いなのだ。あたしにはパロウ、お義母様にはネイがついている形である。

お義母様は女王様然とした見た目とは違い、かなりのスポ根気質で、暇さえあればネイを相手に剣術や体術などの鍛錬をしている。出るとこ出ているのに引き締まっている砂時計のような美しいスタイルは、その賜物《たまもの》だろう。

ちなみに、あたしも護身術としてお義母様に稽古《けいこ》をつけてもらっているが、一度も勝てた試しがない。

「……にしても、ここ最近呼び出しが多いですよね。疲れてるんじゃないですか？」

お義母様がぷりぷりしながら去った後、あたしはクレイヴの褐色《かっしょく》の頬に手を伸ばし、夫の顔色を確認した。ついでに背伸びして下瞼《したまぶた》をみよんと引っ張り、貧血になっていないかもチェックする。

彼は仕事を早く片付けたいばかりに、時々自分の体調に無頓着《むとんちゃく》になるので、帰宅の際はこうして健康チェックをしているのだ。

髪の毛はぱさついてないか、と藍色の頭に指先を伸ばすと、触りやすいようにクレイヴが少し屈んでくれた。

長めの前髪をわしゃわしゃしても彼はされるがままで、ちょっとくすぐったそうにしている。

うん、目の輝きも血色も良いし、体調は大丈夫そう。

それにしても相変わらず睫《まつげ》長いなー。羨《うらや》ましい。

夫の健康チェックを終え、安堵しつつ女性顔負けの綺麗な造形を眺める。すると、その表情が申し訳なさげなものに変わり、あたしはあら？　と首を傾げた。

「最近ずっと仕事ばかりでごめん。お願いだから愛想つかさないで。君に嫌われたら俺、生きていけない」

クレイヴは形の良い眉をこれでもかと下げて、あたしの腰をぎゅうううっと強く抱いてくる。

って、ぐえぇ。死ぬ死ぬ。抱き締めるっていうか絞め殺すだからこれ。夫の抱擁《ほうよう》が辛過ぎます。愛があるからでは片付けられない腕力の強さです。魔導師って文系だった筈では。

「きらっ……たりはっ……しない、です……けどっ」

息も絶え絶えになりつつフォローをすれば、若干腕の力が緩められた。おかげで呼吸が楽になる。大きく息を吸い込むと、鼻腔に夫の匂いの他、常とは違う甘い花と土のような香りを感じた。改めて気付いたそれに一瞬疑問符が浮かぶも、にこーっと妙に凄みのある笑顔を向けられたせいで思考が立ち消え、思わずびくつく。

「それは良かった。サエに嫌いなんて言われた日には、俺も何をするかわからないし助かるよ」

何って、一体ナニするおつもりなんですかね、ダンナサマ。黒いっていうか昏《くら》いっていうか、恐ろしい気配が感じ取れた気がするのですが。季節は春の筈なんですけど、背筋に寒気が走りました。おかしいな。

少々不穏な空気を孕《はら》んだ夫の言葉に、内心冷や汗を掻きつつ、へらへら笑って誤魔化した。出会った時から、結婚一年を迎えた今に至るまで、クレイヴは時折どきっとするような言葉を口にする。どこまでが本気かわからないけれど、嬉しいと思う反面、ちょっと溺愛が過ぎるなと思う時もあった。

「ええと、はぐれ獣魔の方はどうだったんですか？」

「ああ……」

話を変えようと、無理矢理元の話題に軌道修正してみた。また戻されるかと思ったのに、意外にも渋い顔をしつつ乗ってくれてほっとする。

一週間ぶりの再会だもの。ゆったり夫婦の会話だってしたいし、何より夫の近況くらい妻として知っておきたい気持ちもあった。

「それが……獣魔は無事討伐できたんだけど、最近は妙に活性化してるみたいでね。大元となる獣魔獣《じゅうまじゅう》は封印されてるのに、なんでだろ」

クレイヴがあたしの肩に頭を置いてうーんと唸《うな》る。おかげで吐息が耳にあたって、少しくすぐったい。

が、活性化という言葉を聞いて、あたしもあれ？と首を傾げた。

彼の話にあった獣魔というのは、この世界にあたしが喚《よ》ばれた原因そのものである。

この世界では、不思議なことに人間の負の感情——憎悪や嫉妬《しっと》、嫌悪などの悪感情が人の精神から切り離され、負の魔力となって実体化するという現象が起こる。

それらは最初は黒い靄《もや》状だが、人よりも自我が弱い存在、つまり獣などに出会うと、幽霊や妖怪の如《ごと》く取り憑《つ》き、形態を変化させ獣魔という凶暴な魔物にしてしまうのだ。

太古より、皇国ティレファスを含めこの世界の人達は、獣魔の存在に命を脅《おびや》かされながら生きてきたという。

それを作り出すのが人間自身、っていうところがなんとも皮肉な、結構物騒な世界である。

とまあそんな中、獣魔を討伐し人々を守り、今現在もそのお仕事に励んでくれているのが、クレイヴ達魔導師や、皇国騎士団の方々だ。

彼らは魔力を持たない一般の人達のために、定期的に見回りや掃討を行っている。

そのかいもあり、普段、森深くや魔導師の結界外にいる獣魔達が街中に出てくるなんてことはまずなかった。

過去形なのは、数年前に変化があったから。あたしが転移する前の話である。

突如として、それまでにない強力な力を持った一匹の獣魔が発生し、保たれていた均衡を大きく崩したのだ。

人々はそれを獣魔獣《じゅうまじゅう》と名付け、恐れた。

魔導師や騎士が束になっても敵《かな》わず、諦めかけていた頃。皇国の史実や伝承を調べていたある魔導師が、古き記録から一つの記述を発見したのである。それは太古の昔、同じく強力な獣魔が発生した際にも取られた秘策であった。

その策とは『異なる世界より、鍵となるべき存在を喚《よ》びよせ、封印せよ』というもの。

そんな訳で——異世界、つまり日本にひょっこり現れたクレイヴによって、鍵の適合者だったあたしが連れてこられたのだ。

あたしが何故その鍵なのかについては、クレイヴ曰《いわ》く「だってそう感じたから」という、よくわからない理由だったので詳細は不明。

ともあれ、二年前に鍵としてクレイヴに異世界転移させられたあたしは、元の世界でブームとなっていたファンタジー小説のように「異世界に召喚され、チート勇者となってボスと戦う！」なんて鉄板をする訳でもなく、何の力もないまま、ただその場にいるだけで封印の役に立つ便利道具となったのである。

あ、ちなみにあたしは封印時、獣魔獣《じゅうまじゅう》の姿は見ていません。封印石がおにぎり型のでっかい石だったのは見ましたが。

というのもクレイヴになぜか目隠しされていたからです。意味わからないですね。でも見ちゃ駄目って言われたので仕方がないです。あたしとしても、ギーズなんて規格外サイズのミミズがいる世界において、最も恐れられる獣を直視する勇気はありませんでしたので良しとしました。

一度だけ見たはぐれ獣魔だって、牙とかが巨大でどえらい怖かったですし。なので、獣魔獣《じゅうまじゅう》を見たのは封印石に入った後、単なる巨石になった姿のみです。

それだけでもかなりやばそうな存在感を放ってましたから、つくづく自分がただの鍵で良かったと、胸を撫で下ろしたものです。

もう二十三歳でしたし、少年誌的なスポ根というかバトルとか胸熱展開は特に求めていなかったので。いや、見るのは好きなんですが、当事者は勘弁です。希望は傍観者とかモブです……って話が盛大に逸れていました。その上、夫の頬ずり攻撃がやんでません。ほっぺた削れそうです。

「確か……獣魔獣《じゅうまじゅう》を封印したおかげで、獣魔の発生率は下がってた筈ですよね？」

軽くこれまでのことをおさらいしつつ、当時聞いていた話を持ち出せば、クレイヴは形良い顎《あご》をあたしの肩にのせ、珍しく小さな溜息をついた。

ちょ、あの、耳元でそれをやられると大変困るのですが。背筋がびくってしまいました。あと髪がくすぐったいです。

「そうそう、そうなんだよー……。なのに今回はやたらと多く湧いていてね……かといって、君が手伝ってくれた封印に綻《ほころ》びがある訳でもなし、ちゃんと封印石の中で獣魔獣《じゅうまじゅう》は眠ってたんだ」

「確認しに行ったんですか？」

問いかけに、クレイヴが頬ずりを軽いキスに変えて、「まあね」と答えた。

ぎゃあああ！　だからくすぐったいですってっ。あと恥ずかしいからやーめーてーっ。

……にしても、封印石の確認にまで行ったなんて、事は結構大事《おおごと》なようである。

一年前に獣魔獣《じゅうまじゅう》を封印した巨石は現在、皇国の神殿内に保管されている。変化があれば神殿から連絡が来る手筈になっているそうだけど……特に異状はなかったのだとか。

それを聞いて少しほっとする。この世界に来た当初は、獣魔絡みの凄惨《せいさん》な話も多く耳にしたから。

「一応、封印の強化はしておいたけどね。こう頻繁になってくると、いい加減に出勤拒否したくなるよ」

「気持ちはわかりますが、せめて欠勤連絡だけは入れてあげてくださいね。他の魔導師さん達が困るといけないので」

「サエって本当に真面目だよね……そんなところも可愛いけれど」

報連相《ほうれんそう》は社会人の常識である。あとは日本人としての気質かもしれない。苦笑していたら夫にごろごろと猫のように甘えられて、ちょっと嬉しくなった。

しかし、夫がラスボスを倒してくれたのは良いものの、あたしにとっての人生のラスボス（勿論レイリアお義母様のことですよ）とはハッピーエンドの後にエンカウントしたのだから、獣魔のことを含め、物事はそう上手くいかないものなんだろう。

「――さて、食事も取ったし身も清めたし。やっと一息つけたよ」

「で、ですね……っ」

クレイヴの遅めの朝食が終わり、その後片付けも済んだお昼過ぎ。あたし達は夫婦の寝室へと移動していた。

窓際で、んーっと伸びをしたクレイヴが大きく息を吐き、吹き込む風が彼の濡れた髪を靡《なび》かせている。硝子《ガラス》越しの青に、濃い藍色のコントラストが美しい。

魔術を使えば一瞬で乾かすこともできるのに、こうして自然に乾かす方が好きなんだとか。

肌は湯上がりのためかほんの少し上気していて、男性とは思えない色気を放っている。我が夫ながら、ここまで美丈夫という言葉を体現している人は他にいないのではないかと思うほどだ。

格子窓から差し込む真昼の太陽が、絨毯《じゅうたん》に白いタイル模様を描き、足下がぽかぽかと温かい。

パロウならすぐに丸くなってしまいそうな陽気である。

絶好のお昼寝日和《びより》。ベッドはすぐそこ。

隣には、水も滴《したた》る美形様。なんだかそわそわしてしまっても仕方がない気がするのだけど、如何《いかが》だろうか。

クレイヴの「ご飯を食べたらサエと部屋でゆっくりしたいなぁ」という鶴の一声により、あたしまで寝室に連行されてしまったけれど、そもそもこれがいけない。夫と寝室で二人きり……しかも久しぶりとくれば、こんな気分になってもしょうがないと思うのだ。

いや、あたしの頭がアレなだけなんでしょうか……

大きな格子窓の前、吹き込む風で涼を取るクレイヴの隣に立っているせいか、湯上がりの良い香りが鼻先を掠《かす》めて、何とも言えない気分になる。

伏せた長い睫《まつげ》や、高い鼻梁《びりょう》の目立つ精悍《せいかん》な横顔に、つい見とれてしまう。

今は魔導師としての礼服ではなく、簡素な黒いシャツとズボンという格好なのに、優美さは少しも損なわれていないから不思議だ。むしろ身を包むローブがなくなった分、均整の取れた逞しい身体の線が露《あら》わになって、見ていると妙に緊張してくる。

いやまて、今は昼だ、静まれ、と思わず自《みずか》らに言い聞かせてしまうほどで、いつになったら自分は慣れるのか、と呆れた。

美人は三日で飽きるというけれど、あれ絶対に嘘なんじゃないかなと思う。

「あ、今ネイが母さんに吹っ飛ばされた」

「え」

「大丈夫、反動で今度は飛び込んでいったから」

「相変わらず激しいですね……」

格子窓の外に目をやっていたクレイヴがふっと笑って呟く。どうやらお義母様とネイがまだ鍛錬を続けているらしい。窓に近づいてみると、青い空の下、広がる緑の上で剣をぶつける紅《あか》と銀の二色が見えた。

いや、見えたって言っていいのかな、あれ。尋常じゃない速さだけど、走ってるっていうより飛んでますけど。

鍛錬と言うより決闘じゃないのか。あ、お義母様がネイの頭を飛び越えた。どんな脚力よ。

二人の頭を見下ろしながら、あたしは感嘆と呆れの混じった複雑な溜息をついた。

あたし達夫婦の寝室は二階にあり、部屋の窓からはちょうど屋敷の外庭が見える。

オルダイア家の屋敷には大小様々な部屋があって、あたしも詳しくは把握していないが、規模としてはお城ぐらいの広大さがある。確か昔、東京ドームが約五ヘクタールくらいだと聞いたことがあるけれど、庭を含めればその倍はあると見ていいだろうか。

まあ簡単に言えば、無茶苦茶広くて、でっかいのだ。

あたしも普段使う部屋しか行き来しないし、探検なんてした日には迷子になること確実なので、無謀なチャレンジには挑んでいない。

外観は……うーん、かの有名な魔法学校を思い浮かべてもらうといいかもしれない。屋根は三角ではなく半円状で、階段は動かないし、壁に飾った肖像画も喋《しゃべ》ったりはしないけれど。

ともあれ、そんな広い家の数ある部屋の一つが、あたしとクレイヴの寝室になっている。室内には重厚なアンティークの家具が備えられていて、天井には「硝子《ガラス》細工を何個使ってますか？　おいくらですか？」とそろばんを弾きたくなるような煌《きら》びやかなシャンデリア。

ちなみに、普通の家は油を用いたランプなどで部屋を照らすそうだけど、このオルダイア家ではヴルガお義父様が作ったという魔術洋燈《リュミエール》が至る場所に取り付けられていて、クレイヴが帰宅する度《たび》に魔力を供給してくれている。しかも自動点灯式。豪華な見た目に反して電気いらずの超絶エコライフだ。

この魔力供給、クレイヴ本人の身体の負担にならないか聞いたところ、寝たら戻るからという回答だった。

魔術って便利だなぁとつくづく思ったもんです。温暖化とかなさそうだもの。空気は綺麗だし緑は多いし。獣魔のことさえなければ、この世界は楽園とすら言えるだろう。

「毎日やってるんだから母さんも飽きないよね。俺は少しでも時間があるなら、サエと二人でいたいけど」

「またまた」

窓の外を眺めていた夫が、こちらへ振り向く。普段と同じ軽口かと思っていたのに、次の瞬間向けられた瞳にどきりとした。

「……本当だよ。仕事だって、サエといるためにしている。俺の行動の全ては、君が理由だ」

あたしの方に身体を向けて、一歩踏み込んだクレイヴがゆっくりと、だけどきっぱりと言い切る。

瞳の中には悪戯《いたずら》な、なのに真剣さも感じられる光があって、ぐっと胸を衝《つ》かれた気がした。

「そ、そそそ、れは、ありがとうございますっ……？」

「はは、どうしてそこでお礼なのかな。嬉しいけど。まあいいや……おいで、サエ」

「わっ」

クレイヴは先ほどまで大量の食事を平らげていたとは思えない優雅な仕草で、おいでの「で」を言い切る前にあたしの手を掴み、引き寄せた。

そしてそのまま、真綿でくるむようにふわりと両腕で抱き込んでくる。

あたしの身体が、すっぽりとクレイヴの腕の中に収まった。

「改めて。ただいま……サエ」

「はい、お帰りなさいクレイヴ。それと、お仕事お疲れ様でした」

「ん、ありがとう」

クレイヴの大きな手が、あたしの後頭部を撫でる。

少々強引な抱き寄せ方だったのに、触れる掌《てのひら》は優しく温かい。布越しの彼の体温に、あたしは自分の熱が上がっていくのを感じていた。なんていうか、気恥ずかしくて、こそばゆい。

だって考えてもみてほしい。こんな美形が、自分の身体を抱いているのだ。悶絶《もんぜつ》する以外に何ができようか。

薄いシャツ越しにある引き締まった胸板は、大胸筋の形をありありと表しているし、腹筋は硬く、うっすら割れているのがわかる。ある程度は鍛えてるんだ、と前に聞いてはいたけれど、顔が良いだけでなく脱いだら凄いなんて。我が夫ながらけしからん。

「また思考を飛ばして俺を置いてけぼりにしてるね？　いつまで経っても、サエは慣れないよね。そこが可愛いけど」

あれこれ考えて夫の色気から思考を離そうとしていたのがばれたのか、彼が耳元でくすくす笑い声を零《こぼ》した。服越しに触れたクレイヴの胸板が、その振動で少し揺れる。

ぎゃああ、やめてくだされっ。耳に息を直接吹き込むのはっ。顔が、顔が爆発するーっ！

ただでさえハグされてて、密着度が半端《はんぱ》ないのにっ！

一週間ぶりなんだから、せめて妻に心の準備時間をくださいよっ！

昼間っからだだ甘い空気と色気を垂れ流す夫に、あたしは口を魚のようにぱくぱくと開閉させた。

この世界に来て二年。クレイヴとは一年の交際期間を経《へ》て結婚している。

なのでまあ色々と……恋人同士の経験も、夫婦としての経験も済んではいるものの、どうにもこうにも、この魅力過多な夫を前にすると、まだまだあたしはテンパってしまう。

なんとかしたいと思ってはいるが、性分なので致し方ないという有様だ。

元の世界でさほど異性と関わりがなかったことも影響しているのかもしれない。クレイヴに関しては、ＯＬ時代の先輩だったお姉様方ですら、少女のように頬を染めそうな気はするが。

「夫婦水入らず……っていうのもしたいけど、愛しい奥さんに離れていたお詫びをしておかないとね」

ぎゅうぎゅう抱き締めていた腕を緩めて、クレイヴは右手に黒い一角獣の錫杖《しゃくじょう》を出現させると、中空に一文字を描き、シャンッと打ち鳴らした。

途端、昼間の室内が満点の星空に様変わりする。

空気は一気に静けさと夜の気配を纏《まと》い、優しい風が、頬をふわりと撫でていく。

空間転移。いつもながら、もの凄い芸当だ。

空一面と言わず、右も左も、足下までも星の海。深い紺藍《こんあい》の夜空に浮かぶ無数の銀色の瞬《また》きを見ていると、さながら星のヴェールに包まれているように思える。

時間帯が変わっていることからして、恐らくどこか遠方に転移したのだろう。時差がある国まで、星を見に「ちょっとそこまで」ができるのは、やっぱり異世界様々だと思う。

ロマンチックとか、ファンタジーっぽいとかの言葉では言い表せないくらいに壮麗な天然のプラネタリウムを前に、あたしは歓声を上げた。

「わぁ……！　素敵……！」

幻想的な光景に夢中になるあたしを見て、クレイヴが微笑む。

「気に入ってもらえて良かった。この地方だと今の季節は特に星が綺麗だからね。帰ったらサエと一緒に見たいと思ってたんだ。……ほら、下を見てごらん。ここには巨大な湖が広がっていて、風がなければこうして鏡面みたいに空を映し出すんだ」

クレイヴが、満足そうに目を細めながら足下を示す。そこには頭上と同じ、光る砂を振りまいたような星空が広がっていた。かつて日本にいた時にテレビで見た、塩の湖を彷彿《ほうふつ》とさせる天空の鏡の姿に、賞賛以外の言葉が出なくなる。

「凄く、凄く綺麗です……！」

わ、わ、と両手で頬を押さえ感嘆の溜息をつくと、クレイヴがくすくす笑いつつ、「サエは素直で可愛いね」と、また赤面しそうな台詞《せりふ》を口にした。

が、言われているあたしは正直、目の前の光景で感情が手一杯である。

絵にも描けない美しさという言葉を聞いたことがあるけれど、まさにそれだろう。

かつて日本でＯＬをしていた頃、綺麗な景色に憧れるだけだったことを思うと、感動すら覚える。以前は世界の絶景だとか、死ぬまでに行くべき場所だとか、そういうのを画面越しに見る度《たび》に憧憬《どうけい》を抱き、しかし経済的にも時間的にも諦めていた。仕送りをしていた身では海外どころか国内ですら、旅行することは叶わなかったからだ。

あの当時見ていた美しい景色といえば、深夜、残業あがりに自転車で仰ぎ見た夜桜くらいだろうか。街灯に照らされた淡い色はとても綺麗だったけれど、一人で寂しくなかったと言えば嘘になる。だけど今はそうじゃない。この美しい光景を、一緒に見てくれる人がいる。それが本当に嬉しい。

「元の世界にいた時も、こんな風に綺麗な景色を見に行きたいと思ってました。でも叶わなくて……今はこうしてクレイヴと一緒に見られるのが、凄く嬉しいです」

正直に気持ちを吐露《とろ》すれば、身体を抱く腕にぐっと力が込められた。見ると、クレイヴの整った彫りの深い顔が、これまでにないくらい破顔している。長い睫《まつげ》に縁取《ふちど》られた藍の瞳が、じっとこちらを見つめていた。

「俺も、俺も嬉しい。何よりサエがいてくれることが。君が俺の妻であることが、何より幸せだ。まさか自分の生に、こんなご褒美《ほうび》があるなんて思わなかった」

そう告げた後、クレイヴは顔を寄せ、あたしの額《ひたい》に軽い口付けを落とした。触れるだけの優しいものだったのに、その部分が燃えたように熱くなる。

「寒くない？」

「だ、大丈夫です。クレイヴとくっついてるから、暖かいです」

にっこりと艶《つや》やかに微笑む夫に、どぎまぎしつつ誤魔化すみたいに答える。

恐らく魔術で周囲の温度を調節してくれているのだろう。寒くはなかったけれど、少しでも彼に触れていたくて、くっついたままでいる。そんなあたしの考えを察したのか、クレイヴがふっと笑みを深めた。

彼の藍色の瞳に、睫《まつげ》の影が落ちる。

濃く深い褐色《かっしょく》の肌が、星の明かりに照らされ艶《なま》めかしく輝いていた。

「サエ、最近は呼び出しが多くてごめん。寂しい思いをさせたかな」

夜空より鮮《あざ》やかな藍の瞳が、申し訳なさそうにじっとあたしを覗き込む。

「寂しくなかったって言ったら嘘になりますが、お義母様もパロウ達もいるし、大丈夫です」

「それは俺が寂しいな。俺はサエがいないと、一日だって平常じゃいられないのに」

あたしの返答がお気に召さなかったのか、クレイヴは子供みたいに唇を尖らせて呟いた。そんな夫の仕草にくすくす笑いながら、あたしは腰を抱く手に自分の掌《てのひら》を重ねる。

「また大袈裟《おおげさ》な」

「本当だよ……もし君が元の世界に帰りたいなんて言ったら、俺はサエを閉じ込めてしまうかもしれない」

「えええ」

甘いを通り越してちょっと不穏な台詞《せりふ》に声を上げると、もう一度本当だよ、と笑って言われた。

明らかに目が本気と書いてマジである。ううむ。生憎《あいにく》と監禁プレイの趣味はないのですが。そういえば、結婚前にマリッジブルーに陥《おちい》った時、一悶着あったなぁと気が遠くなった。あまり思い出して楽しい記憶ではないので、とりあえず笑顔で誤魔化しておく。

そんなことをしていたら、再び両手でふんわり抱き締められた。

錫杖《しゃくじょう》はいつの間にか消えている。出したりひっこめたり、便利なものだ。

クレイヴからの抱擁《ほうよう》は、先ほどまでの強過ぎる感じではなく、存在を確かめるみたいな優しいものだった。

「クレイヴ？」

「あー……本当にサエだ。サエの体温でサエの香りだ。どれだけ、恋しかったことか……」

若干変態ちっくにも思える感想を呟きながら、クレイヴがあたしの首筋に顔を埋《うず》めて犬みたいにすんすん鼻を鳴らす。彼の声が振動となって肌に伝わって、あたしの首筋から上がぼふっと燃えた気がした。

ちょ、それ本当にくすぐったいから勘弁してください……！

息！　息が当たってます！　なんか背筋がぞくぞくします！　仕事明けの夫を気遣う気持ちはありますので、そろそろ身体を休めませんか！　嫁は夫の身体が心配です。

「え、ええと。その、クレイヴ？　帰ったばかりでお疲れでしょうし、そろそろ……」

「あはは。サエってば。俺を誰だと思ってるのかな。魔導師だよ？　疲労回復の術なんてとっくに使っているし、元々身体強化をかけてあるから、疲れることはないよ。だから……いつでも、俺は君を愛《め》でることができる」

「ゞえ」

漏《も》れた声に濁点がつきました。はい、驚愕《きょうがく》ではなく若干の怯《おび》えが混じっているのは否《いな》めません。

いえそれよりも、なぜ一瞬でまた寝室へと転移しているのでしょうか。便利ですね転移魔術って。

しかもいつの間にか座位になっています。星の海に立っていた筈なのに、今やシーツの海で座っています。

驚きと怯《おび》えで固まるあたしに、クレイヴの優しいキスが降ってくる。額《ひたい》に触れた温もりは、常よりもずっと熱を帯びていて、甘かっただけの空気をどんどん融解《ゆうかい》させていく。

「サエ、ごめん。今夜は覚悟して……あまり我慢できそうにないから」

愛情故《ゆえ》の死刑宣告ともとれる言葉を吐いて、クレイヴは片手でとんっとあたしの身体を押し、クイーンサイズの寝台の海に沈ませた。それから上に覆い被さり、蕩《とろ》けるような艶《つや》やかな微笑を見せる。

え、あれ。夫が優しいのに抵抗できません。

これぞまさに問答無用と言うのでしょうか。

って、さっきからあたしは誰に話してるんでしょう。心の中の自分にでしょうか。だって客観的に見ていないと死んでしまいそうなのですよ。主に夫の色気とか色気とか色気とかで。だから今お昼ですってば。

実は毎日の嫁姑戦争で疲れてます、という言葉は回復魔術で呑み込まされ、あたしは結局、涼やかな瞳に熱を宿した夫の腕に溺れて落ちた。

――愛され過ぎも困りもの、なんて。

昔の自分に言ったら、殴り倒されそうだけど。

「……それで、本当に何もなかったのか」

静かな眠りの海に揺蕩《たゆた》いながら、あたしはその声を聞いていた。

それは聞き慣れた、愛しい人が発する音の筈。

なのに、どこか違っている。先ほどまで愛の言葉を紡《つむ》いでいた声は硬質なものに変わっており、非情さすら窺《うかが》えた。

「なかったニャよ。ああ、でも配達に来た青年が焦げてたニャ。あれは可哀想だったニャ～」

パロウが頷いているのか、彼女の耳に付いている鈴がチリンと鳴る音がした。それから、ふむ、と思案するような息遣いが聞こえる。

「サエに近づくからだ。しかし、いつもは年配の女性だろう。どうして男が来たんだ」

「ぎっくり腰になったらしくてネ。甥《おい》に代わりを頼んだらしいワヨ」

刺々《とげとげ》しく言ったクレイヴに、ネイが呟く。そして再び、鈴が鳴った。

「クレイヴ様～。いくらサエに異性を近づけたくないからって、屋敷の防護術式に男子禁制を組み込むのはやり過ぎニャ～」

「いいんだよ。それで」

にべもないクレイヴの声の後、パロウの大きな溜息が聞こえた。

「ヤンデレにも程があるニャ……あんまり縛って、逃げられても知らないニャよ」

「逃すつもりも、解放する気もないよ。ああでも、そうなったら俺がどうなってしまうのか……興味はあるけど」

「そんな危ない橋、絶対渡りたくないニャ……」

どこか底冷えするような楽しげな声音と、パロウの嫌そうな嘆きが聞こえる。その後、あたしの意識はゆっくりと、深淵《しんえん》の内に沈んでいった。

第二章　隠し子疑惑と戦います！

「お義母様っ！　今日こそは引導を渡して差し上げますっ！」

「ほほほ！　お尻の青いお嬢ちゃんが、片腹痛いわねっ！」

一番鶏が鳴き終わり、白い朝日が山々を照らす頃。

あたしは木しゃもじを、お義母様は銀のお玉を右手に持った状態で、食堂で対峙していた。勿論、互いに臨戦態勢である。

それはさておき、家の中で、女の要塞《ようさい》と言えばどこになるか、おわかりだろうか。

そう、ザ・台所である。その支配権を巡り、あたしとお義母様は日々こうして互いの料理で競いあっているのだ。あたしのレパートリーは日本食で、お義母様は皇国ティレファスの郷土料理で対抗してくるのである。

毎朝恒例の「どっちの料理が美味《おい》しいでＳＨＯＷ！」だ。ちなみにパロウからはネーミングセンスの欠片《かけら》もないって言われました。

普段は料理に八割五分の確率で毒きのこが含まれているが、今日は夫のクレイヴがいるためその心配はない。入っていたところで彼の解毒魔術があれば一瞬で無効化されるけれど、あたしもお義母様も、普段仕事を頑張ってくれている彼に無駄な負担を強《し》いる気はないのである。

「ふっ！　お袋の味を越えようなど十年早いわね！　クレイヴは物心ついた時から、私のオムリア海老《えび》タラソワきのこソース添えに目がないのよ！」

ばあん！　と、お義母様が平たい銀の大皿をテーブルに披露《ひろう》する。そこには大量のエビチリに似た料理が盛り付けられていた。赤くプリプリした海老《えび》にかけられたきのこソースからは濃厚な香りが漂《ただよ》い、食欲をそそる。

が、しかし。こちらにはお祖母ちゃん直伝のあの！　伝説の一品があるのです！

和食の基本と言えば一汁三菜！　汁と言えば、そう！　二日酔いから心の疲れにいたるまで癒《い》やす！　海鮮王国日本にはなくてはならないこの一品！

「なんの！　夫の味覚は妻が仕上げるもんですよお義母様！　これぞ元祖日本の味！　疲れた身体にも心にも効く、アミーノしじみたっぷりな疲労回復味噌汁です！」

あたしが嫁入りしてから食器棚の仲間に加わった木製のお椀には、たっぷりのアミーノしじみ（皇国ティレファス内エランド海産）が入っており、エラ昆布（皇国ティレファス内～以下同文）

で取った、うま味たっぷりの出汁《だし》と相まって、奥深く懐かしい香りを漂《ただよ》わせている。

ちなみに、味噌汁と断言しているだけあってちゃんとお味噌が入っていたりする。

この世界にやってきた時、お味噌が恋しくて恋しくて、震えて半狂乱状態になったあたしを見かねたクレイヴが、魔術で再現してくれたのだ。

小学校の時のグループ研究で「味噌の全て」を調べておいて本当に良かったと、この時はしみじみ思いました。人間何が役に立つかわからない。

「毎日毎朝、懲《こ》りないニャ～」

「ほんとよネ」

凝《こ》った彫刻が施《ほどこ》された長いテーブルの端っこでは、パロウとネイがあたし達を遠巻きに眺め、何やら呟いていた。主人が帰宅しようが基本、傍観者な二人である。

あたしとお義母様は、互いの作った料理を一通り配膳していった。卓上に所狭しと並べられた皿の数々は彩《いろど》りも鮮《あざ》やかで、朝食よりもディナーに近い品数だろう。

白いご飯からバターの香りがする小麦のパンまで、和洋折衷《わようせっちゅう》の料理を並べ終えたあたしとお義母様は、各々スプーンと箸を手に、互いの料理へ慎重に口をつけた。

ひと噛みひと噛み、ゆっくり味や食感を堪能し、嚥下《えんげ》して――互いに、卓上へと突っ伏した。

「つく……！　やるわね、サエさん！」

「お、お義母様こそっ……！」

そして、お互いの料理の評価を悔しがりながら述べていく。

「このマルル芋の煮っ転がしなんて最高だわ……！　作った後、少し冷ましておいたのね！　よく味が染み込んでる……！」

「お義母様のブロムカポタージュもコクがあってまろやかで……はっ！　これはもしや、ミニュー牛のクリームチーズを入れたのでは⁉　なんという濃厚さ……！」

「ぐぬぬ」だとか、「なんとっ……」だとか、苦渋を滲《にじ》ませたり驚愕《きょうがく》したり、感嘆の溜息を漏《も》らしたりしつつ、あたしとお義母様は思い思いに料理を堪能する。パロウとネイは「今日も豪勢ニャ」「そうネ」と、それぞれ嗜好《しこう》にあったものを取り分け食べていた。これもいつもの光景である。

そんな感じに、お義母様と二人一緒に料理に身悶《みもだ》えていたら、突然あたしの傍の卓上にふっと黒い影がかかった。

なので、条件反射で上を見たら――

「目覚めた時、君が隣にいなくて寂しかった……」

「ふぁ⁉」

魅惑の掠《かす》れ声が鼓膜に届き、同時にぎゅうと背後から抱き込まれ、あたしの顔が暴発した。

顔面粉塵爆発《ふんじんばくはつ》である。

はて？　今日の料理に粉物はなかった筈だが、なぜだろうか。と一瞬気が遠くなってしまったのも無理はないと弁解しておく。

いやいや。だってね？　朝っぱらから褐色《かっしょく》肌の良い筋肉がついた上半身裸とか見てみなさいな。半裸ですよ半裸。

一応ローブを軽く羽織《はお》ってるけど、胸筋と腹筋丸出しですよ？　なおかつその良い筋肉に後ろから抱き締められてみなさいな。もう一回言いますけど朝っぱらからですよ？

顔が爆発する程度で済んだだけマシですから！

「くくく、クレイヴ！　裸！　裸だから！　何か着てーーーっ！」

絶叫するあたしの前、テーブルの反対側にいるお義母様がわなわな震えていた。

握り締めたスプーンが、ハンドパワー（物理）で綺麗にへし折れている辺り、彼女の感情が窺《うかが》える。

「ちょっと……っ!!　朝っぱらからっ!!　母親の前で!!　堂々とやらないで頂戴っ!!」

あ、やっぱりキレてた。

うん。気持ちはわかりますお義母様。とてもよくわかります。ですが貴女の息子さん、寝る時に裸族になるのどうにかしてくださいませんか。嫁の心臓が保ちません。流石《さすが》に今は下を穿《は》いていますが、寝台ではいつも生まれたままのお姿ですから。朝一でギリシャ彫刻みたいな姿を見せられるあたしの立場にもなってほしいです。いつもそっとシーツを掛けて部屋を出るけれど、見ないように動くって難しいんですよ意外と。あ、つい愚痴《ぐち》りました。

「もう、クレイヴ。朝ご飯が冷めちゃいますし、早く顔と手を洗ってきてください」

お義母様の不機嫌をこれ以上こじらせないようにと、朝から色気過多な夫を窘《たしな》めながら首元に回っている両腕をぽんぽん叩く。が、なぜか母親と同じく息子にも不満げな顔をされてしまった。

「え～。俺はもう一度、サエと二人きりになりたいんだけど……駄目？」

「だ・め・で・す。お義母様もあたしも、頑張って作ったんですよ。それにクレイヴのことだから、仕事中はまた無茶な生活をしていたんでしょう？」

「う……」

ざすざす刺さってくるお義母様の視線を知らんふりしながら、離れている間、碌《ろく》な生活を送っていなかっただろう夫を見上げた。すると、たちまち彼の表情が困り顔に変わる。図星らしい。

「やっぱり。また食事も取らずに回復魔術だけで済ませてましたね？　いくら早く帰りたいからって、食事も睡眠も削るのは駄目って、前も言ったじゃないですか」

「いやぁ……」

クレイヴの目が泳ぐ。昨日確認した限りでは、体調は良さそうだったけど、あくまで結果論である。

皇国では随一の魔導師とされるクレイヴは、基本『なんでも』できてしまう。

転移から、解毒、疲労回復など種類を問わず、お風呂についても、入らずとも魔術で一瞬で浄化できるのだ。単に本人の気分の問題でお風呂を使っているだけで。

で、ここで問題となるのが、彼の性格である。

クレイヴは早く帰りたいがために、とにかく最短で仕事を終わらせようとする。かなり無理をしてまで。

あたしが見ていないのを良いことに、家にいない間は、食事や睡眠は回復魔術でまかなってしまうし、お風呂は浄化で済ませてしまうのだ。

本人はそれで大丈夫と言っているけれど……実際に朝起きて、ちゃんとご飯を食べて夜眠るからこそ、人は心も身体も休めるのだと思う。

なのであたしは彼が帰る度《たび》、崩壊した生活リズムを直そうと奮闘しているのである。それは、お義母様も同じだ。

「不本意だけど、今のはサエさんに賛成ね。貴方は昔から危なっかしいんだから……」

「母さん、それは」

呆れ顔で眺めていただけのお義母様が突然口を開いたかと思えば、クレイヴが厳しい声音で言葉を阻《はば》んだ。

初めて見る光景に、少し面食らう。

「……わかってるわよ。でも黙っていてほしいなら、自分の嫁に無駄な心配をさせないようにすることね」

念を押すように言ってから、お義母様が視線をあたしに移す。その含みを感じる物言いに疑問符を浮かべたあたしは、そういえば、クレイヴはあまり過去の話を口にしないなと思い返した。

特に、子供の頃については全く聞いたことがない。それもあってあたしが知っているのは、彼がある程度成長してからの話ばかり。

二年前に出会ってからずっと「俺の昔の話なんて聞いても楽しくないよ」と言って、はぐらかされていたからだ。

あまり詮索《せんさく》するのもどうかと思って、そこで聞けなくなるのだけど、やはり好きな人のことだ。知りたいと感じるのは、傲慢《ごうまん》なのだろうか。

しつこく聞けば嫌われてしまうかなと口にしないでいたし、お義母様も「私からは言えないわ」の一言だったので、未だにあたしは聞けないでいた。

特に不便を感じなかった、という理由もある。

だけど……出会って二年、結ばれて一年。

元より相手のことを全て知ってから結婚するなんて人はそういない。夫婦となって初めて知ることの方が多い場合だってあるだろう。

だけど、あたし達の間には、それでは済まないくらい、知らないことが数多くあるのかもしれない。

「クレイヴ」

しばしの沈黙の後。

真面目な声で名を呼ぶと、クレイヴはほんの少し眉尻を下げてから嘆息し、まるで降参するみたいに両手を上げて笑った。

「わかったよ……本当に、俺の奥さんは優しくてしっかり者なんだから。でも知っていてほしい。俺に不足しているのはサエだけなんだってことを。仕事中の生活については……まあ善処するよ……っと、ああ、またか」

話の途中で、クレイヴがやや荒っぽく言い捨てた。普段穏やかな彼にしては珍しいと思っていると、褐色《かっしょく》の手の甲が淡く青い光を放っているのに気付く。

「クレイヴ様〜連絡が来てますニャ。出ないと後でまた五月蠅《うるさ》いニャよ」

「知ってる」

今まで傍観を決め込んでいたパロウが食事の手を止めずにのんびり促《うなが》す。するとクレイヴは短い溜息をついて、手を中空にかざした。

途端、彼の手の甲から青い光がするすると伸びていく。

クレイヴの手には、普段は見えないが複雑な魔術式が刻まれている。発動時だけ現れるタトゥーに似た模様は、れっきとした連絡用の魔術方陣らしい。丸い円の中に幾何学《きかがく》的な文様が浮かび、そこから出た青い光が空間に細い線で文字を描き出していく。

「魔導師団長からネ。緊急みたいヨ」

空中に綴《つづ》られた文字を見て、今度はネイが口をもごもご動かしながら呟いた。

こらこら、ちゃんと呑み込んでから話そうよ、ネイ。牙が凄く見えてますよ。

どうやら、連絡は皇国ティレファスにある魔導師団の団長からのようだった。

二十行ほどの文字の連なりの後に、三日月を背にした一角獣の印章が見える。これは魔導師が公式に使用している印章で、白い一角獣を象《かたど》っているものだ。皇国ティレファスには太古の昔、白い一角獣によって人に魔力が与えられたという伝承があり、そのため魔導師団のシンボルとなっているらしい。

クレイヴの錫杖《しゃくじょう》にいるのは黒い一角獣だけど。そういえばこれも理由を知らないな、とふと思う。

「また獣魔が首都に出たんだって。はあ……どうして俺ばっかり呼び出されるかな。あっちにだって魔導師や騎士はいるのに。おかげでサエと全然ゆっくり過ごせない」

光で筆記された文字を全て読み終わった後、クレイヴが顔を顰《しか》め不満を漏《も》らした。無理もない。昨日帰ったばかりだというのに、次の日には呼び出しとは。かなりのハードスケジュールだ。

「クレイヴ様は皇国でも一番の魔導師だから仕方ないニャ」

「なら父さんだっていいじゃないか。やっとサエと過ごせると思ったのに」

「ヴルガは研究中でしょウ。こうなることは、子主殿《こあるじ》も承知の上でハ？」

愚痴《ぐち》を零《こぼ》すクレイヴを、猫と狼の獣魔が宥《なだ》める。お義母様といえば、何やらぶつぶつ言いながら、自分の作った料理をフォークでちくちくつついていた。「ヴルガの馬鹿」とか「いつになったら帰るのよ」とかいう言葉が聞こえてくる。

いじけてますな。明らかに。

「あー……行きたくない。サエと一緒にいたい。せっかく帰ってきたのに……あ、そうだ」

「クレイヴ？」

後ろから夫に抱きつかれているので動けず、仕方なく各々の観察をしていたら、突然ぱっと手を離した夫が上機嫌な声を出した。視線を上げて見上げれば、周囲にキラキラと星でも飛んでいそうなほど神々《こうごう》しい王子様がいる。

「こんな要請はなかったことにしてしまおうか。俺は見なかったって言い張れば大丈夫」

エキゾチックな褐色《かっしょく》の王子は、空中に描かれた魔導師団長直々《じきじき》の要請を、まるで黒板の文字を消すみたいに掌《てのひら》でざっと消そうとしていた。というか、ちょっと撫でただけで既に数文字消えている。

本気だ。本気で証拠隠滅《いんめつ》を図ろうとしている。我が夫は。あたしはぎょっとしながら、完全に仕事放棄モードに入ってしまったクレイヴの腕を掴んだ。

「いやいやいや」

「ん？　どうしたのサエ」

「どうしたもこうしたも。正式な署名入ってますよね、これ。断れない系の」

「まあそうだけど。でも証拠さえなければ大丈夫だよ」

「全然大丈夫じゃないです。行きたくないのはわかりますが、証拠隠滅《いんめつ》はやめてください。休むなら休むで、ちゃんと欠勤連絡は入れないと」

「えぇー……」

休みたいと言ったところで、相手が了承するかどうかは不明というか、ほとんど期待はできないけれど、それでもなかったことにするのはまずい。というより元ＯＬとして、あたし自身が看過できないのだ。

なんといっても、クレイヴの魔導師という職業は皇国ティレファスでは上級公務員のような扱いになっている。

その上、彼は獣魔獣《じゅうまじゅう》という皇国最大の敵を封じた英雄なのだ。おかげで役職はかなり上の方にあるらしい。

あたしはクレイヴによって異世界転移した時、それまでの仕事も全て放り投げてきた。

だからこそ、余計に仕事はちゃんとすべきだと思ってしまうのだろう。

「仕方ないな……サエに仕事しない男だと思われるのも嫌だから、行ってくるよ。行きたくないけど」

「すみません。大変なのはクレイヴなのに、偉そうに言って」

諦めでがっくり肩を落とす夫に申し訳ない気持ちが湧く。

代われるものなら代わってあげたいが、それは無理な話である。皇国一とも言われるクレイヴに代わる人など彼の父親くらいのものだ。

むしろあたしの場合は、魔力がないのでそれ以前の問題なのだけど。

「大丈夫だよ、わかってるから。でも……あ～、本当、君ともっといたかったな」

クレイヴは仕方ないなとばかりに微笑を浮かべ、あたしの頭を撫でた。優しい手つきに、沈みかけた心が浮上する。

「あたしも、クレイヴとゆっくりしたいです。難しいと思いますけど、今度はお休みをもぎ取って来てくださいね」

頭を撫でた大きな手を両手でぎゅっと握りながら言えば、夫は空《あ》いている方の手で口元を覆い、

「やっぱりなかったことにしようかな」なんてもごもご呟いていた。ええと、聞こえてますよ？

「妻が可愛過ぎて辛い……」

それから、およそ皇国一の魔導師とは言いがたい、背中を丸めた格好のクレイヴはいじけ気味に転移魔術で消えていった。服を変え魔導師の姿で消える寸前、ちらりとあたしを見た彼が「帰った

らサエにいっぱい癒《い》やしてもらうからね」なんていう恐怖の言葉を告げていったのは、聞かなかったことにする。

「我が息子ながら、嫁ラブ過ぎて引くわ……」

げんなり、を体現しているお義母様が、テーブルの上で項垂《うなだ》れたまま呟いた。目の前で繰り広げられる溺愛に、口を挟むのを諦めていたのだろう。

大丈夫ですお義母様。嫁のあたしですら未だに慣れません。

嫁と姑の攻防と、それを傍観する獣魔二匹。

そして再び出かけていった、格好良くて、自分を溺愛してくれる魔導師の夫。

これが、元ＯＬ本崎紗江の、今はサエ＝オルダイアとなったあたしの――日常である。


クレイヴがまた仕事に出てから数時間後。

オルダイア家の屋敷……というか城だけど、ちょうど尖塔のてっぺんに白い太陽が差す真っ昼間、晴れた空の下であたしとパロウは洗濯物を干していた。

オルダイア家は皇国の中心部からは遠く離れた場所にあり、屋敷の外には見渡す限りの平原が広がっている。

ぶっちゃけ田舎《いなか》だ。

この国には領地という概念がなく、皇国の国有地か、もしくは個人の居住地という、日本によく似た土地形態をとっているのでわかりやすい。ちなみにうちのお隣さんは、歩きなら三時間、馬車なら一時間くらいの場所にある小さな村だ。時々、お義母様やパロウとネイを連れて散策することもある。

のんびりした田舎《いなか》暮らし。元のハードワークなＯＬ時代とは雲泥の差がある生活を送っている。

「これで全部かニャ～。やっぱりお日様の下で干すと気持ちが良いニャ」

普段着ているフロックコートを脱ぎ、少しだけ軽装になっているパロウが達成感たっぷりの声を上げた。それに合わせて黒耳の鈴がリンと鳴る。

「ほんとね」

パロウと一緒に、風にはためく真っ白いシーツ達を眺めた。吹き抜ける風が天然の扇風機よろしく滲《にじ》んだ汗を冷やしてくれる。

うん。やっぱり洗濯物はこうでなくては。

何本も張られたロープに、ずらりと並んだ洗濯物を前にして、あたしは満足じゃ、とばかりにこくこく頷いた。

夫のクレイヴがいれば、魔術一つで事足りるので洗濯なんてしなくても良いのだけど、いない場合はこうやって元の世界と同じ方法で洋服や寝具を洗濯している。

何しろ万能な夫は掃除だって錫杖《しゃくじょう》一振りでこなしてしまうので、油断しているとすぐに怠《なま》け癖がついてしまう。

仕事をしている訳ではない専業主婦の状態で、今のところは子供もいないのだ。この上家事までしないとなると、正直言って立つ瀬がなくなってしまう。

元々、日本にいた頃は高校入学と同時にバイトに明け暮れ、就職してからは朝から晩まで休日も返上で働いていた。そのせいか何もしないでいると変な罪悪感を覚えるのだ。まさしく貧乏性と言えよう。

クレイヴがいると家事をさせてもらえないどころか、下手をするとベッドの住人にされるため、あたしは今のうちとばかりに動き回っているのである。

人間働かなきゃいかん。ゴロゴロしていたら駄肉が増えるだけだ。

かといって、お義母様みたいに毎日毎日鍛錬やら、高笑いやらする趣味はあたしにはないし。

で、そのお義母様と言えば……あ、ちょうどやってきた。ネイも一緒だ。

「あぁ～らサエさん。何をぼさっとしているのかしら？　お洗濯物がまだ残っていてよ？」

とか何とか言いながら、今日も真紅《しんく》に金刺繍《きんししゅう》マーメイドドレス姿のお義母様は、中くらいの布包みを片手に持ってあたしとパロウのところに歩いてきた。

朝と変わらずスタイルばっちり、メイクばっちりなお義母様である。女子力高過ぎて参考にすらなりませぬ。それに毎日お化粧している割にお肌が綺麗なのは素直に羨《うらや》ましい。

若返りの魔術とかあるのかとクレイヴに聞いたら、ないと言っていたけれど、お義母様のことだから若返り薬を作っていても不思議はないなと思う。毒きのこにやたら詳しいし、美魔女であることを誇りにしてそうな人だし。

ちなみに、あたしはお義母様とは正反対に近い、至ってシンプルな格好をしている。

上は繊細な刺繍が施《ほどこ》されたスクエアネックの生成《きな》りのブラウスで、下は紺色の膝丈フレアスカートだ。足元はなめし革の茶色いブーツ。お義母様みたいに草原をヒールで歩くような器用な真似はできないので、動きやすさ第一でまとめている。

本当はズボンが良いんだけど……なぜかそれはクレイヴに却下された。スカート至上主義だったとは結婚するまで知りませんでした。はい。

クレイヴは好きなだけドレスを買ってもいいと言ってくれるけれど、元々あまり着飾るのが好きではないのと、着ていく場所がないのでずっと遠慮している。皇国の首都にお出かけする時もあるけれど、あたしは滅多に行かない。

ちなみに、日本ではざらにある黒い髪と黒い瞳は、この世界では珍しく、人目を引くらしい。なので行く時はクレイヴに色の認識を阻害する術をかけてもらっている。それでも顔立ちで目立ってしまうけど。

服装に関してだけは、お義母様からも「もう少しは気にしなさいな」と皮肉なのか気遣いなのかよくわからないことを言われたりもする。

しかし、こればっかりはどうしようもない。

元の世界ではど貧乏だったからお洒落《しゃれ》なんてほとんどしたことなかったし、ドレスなんてクレイヴとの結婚式で一度着たきりだ。装飾品だって、クレイヴがくれた結婚指輪が初めてだった。

ちなみに、その指輪——銀に青い石がついたそれは今もあたしの左手薬指で輝いている。結婚指輪の概念はこの世界にはない。けれど、出会ってすぐの頃にクレイヴから「サエの国では、夫婦になるためにはどうするの」と聞かれたので、簡単に「式を挙げてお揃いの指輪をするよ」と答えたところ、なぜか次の日から指輪を持って迫られることになったのだ。

思えば、あの押しの強さは今と大して変わっていない。

元の世界の言い方で言えば……そう、肉食系といったところだろうか。流行の草食系では決してないだろう、あのぐいぐいくる感じは。

まあ、あれだけの美形なのだ。女性の扱いに慣れていてもおかしくない。過去に恋人の一人や二人や三人……いや何人いても不思議じゃない。聞いたことないけど。

というか聞けないんですよ。だってあたしのメンタルはお豆腐ですので、しかもおぼろ豆腐ですから。最初から崩れ気味。

あたしがクレイヴの過去について聞けないのは、そういう部分を知るのが怖いという理由もある。

自分より綺麗な人が元彼女とかだったら凹《へこ》みますし。下手すりゃ豆乳になりますよ。にがりが出ちゃう。

「ちょっと、サエさん。何本当にぼけっとしてるのよ。返事くらいなさいな」

お義母様は何を勘違いしたのか、だんまりを決め込んだあたしを見て妙にそわそわしていた。普段あんなに高飛車なのに、人の機微は気にするタイプなのだ。いや、逆か。大雑把だから、今そんなものを持ってんですよね絶対。うん、気にするタイプってのは撤回します。

「いえ。ちょっと思考が飛んでました。んなことよりも、ソレ、お義母様が出し忘れた洗濯物ですよね？」

日本の風呂敷包み状態になっているブツを示せば、お得意のほほほ、という笑いで返された。何かと言うとそれをすればいいと思ってるでしょう、お義母様。そうは問屋《とんや》が卸《おろ》しませんが。

「いいじゃないの、そんな些末《さまつ》なことは」

「よくありません。そのくらい、ご自分で洗ったら如何《いかが》ですか、お義母様」

「だって私の属性は炎なんだもの。洗濯には向かないのよ」

意味わかりません。どういう理屈ですか。

「お義母様の属性については知っていますが、あたし、お義母様が魔術を使ってるところ一度も見たことないんですけど」

お義母様がクレイヴと同じ魔導師であることは知っている。というか、オルダイア家はあたしと獣魔のパロウ、ネイ以外の三人が魔導師だ。クレイヴは目の前で頻繁に術を使うし、ヴルガお義父様もごく稀《まれ》に帰って来た時に「今回の研究成果だよ！」と、喜々として新しい術やら魔力装置やらを見せてくれるので疑いようがない。しかし、お義母様に至っては未だに魔術を使っている姿を見せてもらったことがないのだ。

結婚してからただの一度も目にしたことのないものを、信じろという方が無理である。

その旨を伝えたところ、なぜかお義母様当人と、あたし達から離れた場所で傍観を決め込んでいたネイ、そしてパロウにまで微妙な表情をされてしまった。三人とも、目が遠い。

「色々、事情があってね……」

その中でも、地平線の彼方《かなた》を思い浮かべるような目をしたお義母様が意味深にぽつりと呟く。

一体何があったんですか、という疑問の言葉は、三人の変な表情を見て呑み込んだ。何があったんだ。ほんと。

いやそもそも、属性と洗濯物って関係あるんでしょうか。単に無精なだけでは……お義母様、毎日お風呂に入ってるし水分に触れても大丈夫ですよね。むしろ積極的に取るべきですよね、年齢的に保湿しないと。

と、考えていたのが伝わったのか、いつの間にかお義母様の目が逆三角になっていた。

あらいやだ。顔に出ていたんでしょうか。もしくは目かな。口ほどになんとやらと言いますし。

「ちょっとサエさん……貴女今、とても失礼なこと考えたでしょうっ!?」

「いえいえいえ。そんな滅相もない。あたしは単に、今日もお天気が良いなぁと考えてただけですよ」

「嘘おっしゃい！　いい加減にしないと燃やすわよ！」

ふんがーっと怒り出したお義母様を、ネイが「まあまあ」と羽交《はが》い締《じ》めにして止めてくれる。あたしは姉御な銀狼に感謝しつつ、昔クレイヴに説明してもらった魔術の属性について少し考えた。

クレイヴ達魔導師には、行使できる属性というものが生まれながらに定められていて、基本は一人に一つの属性が発現するらしい。

お義母様は見た目でわかりやすい「炎（自称）」で、ウルガお義父様は「風」なのだとか。

我が夫であるクレイヴに関しては少々特異らしく、その法則性からは外れているそうだ。なので彼がいれば一瞬でピザが焼けるし、洗濯も乾燥もくしゃみする間にできてしまうという優れものだ。

ちなみに、この言い方を本人の前ですると毎回爆笑される。「サエの考え方は平和だね」というのが夫からの感想だ。意味がわからないけど。

あたしではよくわからないこともできたりするクレイヴながら、あまり仕事のことはつっ込んで聞いていない。家に帰ってまで仕事の話というのもしんどいだろうし、なんとなく深く濃い事情がありそうなので聞きづらかったのだ。人は人を知るために番《つがい》になるのだと、あたしはこの世界に来て初めて知った。

クレイヴという人を理解しようとするなら、一生かけても短いかもしれない。

時々ちょっと怖い言動をするし。

と、今は不在の夫に思いを馳《は》せていたら、今の今まで怒っていたお義母様がよよよよ、と地面に倒れ込んだ。

今度は一体何でしょう。大体想像はつきますが。

「老い先短い姑に……！　冷たい水仕事をさせようって言うのね……！　ああ、私はなんて不憫《ふびん》な女なのかしら！」

そらみろ、と悪態をつきそうになるのをぐっと堪《こら》えたあたしは偉い。褒《ほ》めてくれる人がいないので自分で褒《ほ》めておきます。そのくらいはお許しを。

にしてもオーバーなリアクションですね、お義母様。都合の良い時だけ実年齢を思い出すんですから。そんなにやりたくないですか洗濯物。爪もげるー、とか言っちゃうギャルですか貴女。

まあ、働くのは好きですから、あたしは構いませんけども。

「わかりました。ならばその洗濯物はあたしが引き受けましょう。その代わり、下着一式お義母様のお部屋の寝台に並べておきますからね」

半ば呆れつつ、しかし反撃は忘れずに言い放つ。すると、お義母様の動きがピタリと止まった。

姑のものといえど人のパンツを洗うのだ（実際に洗うのはヴルガお義父様特製の樽《たる》形魔力洗濯機だけど）。その程度は逆襲してもバチは当たらなかろうと、了承ついでに嫌がらせの提案をしただけである。

……だけ、なのですが。

「そそそ、そんなことしてっ、もしヴルガが帰ってきたらどうするのよっ……！　見られちゃうじゃない……！」

顔をトマトみたいに真っ赤にしたお義母様にそう言われました。髪も紅《あか》、瞳も紅《あか》、ついでに顔は真っ赤っか。赤色のオンパレードですね、お義母様。

「ヴルガお義父様なんて滅多に帰ってこないじゃないですか。下着も洗ってあげるんですから、自分で箪笥《たんす》に入れるくらいはしてくださいよ」

既にクレイヴという息子がいるにもかかわらず、お義母様は未だ夫であるヴルガお義父様に下着を見られるのすら恥ずかしいらしい。いや、あたしもクレイヴに下着を見られるのは恥ずかしいですが。でもそれは年齢的なことかなとも思うのですが如何《いかが》でしょうか。本当に、どえらい見た目の割に中身が乙女なんですから、お義母様ってば。

毎日お化粧しているのも、実は、いつヴルガお義父様が帰ってきてもいいように準備しているためだとか。涙ぐましい努力である。

ともあれ、一見すれば悪の女王にしか見えないお義母様だけど、実は乙女でツンデレという中々面白い人だったり。

毎日の嫁姑戦争がそこまでドロドロしていないのは、この人の性格ありきだと断言できる。

かといって、毒きのこを盛られっぱなしになるつもりはさらさらないですが。

洗濯物戦争はあたしの勝ちかな、とほくそ笑んでいると、照れと焦りと悔しさを滲《にじ》ませたお義母様が「わかったわよ！　やればいいんでしょやれば！」とやけくそ気味に、地団駄を踏みながら洗濯物の包みを振り回した。結び目が解けてとっ散らかっても知りませんよお義母様。パンツ飛びますよ。

できるんなら最初からやってくださいよとは、流石《さすが》に口にしなかった。

その代わり、草原が広がる周囲一面に「ぴんぽーん」という間抜けな音が木霊《こだま》する。

「あ、誰か来たみたいですよ、お義母様」

「そうみたいね」

はいそうです。先ほどのはチャイムの音です。しかも、家のどこにいても聞こえるという優れもの。

これも勿論魔術によるもので、ただ大きな音が出ている訳ではなく、その家に居住している人間にだけ聞こえる魔力波のような代物《しろもの》らしい。めちゃめちゃ便利ですが、詳しくはわからないので割《かつ》愛《あい》します。

「出てきますね」

洗濯物の包みを片手に項垂《うなだ》れるお義母様をその場に残し、あたしはいそいそと屋敷の玄関へ向かった。

洗濯干し場から玄関に行くには、一度屋敷内を通らなければいけないという面倒な造りになっている。外から行こうとすると、魔術でできた壁にぶつかるのだ。よく鳥が透明な硝子《ガラス》を認識できずにぶち当たることがあるが、まさにそれ。

ちなみに、外から回ることができないのは、どうやら防犯上の理由らしい。

裏手にある勝手口から中に入り、まず食堂を通る。大きなステンドグラスの窓が石畳の床に虹色を描き、目にも鮮《あざ》やかだ。英国の伝統的なタウンハウスにありそうなカップボードには、薔薇《ばら》や木苺柄のカップソーサーやプレートが等間隔に並べられている。中央に置いてある長いテーブルの横を通り抜け、次の扉を開ければ無駄に広い玄関ホールに出た。

踏み板や手すりに至るまで壮麗な彫刻があしらわれた螺旋《らせん》階段のホールは、舞踏会でも開くんですかと問いたいくらいのスペースがある。

あたしもたまに、ここでお義母様に護身術として剣術の稽古《けいこ》をしてもらっているけれど、今まで壁に当たったりなど不便をしたことがないのがまた凄いと思う。つまりは、繰り返しになるが、めちゃくちゃ広いのだ。

「家が広過ぎるのも考えもんよ……！　これぱっかりは、日本の家のあの手が届く狭さが懐かしい……！」

若干息を切らせながら、やっとのことで玄関扉に辿り着いた。

はっきり言って遠い。遠過ぎる。

もう少し移動距離を縮めてほしいと思うくらいだ。今度クレイヴが帰って来た時に言ってみよう。

真鍮《しんちゅう》製のドアノブを回すと、夫の瞳と同じ藍色の光がほわりと木製の扉全体を輝かせた。板面に掘られた花模様の彫刻が美しく浮き上がる。これは来訪者が無害な人物かどうか、識別している時の反応だ。

リィン、と鈴音が響くのと同時に、識別が完了し扉がゆっくり開く。扉の向こうから、外の空気に混じって花と土の香りがした。

あれ、いつもの配達のおばちゃん、香水でもつけているのかな。そう思いながらあたしは「こんにちは」と声をかける。

しかし。

「……あれ？」

目の前には、外の景色が広がっていた。遠くに見える山々と、草原である。てっきり、あのふくよかで柔和なタマサおばさんの顔があると思ったのに、影も形も見当たらない。

おかしいな、と足下に視線を下げる。すると、『来訪者』はあたしの目線のすぐ下に存在していた。

「え？　え、え、えええええっ？」

小さな来訪者の顔を見て、喉からおかしな声が出る。

や、だって。え？　なんで？　どうなって……いや、なん、ちょ。

言葉にならない声が思考を支配していく。ぶっちゃけ混乱していた。

それもその筈、あたしの身長より頭二つ分ほど下に、ありえない顔があったのだ。

いや、彼そのものではない。少々若返っていると言うべきなのだろうか。

「ク、クレイ、ヴ……っ？」

元のサイズからめちゃめちゃ縮んでいる夫そっくりの顔に、とりあえず問いかけてみる。うんと言われたらどうしようと思いつつ、両手で両頬を覆った。何だか妙に顔が熱い。あれ、どうして照れてるんだ。あたし。

藍色の髪に、エキゾチックな褐色《かっしょく》の肌。その大きさはどれも小ぶりに変換されており、見慣れた艶《なま》めかしさや精悍《せいかん》さはどこにもない。あるのは、子供特有の幼さだった。

「サエ？」

夫そっくりな美少年が顔をことりと傾げ、あたしを呼んだ。

「……いやあああああああっっ!!」

小さなクレイヴ（？）に、名前を呼ばれた瞬間、あたしは絶叫した。

なんだかもう、色々と耐えられなかったのだ。感情が決壊し、濁流のように流れ出す。

「クレイヴがっ！　夫がショタ化した!!　何コレ、こんなこともできるの!?　魔術万歳！　異世界万歳！」

「サエ！　どうしたニャ!?」

「サエさんっ⁉」

「どうしたノ‼」

あたしの形容しがたい絶叫が聞こえたのか、パロウとお義母様、そしてネイまでもが玄関に飛び出してきた。すいません、大絶叫して。ご近所は離れ過ぎてていませんが近所迷惑でしたね。

「っお前⁉　何者ニャ⁉　一帯には異性排除の術式がかけられてるのニャ……！」

「うわっ！」

頭やら頬やらが沸騰しているあたしを余所《よそ》に、パロウが緊張した声を上げた。同時に、身体を勢いよく後ろに引っ張られる。黒い毛とピンクの肉球がついた手が、あたしの襟首を引っ掴んでいた。ちょちょちょっ、パロウさん首っ、首がぐえってなりましたよっ。地味に痛い。って、どうして毛を逆立ててるんでしょうか。まるで威嚇《いかく》してるみたいに。

なんだか訳がわからず、あたしは目を白黒させていた。

ん？　というか今、異性排除って聞こえたような。

「初耳なんですけど……そういえば男性がこの屋敷に来たことはなかった気が」

パロウの豪奢《ごうしゃ》な装束の背中を見ながら、ううむと唸《うな》り納得した。しかし、それならばこの少年はどういうことだろうか？　と考え、ぽんと手を叩く。

「あ、オルダイア家の親戚？」

「違うわよ」

即座にお義母様に否定されました。そうですよね。あたしも聞いたことないですし。結婚式ですら、親戚一人もいなかったですし。

となると、このクレイヴそっくりの少年は一体全体、誰なのだろう？

パロウ達の警戒している理由がわからず、彼女の背から少年を見ると、無表情な藍色の瞳があたしにじっと注がれているのに気付いた。本当に、クレイヴそっくりだ。髪型だって同じだし。

能面みたいに表情がないけど。年の頃は……うーん、十歳くらい、だろうか。

「僕は父さんの……奥さんに会いに来たんだ。証拠だってある」

あたし達のやりとりを見ていた少年が、淡々とそう告げた。

彼の藍の双眸《そうぼう》が、僅《わず》かに細まる。

うん。君はきっと将来、最高に格好良くなります。なんて言ってもクレイヴにそっくりですし……って、父さん？

「父さん？　え、ちょ、奥さんってあたしですか？」

「うん」

あれれ。うんって言われました。おかしいです。あたしは産んだ覚えがありません。ということは、あたしとは別の人のお腹から生まれたということでしょうか。って、他の女性ってこと？

はいいいいいい？

「えええええ結婚一年目で隠し子疑惑――――っ!?」

とりあえず、絶叫しておきました。二回目です。そんな、まさかうちの夫に限って、というのも言ってみようかと一瞬思いましたが、そんな余裕はありません。

少年の年齢は十歳前後。あたしとクレイヴは結婚してまだ一年の新婚です。ということは、あたしと出会う前にお相手がいたということでしょうか。それならば不思議はありません。むしろクレイヴは美形ですし、紳士も淑女も放っておく訳がありませんので。あ、紳士じゃ少年は生まれませんね。うちの夫は確実に攻めですが、流石《さすが》に男性を孕《はら》ませるのは無理だと思います。いや待てよ、魔術ってどこまでできるんだ。確か生命に関する魔術は駄目って聞いた気が。

って、そうじゃなくて。あああ駄目なのはあたしです。ショックと混乱で思考がおかしくなっています。

お子さんができるほど、相思相愛の方がいたんでしょうか。ならばあたしは横入りなんでしょうか。間男ならぬ間女？　いや結婚しちゃったから間妻か？　まづまって響きが悪いですね。それにどうも、この少年から漂《ただよ》う香りにはとても覚えがあるような。この甘い花と土が混ざったみたいな香りは確か、クレイヴが帰った時にもしていた気がします。

と、ぐるぐる自問自答しながら目を回していたら、つかつかつか、とヒールの足音が聞こえました。もしかしなくともお義母様です。

お義母様は突然少年の前に立ったかと思うと、紅《あか》い瞳でじーっと彼を見下ろして、すっと右手を差し出しました。

ん？　証拠を寄越せってことでしょうか。そういや、少年がそんなことを言ってましたね。

「それ、貸して頂戴」

「うん」

クレイヴそっくり少年が、お義母様に何やら銀色の円盤っぽいものを渡しています。簡素なズボンのポケットに入れていたようです。って、お義母様よくわかったな。

何でしょうかあれ。丸い鏡……みたいですけど。それよりお義母様、なんか顔が怖いです。笑顔ですが般若《はんにゃ》です。器用ですね。

「証拠ねえ……一体どんな面白いものを用意してくれたのかしら」

鏡らしきものを受け取ったお義母様が不敵な顔で笑い、少年はそんなお義母様を無言無表情で見ています。なんだか怖いですよ二人とも。お義母様なんて「ほほほほ」って笑い出しましたし。

「まあ害意はないようだから、入っていいわよ。それで、皆でこの写魔鏡《しゃまきょう》の鑑賞会といきましょうか」

お義母様が、手にした小さな鏡をふりふり揺らしました。鑑賞会なんかできるんですか。

「しゃまきょう？」

「ええ。一見すると小さな鏡に見えるけれど、これはれっきとした魔力装置なの。映像を照射する再生機みたいなものよ」

なるほど、見た目は古墳とかで出土する銅鏡に似ている。銀色の鏡に真珠《しんじゅ》がはめ込まれていて、結構綺麗だ。

「えええ、入れるのかニャ……クレイヴに怒られそうニャ」

「大丈夫よ。いざとなったら私が術を使うから」

「それも嫌ニャ……」

少年を玄関から先に入れるのを嫌がったパロウが、お義母様に無理矢理諭《さと》されていた。内容は聞こえなかったけど、不承不承《ふしょうぶしょう》というのが見て取れる。パロウはあたしにつけられた守護獣魔だから、少しでも危険だと判断した者は近づけたくないのだろう。クレイヴのお仕置きは恐ろしいって、いつも言ってるし。

とりあえず、パロウがあたしにぴったりくっついたまま、皆で広い玄関ホールの中心に移動した。少年も静かにあたし達についてくる。ううむ。見れば見るほど似ている。本当にクレイヴそっくり。しかも証拠つきなんだよね……

ってことはあれかな？　あたしは泥棒猫状態？　いや駄目だわ、頭がマイナス方向に向いちゃってる。もう大人しく証拠とやらを見てから決めよう、そうしよう。

あたしが腹を決めたのと同じくして、お義母様が広い玄関ホールの壁際、唯一何の装飾もない巨大な壁面の前に移動した。それから、先ほど写魔鏡《しゃまきょう》と呼んでいた小さな鏡を足下に置き、その上に右手をかざす。

お義母様の紅《あか》く塗られた長い爪が、妙にはっきりと見えた。

鬼が出るか、蛇《じゃ》が出るか。クレイヴを信じているけれど、人生には予想外な事件が起こりうるということは、異世界に来ているあたしだからこそ知っている。

やがて、ぶおんっという音の後に白い光が大きな長方形となって壁に広がった。ほとんど映画館のスクリーン状態で、あたしは内心おお、と歓声を上げる。しかもフルカラーだ。

いや、感心している場合じゃないのだけど。

「どこかの部屋……？　寝室、でしょうか」

浮かんだ映像に映っていたのは、初めて見る部屋の光景だった。豪勢な花柄の壁紙に、赤く重厚なベルベットのカーテン。大きく高い窓からは、燦々《さんさん》とした光が注いでいて、部屋に誂《あつら》えられた天蓋《てんがい》つきの寝台やサイドテーブルなどの調度品を美しく輝かせていた。時間帯は朝もしくは日中だろう。

「この内装は首都でしょうね。しかも結構良いランクの宿だわ」

「ほー……」

映像が、ゆっくりと移動していく。寝台に向かって拡大されているようだ。

っていうかこれ、誰が撮ってるんでしょう、スタッフロールはありますか、などと思った時、映し出された寝台上の光景を見て、唖然とする。

「え」

「あら」

「ニャ」

「マァ」

あたしとお義母様と、パロウとネイの声が重なった。

欧州の高級ホテルを思わせる煌《きら》びやかな寝台の上で、戯《たわむ》れるみたいに折り重なる二つの人影。

それが段々とズームされていき、天蓋《てんがい》のドレープやら白いシーツの織りまでもが鮮明に見て取れるようになって、寝台にいる二人の人物の顔も、くっきりと映し出されていく。

「ネイ、その子の目、隠して」

「ハァイ」

何かを察したのか、お義母様がネイに指示を出す。

あたしは、その声をぼんやりと聞いていた。

寝台の上にいる一人は女性。とても美しい金糸の髪をした、透き通るような白い肌の、女神の如《ごと》き美麗な人だ。

そしてもう一人は、藍色の髪に褐色《かっしょく》の肌をした——夫、クレイヴだった。

開いた口が塞がらない、というより、これは顎《あご》が外れているんじゃないだろうか。

風通りが良くて、口の中が寒い。季節は春の筈なのに、血の気がさあっと引いていく気がする。

なんじゃや。あれはナニしてんだ。いや、まだ事には至っていないが。

意識は遠くなっているのに、目だけははっきりと見えている。視界が良好過ぎるのも考えものだ。

そういえば、あたしの視力は右も左も２・０である。天然ハイビジョン。そんな自分をちょっと呪いたい。

「ク、クレイ、ヴ……？」

壁に映し出された映像の中で、金髪碧眼《へきがん》の美しい女性が、夫の上に乗っかっている。

一応服は着ているが……っておおう、脱ぎ出しました。というより女性が自分から脱いで、かつクレイヴの服も脱がそうとしています。あたしですらそんなことしたことないのに、けしからん。

いや、そうじゃなくて。あれよあれよという間にあられもない姿になっていく二人を前に、あたしは少々、かなり、テンパっているようです。

なして夫のベッドシーンを、義母とその他で観賞せねばならんのでしょうか。

某動画配信サイトなら即座に配信停止される案件ですよ。ああ、はい、今ちょっと現実逃避して元の世界のことを考えました。自分でも訳がわかりません。

「なあにこれ。うちの息子がマグロな訳ないでしょ」

混乱の極みに至っていたあたしを、お義母様の声が呼び戻した。

今なんと仰《おつしや》いましたか、お義母様。生まれたままの姿の息子を前に、息子じゃないとはこれ如《い》何《か》に。

下がりきった顎《あご》を何とか自力で戻し、ぎぎぎ、と首を動かして紅《あか》い髪が波打つ横顔を見れば、お義母様は目を細めて壁の映像を鼻ではんっと笑い飛ばしていた。さながら、悪の女王の表情で。

あれ、お義母様、全然驚いてない。むしろなんか呆れている？

「あのクレイヴが女にされるがままですって？　片腹痛いわね。それに隠し子なんて、あの子がそんな下手を打つ訳がないでしょう」

お義母様は、女王様が下僕の失敗を嘲《あざけ》るように、映像をばっさりと切り捨てた。

そこでようやく、あたし自身も映像の違和感に気付く。

た、確かにこのクレイヴはやたらと相手のなすがまま……というより、目の焦点が合っていないしほぼマグロ？　おかしいな、これじゃいつもと立場が逆転……だって脱がす専門ですよね、あの人……って、ぎゃあああ何思い出してんの、あたしいいいいっ。

妖しい回想をしそうになって、ぼんっと顔面を噴火させたら、お義母様に胡乱《うろん》な目で見られてしまった。

やめて。あたしをそんな目で見ないでください。

「これクレイヴ様じゃないニャ〜。魔術で作った疑似映像だニャ」

お義母様から視線を逸らしていると、パロウが耳につけた鈴をチリンッと鳴らしながら、そう言った。髭《ひげ》がふよふよと動いているし、何か楽しいことでもあったみたいな言い方だ。

「クレイヴじゃ、ない……？　疑似映像？」

やっぱり？　そう？　そうですよね？　そうダヨネー！　と確信八割、不安二割で問い返せば、得意げなパロウの琥珀《こはく》の瞳と目が合う。

「クレイヴ様じゃないニャ。ちゃんと千里眼で視《み》たから、間違いないニャよ」

パロウが黒い毛並みに埋もれるほど目を細めて笑う。

彼女の琥珀色《こはくいろ》の瞳には魔力があり、人やものの本質などを見通すことができる千里眼になっている。なのでそのパロウが言うことなら、まず間違いないだろう。

若干、いやかなり、というかもの凄く安心しました……

「よ、良かったぁ〜……」

あたしは胸を撫で下ろし、深く息を吐いた。

信じていない訳じゃないけど、自分と出会う前のことと考えたら、どうしようもないと思う気持ちもあったのだ。夫婦といえど、まだ出会って二年、結婚して一年。

彼の全てを知っている訳じゃないから。

だけど、パロウの言う通りならば、少年の纏《まと》う香りと、クレイヴの衣服についていた香りが同じなのはどうしてなのだろう。それが小さな棘《とげ》となって、あたしの心に引っかかる。

「何か……裏がありそうね」

そう言って、お義母様は再び写魔鏡《しゃまきょう》に手をかざし投影を消した。それから、鏡の上でドレスと同じ紅《あか》いヒールを少し浮かせて――そのまま、まっすぐ足を落とす。

パリンッ！　と硝子《ガラス》が砕け散る音が響いた。

お義母様は、十センチはあろうかというヒールの踵で、写魔鏡《しゃまきょう》を踏み割っていた。

「せっかく持ってきてくれたのにごめんなさいね。それで、貴方のお母さんの名は……なんて言うのかしら？」

目元からネイの尻尾を外された少年に、お義母様が笑顔で問いかける。

その足下では、割れた写魔鏡《しゃまきょう》の欠片《かけら》が、日の光に照らされ鋭い光を放っていた。

「僕の母の名は、ミシェーラ。聖巫女《せいみこ》ミシェーラだ」

お義母様の問いかけに、少年は表情を全く変えないままそう答えた。それを聞いて、お義母様の片眉がくんっと跳ね上がる。

「聖巫女《せいみこ》……ふうん。神殿に仕える巫女がねぇ……」

少年をじっと見つめたまま、お義母様が呟く。両端がやや上がった紅《あか》い唇は、なんだか楽しげだ。

聖巫女《せいみこ》とは、日本で言う神社の巫女さんとほぼ同義であり、ここ皇国ティレファスではかつて魔導師に魔力を与えたという、白き一角獣を奉《たてまつ》る神殿に仕える女性のことを指す。あたしもこの世界へ来た当初に見たことがあるけれど、修道服によく似た服装の、簡単に言えばシスターのような感じだった。

「それで？　その人に、貴方はなんて言われてきたの？」

「お父さんのお嫁さんを……サエを、首都へ連れてくるようにと」

続いての質問に、少年は一度あたしを流し見て、それからお義母様に視線を戻して答えた。全く物怖じしていない。むしろ感情をどこかに置き忘れてしまっている様子に見える。

なんていうか、十歳ぐらいにしては冷静過ぎないかな。この子。

お義母様って見た目のインパクトがかなりあるし、初対面では絶対避けられたり怯《おび》えられたりするタイプだと思うんだけど。あたしなら間違いなくそうします。

なのに、少年は夫クレイヴと同色の瞳で、静かにお義母様を見つめている。

度胸とかそういう問題ではないと思う。そもそも誰かを頼るような、子供らしい弱さというのが全く感じられないのだ。どこか人形めいた無機質さしかない。

だからあたしを首都まで連れてこいなんて、無茶な要望を聞いてきたのだろうか。

ん？　そういえば、今更だけどこの少年、一人じゃなかった？

「え、ちょっと待ってください。あたしを呼ぶために、もしかしてここまで一人で来たんですか？」

「うん」

唖然とした。なのに少年は当たり前みたいに頷いている。

いやいや、現代日本じゃ考えられないですよそれ。皇国ティレファスの首都からここまで、一体何キロあると思ってるのかな。あたしもそこまで詳しい訳じゃないけれど、恐らく北海道から九州よりもっと距離がある筈だ。大国ですし、めちゃめちゃ広いんです。

だというのに、そんな距離をこんな少年が一人で旅してきたと。

そのせいか、彼が着ている簡素なシャツと半ズボンは全体的に薄汚れている。元はちゃんと白いシャツだったろうに、かなり茶色い。

母親は一体何を考えているのか。って、何も考えてないから子供にあんなものを持たせていたのかもしれない。なんだその馬鹿親。

腹立たしいを通り越して、意味わからんくらいの怒りが湧いてくるんですが。

親が子供へ理不尽を押しつけることは、あたしにはどうしても耐えがたかった。

おかげでいらないことを思い出してしまい、ずんと心が重くなる。一瞬だけ、脳裏にあまり思い出したくない残像が映った。

すぐに消えたのは、鮮明に思い浮かべるのを頭が拒否しているからなんだろう。

本来ならば、幼い子が親を頼るのは当然だ。その反対に親が子供を使う、というのもお手伝い程度ならいざ知らず、これは明らかに常軌を逸している。

子供をこんな風に扱う親は、許せなかった。

「残念だけど、貴方は私の『孫』ではないわ」

ぎりり、と無意識に歯を食いしばり俯く。そんなあたしの肩を軽くぽんと叩いたお義母様が、少年に言った。

はっとして顔を見ると、紅《あか》い瞳が優しげな光を湛《たた》えていることに気がつく。

ああ、そうですね。一瞬怒りで我を忘れそうになりました。ちゃんとこの子の事情を聞かなきゃいけなかったのに。

一方で、クレイヴの子供ではないと断言してくれたことに、有り難さと安堵を感じた。だけど、なぜここまでそっくりなのか、別の疑問が湧いてくる。

流石《さすが》にここまで似ていて無関係とは思えない……。も、もしやっ……!?

「サエさん、ついでに言いますけど、ヴルガの隠し子でもないですからね」

「うっ！　そ、そそうですすよねっ」

新たな疑惑にはっと驚いていたら、眼前にお義母様の顔が来て飛び上がった。どうやら考えていたことがばれたらしい。完全に目が据わっていて逆三角だ。その圧力に、あたしは反射的に同意していた。

「サエさん貴女、今ちょっと本気だったでしょう」

「いえいえいえ、そんなことは」

とりあえず場を凌《しの》ごうとへらへら笑って誤魔化す。

そんな風に顔を引きつらせながら半笑いしているあたしを見て、お義母様はきゅっと締まった腰元に両手を当てて、呆れたような諦めたような溜息を漏《も》らした。あ、なんかお義母様のテンションが下がってる。

と思いきや、お義母様が急に神妙な顔つきで切り出した。

「オルダイア家の男はね、一度愛したら決して不貞はしないの。盲目的に相手を愛するわ。怖いほどにね。特にクレイヴは……サエさん以外の女性に興味を抱いたことすらない筈よ。それはこれまでも、これからも同じ。だからこの子は絶対にクレイヴの子じゃない。この子の母親が何を言っていたとしても、ありえないわ」

「そ、そこまで断言しちゃいます……？」

「断言、ではなくて事実なのよ。そうよね、パロウ、ネイ」

「ですニャ」

「異論はないわネ」

お義母様の言葉に、パロウとネイが頷く。パロウに至っては「じゃないと存在できないニャ」なんていう意味不明発言まで口にしていた。

一体全体何のことかと首を傾げるけれど、三人は肩を竦めるだけではっきりした答えを聞かせてくれるつもりはないらしい。ぼっちは寂しいんですが。

それでも、心の燻《くすぶ》りは喉の奥に呑み込んで、あたしは皆に笑顔でわかりましたと頷いた。

「それよりサエさん、貴女どうやら喧嘩《けんか》を売られているようだけど、どうするの？」

場の空気を切り替えるみたいに、お義母様が足下の割れた破片を一瞥《いちべつ》し、あたしに視線を向けて言う。お義母様の紅《べに》を引いた唇は、悪の女王よろしくにやりとつり上がっていた。

不安も疑念も、全て蹴り飛ばしてしまうような笑みに、あたしは同じくらい悪どい顔で答える。

「勿論買いますよ」

「やっぱり。そう言うと思ったわ。私も気に入らないのよね。こういうやり方って」

あたしの返答に、お義母様は満足そうに頷いた。

普段は激しい嫁姑戦争を繰り広げていても、こういう時だけはやたらと気が合うのだから不思議なものだ。まあ今回は、嫁姑『タッグ』戦争になりそうなので、さほど変わらないかもしれないが。

「ですね。隠し子疑惑云々《うんぬん》もですが、子供にあんな映像を仕込んだものを持たせて、その上はるばるこんなところまで来させるなんて、けしからんにも程があります。親の顔を見たついでに、拳《こぶし》の一発でも入れてやらないと気が収まりません」

それに、あたしを首都へ呼び出したい理由も知りたい。

夫婦の間に波風立たせようとしている辺り、何らかの思惑があるのだろう。あたしがこの世界に来る前からクレイヴに想いを寄せていた女性という線も考えられる。何しろ夫は皇国の英雄、クレイヴ＝オルダイアなのだから。

憧れていた男性が、突然異世界からやってきた女にかっ攫《さら》われたのだとしたら、恨んでいても不思議じゃない。どちらにしても、やり方が駄目なのは間違いないが。

左掌《てのひら》に右拳《こぶし》をぱしぱし打ち付け、ほくそ笑みつつ答えたあたしに、パロウとネイが「やっぱりニャ……」と嘆くように呟いた。

なぜ脱力しているのか、そこの猫と狼。耳と尻尾が下がってますよ。

だって許せないでしょう。児童福祉法って言葉ご存じですか。子供はすべからく健全に育成され愛護されるべき存在なのですよ。日本の法律だからこの世界にはなくて当たり前かもしれませんけど、あたしの中にはあるのでいいんです。

獣魔二人の反応はスルーしよう、と決めたところで、お義母様が紅《あか》く長い髪をばさりと払った。波打つ髪がベルベットのカーテンみたいに広がる。

「ま、貴女らしいわね……それもあちらの思惑通りなんでしょうけど」

苦笑したお義母様は妙に含みのある物言いでクレイヴそっくり少年を見下ろしていた。少年は、そんなお義母様を藍色と言うには少し淡い色の瞳で見上げている。先ほどまではクレイヴと同じ色の目だと思っていたけれど、よく見ればほんのちょっと違うようだ。

「お義母様、どういう意味ですか？」

「そのうちわかるわよ……そのうち、ね」

見つめ合う紅《あか》い女王様と夫激似の少年の横で、あたしは意味わからん、と首を傾げた。

「そうだ、君の名前はなんていうんですか？」

親の思惑はどうあれ、子供に罪はないし、と内心頷きつつ、今更ながら彼に尋ねる。

ずっとクレイヴそっくり少年、と内心で呼んでいたけれど、流石《さすが》にそれは失礼だ。

聞くタイミングを逃していたものの、首都に向かうと決めた以上、少しは少年のことを知っておきたい。

「名前……」

褐色《かっしょく》の小ぶりな顔がこちらに向いて、綺麗な双眸《そうぼう》と視線が合う。表情がないとはいえ、クレイヴそっくりなだけあってやはり凄い美少年だ。

「名は、ない」

「……へ？」

思いも寄らない答えが返ってきたことに、つい間抜けな声を漏《も》らしてしまった。

今、なんと言ったかね、君。

「名前は、ない。いつもお前とか、そこのとか言われていたから」

「はいいいいっ!?」

さも当たり前のように言う少年。あまりにも淡々とした口振りで、何の疑問も抱いていない様子だ。

だけどそれが、余計にあたしの逆鱗《げきりん》に触れる。勿論、怒りの対象は少年ではない。

な、名前がないとな？　なんだそれは。ネグレクト？　ネグレクトですよねこれ。育児放棄にも程があるだろうよ母親め……！　こんなことさせといて名前までないとか！　そんなんでよく聖巫《せいみ》女《こ》なんて名乗れるな！

「サエ？」

心中を憤怒で染めていると、少年が藍に似た色の瞳でじっとあたしを見つめていた。不思議そうな表情が、彼をぐっと幼い印象にしている。

「ご、ごめんね、急に大きな声出して」

いかんいかん、また怒りに呑まれていた。

慌てて頭を振って気を取り直し、努めて笑顔で少年に向き直る。ちょっと引きつっているのは否《いな》めないが、それはご勘弁願いたい。

だけど、、おかげで一つの提案が胸に浮かぶ。

「もし良ければ……名前、つけさせてくれませんか？　首都に着くまで、ずっと君とか、少年とかでは不便ですし。勿論、気に入らなければ却下してもらって大丈夫です」

「別に、構わない、が……」

少年が探るような視線のままぽつりと言う。

そんな彼に、あたしはにっこり微笑んで、既に思いついていた名を口にする。

「では、クレイ君、というのはどうでしょうか？　クレイヴと一字違いですけど、そういうのじゃなくて……クレイというのは、以前あたしがいたところでは土を表わす言葉でもあります。簡単に言えば粘土なんですけど、人が一番最初に大地から与えられた、恵みの意味でもあるんですよ」

「……恵み」

あたしの提案に、少年はぼんやりと、どこか遠くを見る目をした。

やっぱり単純過ぎたかな。

そう思いながら、線の細い横顔を眺めた。

滑《なめ》らかで色の濃い肌は夫と同じく神秘的な気配を宿していて、どこか、耕《たがや》す前の土に似た印象を受ける。

土は食物を育てる命の母胎であると同時に、時に身を守る家となり、器となり、私達の生活を支えてくれる万能の友だ。

少年のまっさらな雰囲気は、無機質に見えて実は多様な可能性を秘めた土のイメージにとても似合っている気がした。

「土……クレイ……」

少年が、長い睫《まつげ》に縁取《ふちど》られた目をぱちりぱちりと瞬《しばた》かせ、言葉を繰り返す。意味をゆっくり咀嚼《そしゃく》している風に見えた。

だけど相変わらず表情に動きは見られなくて、笑ったらきっと可愛いのにな、と切なく思う。

子供は笑っているべきだ。成長するにつれ、否《いや》が応でも色んなことが押し寄せてくるのだから。子供の時分くらい、何にも縛られずに笑顔でいてほしい。そんなことを考えていると、彼はあたしに焦点を合わせ、静かに頷いた。

「クレイ、でいい……」

そして、きちんとした了承の言葉をくれる。

賢くて、優しい子らしい。

「これからよろしくね。クレイ君！」

嬉しくなって、挨拶《あいさつ》と同時に右手を差し出したら、クレイ君はあたしの手を少し見つめた後、そっと握り返してくれた。幼い手は華奢《きゃしゃ》で、これはもりもり食べさせないとな、なんて頭の片隅で思う。

そんなあたしとクレイ君を、お義母様やパロウ、ネイは微妙な表情で眺めていた。

お義母様はやれやれといった感じで溜息をつき、パロウは肩を竦めている。ネイに至っては首を横に振りながら「仕方ないわネ。サエだもノ」なんて言っていた。

「敵方の刺客かもしれないけどネ……」と続けたネイの言葉は、あたしの耳には入っていなかった。

◆◆◆

その後、長旅で疲れているだろうクレイ君（聞けば、乗り合い馬車と徒歩でここまで辿り着いたのだとか。あ、ありえん……）にまずお風呂に入ってもらい、着替えはクレイヴの子供の頃のものをお義母様に出してもらった。

「い、いつかまた役に立つかもしれないじゃないっ」と言っていたお義母様の態度からして、たぶん孫とかに着せたいと思ってるんじゃなかろうか。

でもまあ、これぱっかりは授かり物なので。

こういうことに関しては、お義母様は争いに持ち出してこないので、あたしもクレイヴも気にせず過ごしている。

まだ新婚ホヤホヤ一年目というのもありますし。

そんな訳で、今はさっぱりしたクレイ君を中心に食卓を囲んでいた。

時刻は夕日が沈み、夜の帳《とばり》が下り始めたご飯時である。

料理はお義母様とあたしの二人で、クレイ君が入浴中に作っておいた。流石《さすが》に、いつもの嫁姑戦争は一時休戦になっている。といっても料理中にちょっとした攻防はあったのだけど、結果は引き分けでした。

子供の前で、大人の醜《みにく》い争いを見せることはないという配慮だ。

オルダイア家の全六名が座ることのできる、浮き彫り彫刻が施《ほどこ》されたテーブルの、西側の長辺にあたしとクレイ君、東側にパロウとネイ、そして一番奥の短辺にはお義母様が座っている。卓上には所狭しと料理が並べられていた。勿論あたしの作った日本食もある。

お義母様が作ったのはトッパ羊の肉を使ったミートパイ、蒸かし芋のバター添えなどといった料理で、あたしは白身魚の天ぷらと、季節の山菜を使ったお味噌汁や煮物などのさっぱり系だ。

お義母様は絶対にメインをお肉にするだろうと予想していたので、こちらは食べやすい白身の魚をチョイスした。クレイ君くらいの男の子ならお肉の方を好むかなと思ったけれど、魚の脂は身体に良いし、栄養バランス的にも食べてほしかったのだ。全体的に線が細いので、骨太になってほしいという思いもある。

気分は食堂のおばちゃん。当然、残しても怒ったりはしない。

食事の支度をする前に、クレイ君に嫌いなものはあるか聞いたら、食の趣味嗜好《しこう》はないと淡白に返された。そのためお義母様と相談した結果、ならば箸の運びで味の好みを知ろう！　という計画になったのだ。

まあ実際はお箸じゃなくて銀のスプーンとフォークだけど。

クレイ君は目の前に置かれた十種類ほどの料理を、一つ一つ眺めていた。表情に変わりはないけれど、瞳に少しだけ浮かんだ興味の色が、なんだか嬉しい。

彼の瞳は一見、クレイヴと同じ藍の色だけど、正確にはもっと淡い色合いだ。

クレイヴの持つ、何度も繰り返し染めて深みを出したような濃い藍色ではなくて、縹色《はなだいろ》と呼ばれる色に似ている。

「クレイ君、いっぱいあるから、好きなだけ食べてね」

「ん……」

無表情ながら、どこか戸惑ったようにクレイ君の瞳が揺れる。

あたしはなるべく明るい声を出し、彼が取りやすいようにおかずをプレートに取り分けていった。

彼はそれを、順番に口にしていく。

「味は大丈夫？　苦手かもって思うのとか、ある？」

「それは、ない」

「そっか。良かった」

にこにこしつつ、クレイ君が食べる様子を眺める。本人が言っていた通り本当に好き嫌いはない様子で、出したものを順番に平らげてくれている。

というより、機械的にも思える食べ方で、まるで嫌いという概念がないかのようだ。

お義母様もあたしと同じことを思っているのか、クレイ君を見て複雑な顔をしている。紅《あか》の瞳に悲哀の色が浮かんでいる気がしたけれど、ふいと顔を逸らされたので、確認はできなかった。

……なんだかんだで、ツンデレなお義母様だから、息子に似ている少年に思うところがあるのだろう。いつもと違って口数も極端に少ないし。普段はもっと弾丸トークなのに。

と、思ったらぼそりと「私の方が一品多いわね」と鼻で笑われた。うん。ごめんなさい勘違いでした。いつもと変わりませんね、この姑は。確かにデザート含めお義母様が七品、あたしが六品なので一品負けてしまっているけれど。

でもお義母様ってばデザートは果物を切っただけじゃないですか。いくらシンプル　イズ・ザ　ベストと言っても、ずるくないですか。せめてヨーグルトで和《あ》えましょうよ。あたしなんてプリン作ったんですよプリン。デザートの王様、お子様のおやつと言えば鉄板でしょう。クレイヴだって好きですし。

それに、文句をつける点がもう一つある。

「……魚は下処理に時間がかかるんです。お義母様みたいにオーブンに突っ込んどけばいい訳じゃないので」

「ほほ、青臭い嫁だこと。ミートパイは主食にも主菜にもなるのよ。そんなことも知らないのかしら」

「その代わりカロリーダイナマイトですよね。クレイ君は良いですが、お義母様は控えた方が無難かと。血糖値だだ上がりしますよ？　中性脂肪も怖いです」

「な・ん・で・すってっ!?」

この前自分で「最近は食べたら食べた分だけ増えるから恐ろしいわ……」とぼやいていたのに、

注意してあげたらこれである。

まあそれも仕方ないのかな。皇国ティレファスの料理って、全体的にカロリー高めだし。

実を言うと、食事の度《たび》にお義母様があたしの作った和食の方を多めに食べていることは気付いていた。本人は素知らぬ顔してるけど。バレバレです。ってお義母様、天ぷら五個目じゃないですか？

和食って言っても揚げ物なんですから、ほどほどにしないと後で後悔しますよー。指摘したら逆切れされそうなので黙っていますが。

「何があっても、二人とも変わらないニャね……」

「いいコンビよね。あれデ」

あたし達のやりとりを見ていたパロウとネイが、それぞれ好みの料理を食べつつ呟いた。人の料理を食べておいてその呆れ口調はなんだ、と思う気持ちもあるが、獣魔二人に料理をさせると生魚か生肉しか出てこないので、あたしもお義母様も突っ込まない。

ぷりぷり怒りながら天ぷらにかぶりついているお義母様を横目に、再びクレイ君の様子を窺《うかが》うと、やはり彼は無表情で咀嚼《そしゃく》していた。あたしが見ているのに気配で気がついたのか、瞳をちらりと向けた後、なぜか慌てたように下を向く。

そのまま無言でもぐもぐしているクレイ君。にしてもやっぱり、顔立ちはクレイヴそっくりだ。あと何でも食べてくれるところも、クレイヴと同じ。

まあ、彼の場合は「サエが作るものは全部美味《おい》しいよ」との身内贔屓《みうちびいき》にも程がある評価なので、正直当てにならない。なのであたしの料理の判定役は、もっぱらお義母様と、パロウ、ネイになっている。

「ちょっとサエさん貴女、時間がないからって、この天ぷら少し早めに揚げたでしょう。衣の端っこ、食感がイマイチだわ」

そんな風に考えていたせいか、タイミング良くいちゃもん……もとい指摘が飛んできた。

たまに思うけどお義母様ってエスパーじゃないですか。それとも妖怪覚《さと》りですか。あと人が作った天ぷらを咥えながら睨まないでくださいよ。

なんか色々台無しです。一応美人なのに。

「お義母様こそ、ミートパイの形成を急ぎ過ぎましたね。ちょっぴり崩れてます」

休戦中ではあれど、ちょっとした口での攻防は、ほぼ日常となっているので、あたしもお義母様もついついやらかしてしまう。

うーん。お互い忍耐力が足りないですね。でも仕方がないです。嫁姑戦争に、平和という文字はないですから。

内心で言い訳しつつ、あたしは無言で食事をしている夫そっくりの少年を見つめていた。

——夜空の半分近くを占める大きな銀の月は、今となっては見慣れたけれど、日常の中で一番、異世界らしさを感じる存在である。ここが故郷より遠く離れた場所なのだと、目にする度《たび》に思う。

結果的に賑やかになった夕食を終え、後片付けも済んだ夜。

外はもうとっぷり暮れていて、紺藍《こんあい》の空に銀色の月と星が瞬《またた》く時間になっていた。

この世界では月も星も白っぽい銀色をしている。月は元の世界では淡い金色だったり赤みがかっていたり、青白かったりと色に変化があったけれど、この世界では総じて銀色で、そして大きい。

クレイヴ達魔導師の錫杖《しゃくじょう》が銀月を象《かたど》っているのも、あれを模しているからなのだろう。特に、クレイヴの持つ銀色の月に重なる黒い一角獣は、不思議と彼自身を連想させる。

なんて……全くもってあたしらしくない。

なぜこんなことを考えたのかというと、今のあたしはクレイ君を自分の私室にある寝台に寝かしつけ、彼の顔を眺めながら一人掛けソファに座っているからだ。似ているどころかそっくりなせいか、どうしてもクレイヴが重なってしまう。こんな風に考えるのはクレイ君に失礼だと、わかっているのに。

ちなみに、なぜかパロウもクレイ君と同じ寝台で寝ていたりする。

少年と、ちょっと派手なパジャマ姿で丸まって眠る黒猫を見てから、あたしは窓の外に視線を戻し、ふうと息をついた。

月と星の瞬《またた》く夜に、眠る少年と猫。なんとも長閑《のどか》な話である。

まあ……さっきのパロウは、どうしてだか頑《かたく》なだったけど。

今や逆三角の鼻からすぴーすぴーと寝息を立て、毛に目を埋もれさせている黒猫は、つい先ほどまで、穏やかな寝顔からは想像がつかないくらい厳しい顔をしていた。

理由は簡単、あたしがクレイ君と一緒に寝ようとしたから、である。

パロウはなぜか、あたしがクレイ君と寝ようとしたら「絶対駄目ニャ！」と言い張ったのだ。彼女はクレイヴがつけたあたしの守護獣魔なので、心配して言ってくれたのだろうと思う。けれど、あんまりにも頑《かたく》ななので、ならばパロウも一緒に寝てはどうかと提案し、渋々受け入れてもらったというのが現状だった。

寝る前に「寝酒が」とか、「マタタビ酒で晩酌が」とか何とか言っていたけれど、それを我慢してまでこうして寝ている。なんだかんだで、パロウも人がいい……いや、猫がいいのだと思う。

なので、クレイヴも帰宅していない中、こうして私室で二人と一匹で過ごしている。

お義母様とネイは、それぞれ自分の部屋に行ってしまった。

本当は最初、お義母様がパロウの代わりにあたし達と寝ようとしてくれたのだけど、それは丁重にお断りした。

言った瞬間、「何でよ!?」と烈火の如《ごと》く怒られたが、姑と一緒に寝るとか流石《さすが》に勘弁してほしかったので仕方ない。安眠どころか夜を徹《てつ》した嫁姑戦争が勃発《ぼっぱつ》しそうだし。

ネイも「寝ぼけて術を使ったら危ないでショ」とあたしの意見に賛成してくれたので、なんとか場は収まった。姉御狼様々である。

ちなみにまだ帰らぬクレイヴについて「あの子のことだから、どうせ魔導師団長にとっ捕まってるんでしょ」とは、お義母様の言葉である。

転移魔術というすぐに帰れる方法があるというのに、宝の持ち腐れとはこのことだ。

仕事ができ過ぎる夫というのも、少々困りものである。あたしとしては、贅沢《ぜいたく》には興味がないので、毎日帰宅してくれる方が数万倍嬉しい。だけどそれをクレイヴに言ったら、困った顔をされてしまうので口にはしないことにしている。

国の魔導師といってもようは公務員な訳で、そうそう休んではいられないのだろう。

クレイヴの場合は、獣魔獣《じゅうまじゅう》を封印した英雄という肩書きもあるし。

お義母様曰《いわ》く、ここまで多忙なのはクレイヴ限定らしい。全くもって理不尽な話だ。

「あの子には色々と制約があるのよ」とも言っていたが、意味を聞いても答えてくれないし、クレイヴ自身からもなんだかんだで誤魔化されてしまうので追及はできていなかった。

時がくれば話してくれるかなと思っているけど、正直確証はない。ぼっちは悲しいというのに。

ああ、駄目だ。なんだか思考が暗い方に暗い方に引き寄せられてる。それもこれも、連絡が来ないのがいけない。いつもなら、もうとっくにクレイヴからの連絡が入っている筈なのに。

今日は、全くそんな気配がないんだから。

「どーして、今日に限って連絡ないんですかねー……」

自分の左手の甲を見ながら、つい項垂《うなだ》れてしまう。

あたしの左手には、今は見えないけれどクレイヴと同じ連絡用の魔術方陣が埋め込まれていて、スマホみたいに、好きな時に通話ができる仕組みになっている。

といっても、それは術者であるクレイヴからのみかけることができ、彼が術式を発動させてくれないと、あたしからはかけられない。

その理由は、あたしに魔力がちっともないせいだ。

クレイヴから定期的にある筈の連絡がないことが、余計に心を落ち着かなくさせていた。

夫を、クレイヴを信じている。パロウの言葉も、お義母様の言葉も。

だけどやはり、あの花の甘い香りと土の匂いが、頭から離れなかった。

信じてはいるが、夫婦だからといって何もかもを鵜呑《うの》みにできるほど、あたしはできた人間ではない。どうしても夫本人からの言葉を求めてしまう。

だって彼の過去をあたしは知らない。出会って二年、結婚して一年、多忙な彼と二人きりでいられた時間は短かった。

結婚したといっても、相手の人生全てを知ることができる訳じゃない。共に生活して、時を過ごす中で互いを知っていく筈だ。

今までだって色々な話をしたし、愛の言葉も行為も散々受け取っている。でもあたしは夫婦というのは時間の積み重ねで形作られるものだと考えているし、それで言えばまだまだ時が足りていない。

これから重ねる長い時間を、共に生きようとあたし達は決めたのだから。

だからその中で起こることは、一つずつ一緒に乗り越えていくべきなのだろう。

それがどんなことであれ。

「クレイヴ……」

反応する気配がない左手の甲から、異国情緒溢れる格子窓に目を向ける。

夜空に夫の姿を思い浮かべれば、無意識に唇が動いた。

宵闇《よいやみ》と銀月に重なるのは彼の顔。深みを帯びた、藍の瞳。

「……あと、もう少しだけ。一歩だけ」

踏み出してみても、いいだろうか。

大切だからこそ、好きだからこそ知りたい。

椅子から立ち上がり、そっと窓に近づく。硝子《ガラス》に指先を置いてみたところ、冷たさを感じた。

こうして硝子《ガラス》越しに夜空を見ていると、またあの時のように、ふわりと彼が現れないかと思ってしまう。

だけど今、この空には誰もいない。ただ、綺麗な景色が広がっているだけ。

似ているな、と感じた。月と星の色合いに違いはあれど、あの時に見た空に。

あの日。どこにも行き場のなかったあたしを、クレイヴが見つけてくれた夜に――

◆◆◆

『だってよ、お前全然連絡してこねーじゃん。可愛げねえんだよ。仕事と俺とどっちが大事なんだよ』

「はあ……」

コンビニ内に流れている有線放送に、耳障りな声が交じる。

そこそこ好きな時も確かにあった筈なのに、どうしてこんな風に思ってしまうのか、自分でもよくわからなかった。

あたしは、目の前の惣菜《そうざい》コーナーに並んでいるおにぎりを睨みながら、スマホに生返事を吐き出す。しかしこちらのテンションには構わず、電話口ではぐだぐだと話が続いている。

スマホを少しだけ耳から浮かせて、あたしは陳列棚を眺めた。

ここのコンビニはふんわりふっくらした手巻きおにぎりシリーズが人気で、あたしはその中でもあらほぐし鮭味を一番好んでいる。けれど残業上がりともなれば、普段より味の濃いものを口が求めていて……ツナマヨネーズにするか否《いな》か、迷っていた。

『おい、聞いてんのかよ。ったく、もういいよ。じゃあな。金輪際《こんりんざい》連絡してくんなよ』

「りょ」

了解、と言い切る前に通話が切れた。元々連絡するつもりなんてなかったし、かけてきたのは自分だろう、と溜息をつく。

数分前の自分の行動すら思い返せないとは。記憶力大丈夫なのか、アイツは。もう関係ないけれど。しかも、今コンビニにいるから折り返すって言ったのに聞く耳持たないとか、どうなんだ。と内心で文句をつける。

その勢いで、いつもならおにぎり二つのところを三つも掴んでしまった。

お昼は食べていないし、許されるかな、と自分で自分に言い訳をする。

あれ、食事を抜いた後に食べる方が吸収率高くなってまずいんだったっけ……。でもいいや。なんかイライラするし。

一方的に今までの鬱憤《うっぷん》だとか何とかをぶつけられ頭にきていた。仕事で忙しかったと説明したし、合間にメールをしても返事をしてこなかったのはそっちだろうに。

自分が忙しい時には放置する癖に、こっちが同じことをしたら文句を言うって何様だ。大人だろ、社会人だろ、空気読め。と心の内で罵倒《ばとう》する。

最近連絡がなかったから自然消滅したのかと思っていたのに、思い出したように電話をかけてきたのはどうせ粉かけた女子に振られたか何かしたんだろう。

「お前が謝るならまだ付き合っていてやるよ」的な空気をありありと醸《かも》し出していた。

疲れていたし、最早どうでも良かったのでずっと生返事を返していたが、そんな扱いをされて、引き留めようとする女がどこの世界にいるというのか。人を馬鹿にするにも程がある。

……まあ、あたしに見る目がなかったというだけの話なのだけど。我ながら、何やってたんだかと自嘲の笑みを零《こぼ》した。

簡単に言えば――寂しかったから。

下手な男を捕まえてしまった理由は、それに尽きる。

だって、ほんの二ケ月前にあたしの『育ての母』である祖母が亡くなってしまったのだ。

最低だと思うけれど、とにかく誰か、人と一緒にいたかった。だからこそ、最低な別れ方になったのだろう。

自業自得、まさにその通りだと思った。

深夜勤務で疲れた顔をしているレジのお兄さんに、これまた疲れた顔でおにぎり三つとその他の商品を差し出し、袋に詰めてもらった。

チャラララン、という音だけは軽快な自動ドアから外に出る。

「さぶっ……！」

反応が悪い自動ドアを出た途端、コートの隙間から冷たい風が入り込んだ。身体がぶるりと震える。

かなり厚着したつもりだったのに、十二月の深夜ともなれば十分じゃなかったらしい。

スーツのスカートから出た足なんて、既に氷みたいになっている。

財布を鞄に突っ込んで、澄んだ夜空に溜息をつけば、真白い息が浮かんで消えていく。

ついでに身体の疲れも消えてくれないものか、なんてことを思う。このところ栄養ドリンクの飲み過ぎで、糖分過多が心配である。

本当は、ちゃんとしたスーパーで牛乳とか、お米とか卵を買いたかったのだけど、こんな真夜中では、開いているお店がコンビニくらいのものだったので仕方ない。

特に今日は、体調不良で早退した人の仕事まで頼まれてしまった。せめて数人に割り振ってくれればいいものを、丸々押しつけられたのである。いつもならあと二時間は早く帰れた筈なのに。断れなかった自分が情けない。

明らかに美徳ではなく欠点だよなぁと思いながら、ふと背後を見れば、夜の住宅街にぼんやり灯る街灯とコンビニの明かりが見えた。それが、疲れた思考も相まって違う世界を思わせる。

……とか考えた自分に、余計にげんなりした。

いよいよ疲れてるんだな、あたしは。もしや現実逃避したいのか？　と束の間自問自答する。冒険を夢見る年頃でもあるまいに。

でも違うか。あたしのはどっちかと言うと高飛びを企《たくら》む犯罪者の思考に近い気がする。

我ながら阿呆だなー、と自嘲の笑みを零《こぼ》しながら寂しい道のりをとぼとぼ歩く。防犯ベルは常備している。使ったことはないものの。

異世界へ行くなど、ただでさえファンタジー小説のヒロインとはほど遠い性格をしているのに、そんなミラクルが起こる訳がない。

そこら辺は自分でも自覚している。生まれる前に可愛げというものを根こそぎ落っことしてきたようだし、低スペック女子はお姫様にはなれないのだ。

自問自答して導き出した答えにがっくり肩を落とすと、左手にある白いビニール袋がガサリと音を立てた。

ああそうだ。中に入っている品も可愛げがないんだ、これが。

コンビニ限定スイーツです♪　とかなら良かったのだろうけど、あいにく購入したのはおにぎり三つと缶ビールとあたりめ、たこわさのパックだ。苛ついていたせいで量が多めになった。

我ながらおっさん臭いなと思うが、好きなもんは仕方がないじゃないか。あたしにとっては最上級の癒《い》やしアイテムがこれなのだ。

己に色々と言い訳をして歩いていたら、コンビニに入った時と同じく、スマホの着信音が鳴り響いて、足を止めた。凍《い》てついた風が、膝の上を滑っていく。

またアイツがかけてきたかな。そう思いながら、コートのポケットに手を突っ込んだ。硬いスマホを掴んだまま、鳴りやむかどうか様子見する。が、ずっと鳴っている。うん、しつこいな。

恐らく元彼氏になったやつがもう一度電話をかけてきたのだろう。あれから十分と経っていないし。

よし、ならば言い返すくらいはしてやろう。

「金輪際《こんりんざい》連絡なんてせんわ、この若ハゲ男！」と怒鳴る程度の腹いせは許される筈、とポケットからスマホを取り出し、画面を見ずに通話ボタンへ指を滑らせた。

そして、耳に当てた瞬間、あたしは職場で大失敗した時の何億倍も後悔することになってしまった。

通話状態になったスマホから、『もしもし？』と女性の声が聞こえる。

できることなら、極力聞きたくなかった声だ。

ああ――うん。

なるほど……。なるほどね。

これってなんて言うの？　日頃の行い？　それが悪かったのかな。

不幸が立て続けとか。ちょっと酷くないかな神様。いや、そんなのいるのかどうかも知らないけどさ。

でも――これは流石《さすが》に、ないんじゃない？

そのいるのかどうかも知らない神様に悪態をつきながら、あたしは氷みたいに冷たく四角い機械が出す音――『母』の声を聞いていた。本当、踏んだり蹴ったりである。

『……ねえ、貴女がそうやっていられるのも私のおかげでしょう？　あの時施設に入れても良かったのに、ちゃんと育ててあげたんだから。少しくらい、助けてくれてもいいじゃない』

先ほどの男と同じく一方的にまくし立て、最後には泣き落としで済ませようとする通話相手に、苦い思いを抱く。

あたし、今日は厄日ですか。

コンビニに入れれば連絡が取れなかった恋人に別れを告げられ、コンビニを出れば折り合いの悪い産みの母から金の無心とは。

疲労困憊《ひろうこんぱい》の頭に、粘《ねば》ついた声が重たく響く。

ああもう、本当に鬱陶《うっとう》しい。

今何時だと思っているのか。そうだ深夜零時だ。こんな時間まで仕事していたあたしもどうかと思うけど、電話してくる方もしてくる方だ。しかも二人とか。あたしの周りの人間はそんなんばっかか。

人の話は聞きゃしない癖に、やたら長いし。

無言でぶっち切りたい気持ちを堪《こら》え、あたしはなんとか返答の言葉をひねり出してから通話終了のボタンを押した。

細く、長い長い煙草《たばこ》の煙みたいな真っ白な息が、紺藍《こんあい》の夜空に伸びていく。

「助けろって、一体何回助けたらいいんですかねー……」

先ほど言われた言葉への、本音の返事を空へと吐き出す。思い出したくなんてなかったけど、脳内で勝手に再生された母の言葉に、どうしても悪態をついてやりたかった。

自分勝手な言い分だけ述べて別れを告げた男の方が、こちらへ何も求めなかっただけ、あの人よりも幾分かマシに思える。

猫なで声の懇願《こんがん》の言葉には、親の願いは聞いて当然だと言わんばかりの傲慢《ごうまん》さしか込められていなかった。

『育ててあげたから』というのが、向こうの言い分らしい。

勝手に産んどいて、育ててあげたも何もあったもんじゃないと思うが。

ちなみに、育てたのだってあたしが小学三年生の時までという短い間だ。

夜道にヒールの音が強めに響く。

苛立ちがそのまま足取りに現れているとわかっていても、残業上がりのささくれた心では、どうにも収める気になれなかった。

産み育ててもらったことを、有り難いと思っていない訳ではない。あの男――父親から離れた後、施設に入れずに祖母の家に置いていってくれたことにも、そこそこ感謝している。

けれど母の言う助けるとは、一体どこまでのことを言うんだろうか。

娘の名すら、代名詞で済ませてしまう人だとしても……

『家族』というものは自分の生活を破綻《はたん》させてまで、大事にしなければいけないものなんだろうか。

……それは、家族と言えるものなんだろうか。

月と、星の瞬《またた》く夜空を見上げる。

昔はもっと綺麗に見えた気がしたけれど、いつからぼんやり灯る光にしか見えなくなってしまったのだろう。

ただ自分の目が曇《くも》っているだけなのか、疲れた心のせいなのか、今となってはもうわからない。

どうして、ただ生きるだけが、こんなにも難しいのだろう。

そうやって、ぼうっと上を向いて歩いていたら、足下で小さな音がして、ヒールのつま先が何か硬いものにぶつかった感触がした。

――石だ。

あ、まずい、と思った時には既に遅く、足がぐらりと揺れ、身体は傾いていた。

「わぁぁっ！」

視界が、夜空からコンクリートの鈍い灰色へと変わっていく。地面が、迫ってくる。

顔から転ぶのは嫌だ。明日職場で絶対注目される……！　そんな目立ち方は嫌だ……！

明朝のオフィスを想像して、ひいい、と内心で悲鳴を上げる。

あたしはなんとか腕を突っ張り、顔面衝突を回避しようと試みた。

が、右手はスマホを持っているし、左手にはコンビニ袋がある。おにぎりを潰すのも嫌だ。

ならばもう、打つ手はないに等しかった。

ずべし、と。

見事に顔から地面に突っ込んだ音が――なぜかしなかった。

ついでに、痛みも感じない。

「……あれ？」

条件反射でぎゅっと瞑《つぶ》っていた目を開ける。すると目の前に、灰色のコンクリートが広がっていた。

まさに地面すれすれ、といった感じで。

つまり、あたしは顔から突っ込む寸前の変な体勢で、空中で停止していた。髪が地面に向かって流れている。つまり、重力はちゃんと働いていた。

「え、ええええ？」

訳もわからず、両手を広げて前のめりになったまま、声を上げる。

パンプスは地面から少し浮いていて、足裏に地面の感覚がなかった。不思議と、身体が何かに包まれているかのように温かい。

ど、どうなってんのっ⁉

あ、あ、あたし浮いてるんですけど――っ⁉

ありえない状況に、驚愕《きょうがく》したままはくはく口を開閉させれば、冬の冷たい空気が口内を冷やしていった。どうやら夢の類《たぐい》ではないらしい。

にしても、なんだろうこれ、というか、いつになったら落ちるんだろう、これ。

風も感じているし呼吸もできている、五感は働いている。ああでも、夢の中でも感覚はあるっていうし、一概には言えないのかな。とはいえ、この身体を前から包み込んでくるような温かさはなんなのか。

まるで、誰かに抱き止められているみたいな、この感じは。

おかげで寒さが和《やわ》らいだし、温もりが人の体温のようで、不思議とほっとする。

普通なら怖いと感じてもおかしくない筈なのに、なぜかあたしは安心していた。

「え、えーっと……？」

でも、流石《さすが》にこのままというのは駄目な気がする。だって変でしょう。道端で前のめりで停止しているスーツの女とか。どんなホラーよ。都市伝説になってしまうわ。『怪異！　妖怪過労死女現る!?』とか。そんな呼ばれ方をする事態は御免被《こうむ》りたい。

「降ーろーしーてーっ」

誰にともなく言ってみる。

左手に持っているビニール袋をばさばさしながら、スマホを持った右手をぶんぶん振って。

そうしたら、一度ふわりと身体が浮かんで、次にお尻がとすんとまっすぐ地面に降りた。膝と太ももの裏に硬いコンクリートの感触がある。分厚いタイツから、冷たさがじわりと伝わった。流石《さすが》に冬の地表温度は、百デニールでも防げないらしい。

そんなことより、あたしはどうして、こうして地面に座っているのか。

「あれ……？」

まるで何事もなかったようなしんとした気配に、あたしは座ったまま呆気に取られていた。

ぽかんと開けた口の中が寒い。

慌てて閉じても、状況はやはり変わらなかった。うん、やっぱり夢じゃないな。これ。

いやまて、だとすると、今のは一体何だ。

あたしはいつの間に浮遊術なんてものを身につけたのか。もしかして、残業し過ぎると第三の能力でも目覚めるのだろうか？　それはないでしょう。っていうか第一も第二もないし、普通に考えておかしいでしょ。

なんてことをつらつら考えていたら、突然ふっと頭上に影がかかった。

星空と街頭に照らされていた視界と足下が、一気に闇を帯びる。

……ん？

「お嬢さん、お手をどうぞ」

ついで、声が聞こえた。

「ああどうも……って、はい……？」

反射的に顔を上げて、あたしはコンビニの袋ごと自分の手を差し出す。……けれど、驚きのあまりそっとひっこめた。

――シャラン、と。

金属が弾けるような音がして。

顔を上げた先、星の瞬《またた》く夜空には、世にも美しい美形《イケメン》がいた。

「君、俺のところにおいでよ」

「……は？」

紺藍《こんあい》の夜空にふわりと人影が浮き上がっていた。

というか、ゆっくりと『この世界』に滲《にじ》み出てきているみたいに見える。

だんだんと鮮明になってきた人影は、ゆったりした異国の服を身に纏《まと》った美丈夫だった。

道のど真ん中、紺藍《こんあい》の空に浮かぶ、同じ色の髪を風になびかせた異国の男。

褐色《かっしょく》の肌が月に照らされ艶《なま》めかしく光り、精悍《せいかん》な顔つきを際立たせている。

凛々《りり》しい眉と切れ長の目は髪と同じく藍色で、どこか懐かしさを感じる優しげな瞳であたしを見下ろしていた。

彼の銀色の額飾りが月光に照らされ淡く輝く。身を包む闇のように黒く長いローブが夜風に波打ち、縁に施《ほどこ》された金の房飾りをシャラシャラと鳴らしていた。

節の目立つ大きな手には長い錫杖《しゃくじょう》が握られており、杖頭には黒い角、黒い鬣《たてがみ》を持った一角獣の彫刻が載せられていて、さながらテレビで見たファンタジー映画の魔法使いみたいだ。

「大丈夫？　怪我はない？」

ぽかん、と。間抜けにも口を開けて硬直しているあたしに、夜空に浮かぶイケメンが形の良い唇を開き、軽い口調で問いかけた。

ふっと目を細めて微笑む様《さま》を見て、男性なのに綺麗だなという感想を抱く。

年の頃は……二十代後半といったところだろうか。外人さんは年齢がわかりづらいので、定かではないけれど。

よく見れば、彼の瞳は何度も染め重ねられたような深い藍色だった。そこに、座り込んだあたしが映っている。

……いや、待てよ。なぜこんなところにイケメンが。じゃない、なぜに夜空にイケメンが。もしかして、あたしは夢を見てるんだろうか。あれか、さっき異世界がどうのとか妄想したから幻覚が見えてるのか。疲れ過ぎにもほどがないか。もしくは、現実では転んでいて打ち所が悪かったとか。

となるとこれは、お迎えか？　だって「俺のところにおいでよ」とか言ってたし。おいでってことはお迎えよね。ん？　ってことはあたし死んだ？

残業上がりの深夜に、夜道ですっ転んで死んだってこと？　嫌だそんな死に様。色んな意味で嫌だ。寂し過ぎるでしょ。

第一発見者が牛乳配達の人か新聞配達の人ってことになるじゃん。いや早朝マラソンの人かもしれないけど。それにしたって道のど真ん中で一人ぶっ倒れて死ぬのなんて流石《さすが》に嫌だ。

頭に大量の疑問符を浮かべながら、最悪の事態を想定しぐるぐると思考の渦《うず》にはまっていく。

「ねえ君、俺のところにおいでよ」

「え？」

「苦しいなら、辛いなら――」

冬の夜空に浮かぶ藍と褐色《かっしょく》の美丈夫に笑いかけられた。

「俺のところに、おいで」

その上、再び同じ台詞《せりふ》を口にして、あたしより濃い色をした大きな手を目の前に差し出してくる。節の目立つ褐色《かっしょく》の掌《てのひら》を眺めながら、言われた意味をぼんやり考えた。そうしたら、くすりと笑う気配がして、何だろうかと視線を上に戻す。

「大丈夫。もう、大丈夫だから。君はこれまで十分頑張ったよ。だから、おいで。俺の世界に」

彼の深い藍の目に、銀の月が優しく映り込んでいる。慈《いつく》しむような温かい眼差しと穏やかな声に、なぜか、時間が止まった気がした。

自分でも、自分の心に何が起こっているのか、理解できない。

ただ、差し出された手がまるで救いの手のように思えて、心の奥底から、ぶわりと何かが湧き出していた。

育ての親である祖母が亡くなってからひび割れたままだった部分が、温かいもので埋まっていく。微笑まれ、手を差し伸べられているだけだというのに、どうしようもなく涙が込み上げてきて。

……気がつけば、あたしは頬を涙で濡らしながらこくりと頷いていた。

もしも、別の世界に行けるなら。

そんな無意味な夢を抱いたことのない人は、いないだろう。

あたしもそうだ。ずっと、そうだった。

祖母がいなくなり、唯一の家族と言える人がこの世から消えた。

母とは呼べぬ薄い関係性の人は、あたしが仕事を始めた途端、定期的に無心の電話をかけてくるようになった。

寂しい心を誤魔化すみたいに付き合った人からは、一月《ひとつき》と経たず放置をされた。

誰からも、自分は必要とされていないのだと、この世界そのものに拒絶されていると、そんな風に思って。

夢でもいい、束の間忘れられるなら。

そうして、手を取った瞬間。

「……っん⁉」

あたしは、ぐっと引き寄せられた後——なぜか、口を塞がれていた。

……はい？

かっ開いた目が、夜風に乾いていく。

ただでさえ過剰勤務でドライアイなのに、と頭の片隅でふと思う。そんなどうでも良いことを考えて現実逃避したくなるほど、混乱していた。

だって瞬《まばた》きをする余裕すら、今のあたしにはなかったのだ。

え、あ、いや、ちょいと待たれよ。息ができん。や、できてるけど。鼻からは。口からできないだけで。口呼吸はあんまり良くないらしいから、むしろこれでいいのか。って、ん？

じゃなくて、なぜ口を塞がれてるんですかね。

それはこの人が勝手に唇を合わせてきたからで——って、これはもしや、俗に言う口付け、というものではなかろうか。

混乱した頭のまま、これでもかと開いた目には、藍色の瞳が見えていた。

……ああ確か、お婆ちゃんのお気に入りのストールが、これと同じ色だったっけ。

生前祖母がよく首元に巻いていた藍染めの薄布と、目の前の瞳が重なる。

彼女の出身は有名な藍の産地だったから、身に着けるものには必ずというほどこの色が含まれていた。あたしにとっては懐かしい色だ。

だからだろうか。こんなにも優しく、温かく感じるのは。

そう思っていたら、視界いっぱいの藍が嬉しそうに煌《きら》めく。

続いて、唐突にぶおんっという音がして――周囲の空気が、一変した。


「良かった。拒否されたら、どうしようかと思ってたんだ。嬉しいな、俺は君じゃないといけなかったから。本当……嬉しい」

あたしの唇を解放した褐《かっしょく》色の美形が、喜色満面で語る。

しかし、あたしは眼前の美形より、辺り一面の景色に全ての神経をもっていかれていた。

ふんわりと、やわらかで優しい風が冷えた頬を撫でていく。

空気の温度が、先ほどとは全く違っていた。

何とはなしに上を見る。

うん、空がある。

次に下を見る。

うん、地面がある。

突き抜けるように高く青い空、太陽を反射し眩しいほど光り輝く白い雲。

足下に広がる広大な緑に、色を添える花々と、それらが発する芳《かぐわ》しい香り。近くに川でもあるのか、水のせせらぎが聞こえてくる。見事なほど水と緑豊かな、壮大な大地だ。

だがしかし、あたしは先ほどまで、冬の寒空の下にいた。

コンクリートの地面に、座り込んでいた筈なのだ。

ついでに言えば、あたしの足は、壮大な大地の遙《はる》か上空にある。

その上、不可思議な生き物が、あちこちで飛んだり駆けたりしていた。

昔、友人宅で見たゲームの世界の風景みたいな代物《しろもの》が、目の前に広がっている。

「……ここ、どこよ」

あたしの疲労もここまできたか、と頭を抱えようとしたら、手に持っていたコンビニ袋がガサリと音を立てた。

あれ、なんかやたらと手の感触とかリアルなんですが。おかしいな。だってこれ、疲れ過ぎたあたしの脳が勝手に見せている幻覚だよね？

混乱する思考をちょっと手放してみようか、と考えていたら、いつの間にか人の腰を抱いていたキス魔……じゃない褐色《かっしょく》の美形が、映画俳優もかくやという美しい顔に蕩《とろ》けそうな微笑を浮かべていた。

なぜにそんな顔を向けられているのか、皆目見当がつかない。

「ようこそ、サエ。ここは皇国ティレファス。ちなみに俺はこの国の魔導師で、そうだな……君の未来の、夫かな」

「は？」

見たことのない、緑と不思議の広がる大地の上。

懐かしい藍色の髪と目をした褐色《かっしょく》の男が、あたしに目線を合わせそう告げた。

かつて、望んでも手が届かなかった温もりが、その瞳の中に見えた気がした。

◆◆◆

夢から覚める感覚は、泡が水中で浮かび上がるのに似ている、と思う。

水面に出たと同時にぱちんと弾けて、そうして意識が覚醒するのだ。

「……なんでこんなのが俺のサエと寝てるんだ」

どうやらあたしはいつの間にか眠っていたらしい。ゆっくりと思考が浮上してきた中、苛立たしげな声が聞こえる。

けれど強い光のせいで、薄く瞼《まぶた》を開けるのが精一杯だった。

聞き慣れているものとは違う、吐き捨てるような言い方に、思い描いた人物との相違を感じて混乱を起こす。

細く見える世界には、よく知った人が映っているのに。

クレイヴ？　の割には……なんだか凄く、柄が悪い気が……あ、今舌打ちした。

驚きでかっと目を開く。

ぱちぱちと瞬《まばた》きをして見えたのは、真っ白い朝日に照らされた褐色《かっしょく》の肌と、光に透ける青藍の髪と、出会った頃から変わらない瞳。

どこからどう見ても、優しい夫のクレイヴだった。

「……クレイヴ？」

「サエ、おはよう。それとただいま」

名を呼べば、寝台の隣に立つ夫が横になっているあたしの顔を覗き込んで微笑む。彼のローブについた金飾りが、きらきら反射しながら音を奏でた。

「お帰りなさい……あの、どうしたんですか？」

「ん？　俺の奥さんの寝顔に見とれてただけだよ。あと、君が目覚めた時、一番にその綺麗な瞳に映りたくて、起きるのを待ってたんだ」

「……っ」

朝っぱらから、顔がぼひ、と火を噴いた。思わずシーツを握り締める。胸の鼓動が、五月蠅《うるさ》く踊り出した。

目覚めの一撃はどうにも防ぎようがありません。完全にノーガードでしたよ今の。回避不可の極甘攻撃はどうすれば防げますか。

すいません一瞬思考を飛ばしました。

って、なぜクレイヴは急にそんな悲しげな顔をしてるんですか。

「……昨日は連絡ができなくてごめんね。父さんと一緒だったんだけど、他の術を使える状況じゃなくてね」

しょんぼりした夫に首を傾げていると、クレイヴは眉を下げて申し訳なさそうな顔をした。そして小さな溜息をつきながら、そっと右手を伸ばし、あたしの額《ひたい》から頬を撫でていく。

大きな褐色《かっしょく》の手は男の人らしくごつごつしていて、長い指先がとても優しく肌を擽《くすぐ》る。

なるほど。突然の意気消沈はそういう理由でしたか。いやまあ、確かに昨日は連絡がなくてちょっとショックでしたけど、そういう理由なら仕方ないと思います。むしろ事情が聞けてほっとしました。

「ヴルガお義父様とですか？　また珍しいですね。お義母様が聞いたら怒り狂いそうですけど。妻の自分を差し置いてって」

普段と変わらない優しい夫の仕草に、擽《くすぐ》ったいのと嬉しいのとで笑いながら答えれば、「そうだね」と同じく笑顔で返された。

うん。やっぱり目覚める前のあの声は、あたしの聞き間違いか何かだったんだろう、今のクレイヴからは想像できないくらい雰囲気が違ってたし。

目の前の彼に、そんな空気は微塵《みじん》もない。

「ねえサエ」

「何でしょう」

「ソレ、何」

クレイヴはあたしの隣ですやすや眠っているクレイ君を指さし、きらきらと効果音が出そうな満面の笑みで尋ねる。

え、何ですかその顔。とてつもなく綺麗で恐ろしい笑顔なんですが。

しかし、夫の反応を見る限り、隠し子の件で身に覚えはなさそうである。

「どうしたもこうしたも。クレイヴの息子さんだそうですよ。昨日自己紹介してもらいました」

あたしの返答に、クレイヴの美麗な顔がどんどんまずい状態に変化していく。

笑みを浮かべている顔の、ちょうど半分に黒い影がかかりましたよ。ずごごご、と静かな怒りの効果音が聞こえてくるのは幻聴でしょうか。

「ソレは俺の子供なんかじゃないよ。見たところ複製体《ホムンクルス》みたいだけど。俺の複製体《ホムンクルス》を創るなんて、良い度胸してるなぁ」

そう言うクレイヴの藍色の目には「どう目にもの見せてくれようか」とばかりの獰猛《どうもう》な光が煌《きら》めいていた。

怖いです。夫が魔導師ではなく魔王に見えます。

「で、さっきから寝たふりしているお前、サエから離れないと消すよ?」

その上、しゅんっと錫杖《しゃくじょう》を宙から取り出したかと思えば、黒い一角獣の角をひたりとクレイ君に突きつけました。

ちょ、ちょ、刺さる刺さるーーーっ!? なんだか夫の人格が変わってますよっ!?

「ク、クレイヴッ？　あの、一体どうし……あ、クレイ君」

「……っ」

夫の殺気に飛び起きたクレイ君が、あたしの後ろに隠れました。それを見て、クレイヴは笑顔なのに眉を顰《ひそ》めるという器用な表情を浮かべます。

「お前、何サエにくっついてるの。腹立つから、消していいかな。いいよね」

そして、錫杖《しゃくじょう》をシャンッと打ち鳴らして着ているローブをはためかせ始めました。彼の足下から光が伸びます。

ちょ、ちょ！　何を発動させるつもりですか寝室で！　ナニを！　って、黒い一角獣さんも光ってますよ！

「だ、駄目に決まってますっ！　ていうか、冗談ですよねっ？」

あたしは慌てて夫の腕を押さえ暴走を止めながら、上目遣いで尋ねた。

すると、明らかに据わった目で、クレイヴがにっこり微笑む。視線はクレイ君に向けたまま。

藍色の目が氷のように冷たくなっているのを見て、思わず身体がピキンと冷えた。

あたしに向けたものではないとわかっていても、美形の冷笑は怖いです……っ！

「本気だけど」

「ま、まさかあ」

十中八九本音だろう夫の言葉を、なんとかうふふあははと笑い飛ばして、あたしは夫の錫杖《しゃくじょう》についている黒い一角獣の頭を撫でた。内心、どうどう、と静止の言葉をかけつつ。

「まあ……サエの見ている前じゃまずいか」

その努力が功を奏したのか、クレイヴは錫杖《しゃくじょう》をひっこめてくれたけど、最後にそんな言葉を零《こぼ》していた。

き、聞こえてますよ夫殿……。ああ、口調がついネイになってしまった。

時折、ほんの時折、誰ですかアナタ？　って顔しますよね、クレイヴ。

そんな風に思いつつ、あたしはずっと背後で一言も発さずにいたクレイ君と一緒に朝の身支度を済ませたのだった。

起き抜けに、やたらと体力消耗しました。ついでに言えば精神力も。

クレイヴがひっつき虫さながらにあたしにぴったり張り付いて、普段よりめちゃめちゃ時間がかかったことは、言うまでもない。

◆◆◆

「なるほどねぇ。この子をサエさんに見せれば手を出せなくなる。だから貴方がいない間を狙って屋敷に来させたのね。結構、賢いじゃない」

爽《さわ》やかな朝には不似合いな真紅《しんく》のドレスを着たお義母様は、通常営業で「ほほほ」と楽しそうに笑っていた。朝の白い光と真っ赤な色の対比が、日本の国旗を思い起こさせることは本人には内緒である。

そんな、日の丸弁当の梅干し担当なお義母様の言葉に、やれやれと肩を竦めるのは我が夫だ。

仕事上がりのせいで魔導師の礼服のままだけど、朝食を取るためにローブは外している。

「感心してる場合ですか」

クレイヴはあたしが作ったポトン豚のしょうが風味焼きを食べながらお義母様に反論していた。

それを見て、少しむっとしたお義母様が自分の作った海の幸たっぷりまぜまぜピラフを彼の前にそっと移動させる。

さりげなく自分の分もアピールしているあたり、そろそろお義母様も我慢が利かなくなっているらしい。普段なら、朝一で激しい攻防をあたしと繰り広げている筈だったから。

クレイ君が来たことで一応休戦状態にはなっているけど、お義母様あんまし堪《こら》え性がないからなぁ……。静かなる攻防のみでは、不完全燃焼なんだろう。

ともあれ現在、オルダイア家の五名プラス、クレイ君の計六名は、食堂に集まり各々朝食を取っていた。

ご飯を食べつつ昨日の説明、という訳である。

「本当に昨日はヒヤヒヤしたニャ〜。レイリアは止めても聞かないしニャ」

パロウがお義母様の海鮮ピラフを食べながら言葉を挟む。髭《ひげ》がピンと張っているところからして、怒られないよう自己弁護もかねているみたいだ。中々あざとい猫さんである。

「ごちゃごちゃ言わないの。扉の認識機能で害意がないのはわかってたじゃない。だって追い返す訳にもいかないでしょう?」

「それにしたってネ。レイリアは行き当たりばったり過ぎるのヨ」

「そうニャ」

ネイの突っ込みに、パロウがふくふく笑って同意を示す。獣魔二人からのクレームに、お義母様が「くっ」と悔しそうな顔をした。

「なるほどね……」

そんな彼らを見て、クレイヴが苦笑する。パロウもネイも、余程クレイヴに怒られるのが怖いらしい。

クレーム獣魔と開き直る姑、苦笑する夫を前に、あたしは話の主役の割に完全な空気と化しているクレイ君へ料理を取り分けていた。

って、クレイ君、トマトがフォークから滑ってます。刺さりにくいもんね。丸くてつるっとしてるし。

無言無表情で何度もフォークを突き刺そうとしては失敗しているクレイ君に気付いたあたしは、新しいトマトのへたを持って彼の口元に運んであげた。

クレイ君が、それを無表情でパクリと食べる。

なんだか雛《ひな》の餌付けをしているみたいで、ちょっと嬉しい。

そう微笑ましく思っていたら、なぜか夫が「サエ、俺も」と言って、口をあーんと開けていた。

仕方がないので、再びトマトを持ち、今度は夫の口に入れてあげる。何だコレ。

「ん。美味《うま》い。サエ、ありがとう」

赤いトマトを食べたクレイヴが、満足げな笑みを零《こぼ》した。

はい。うちの夫が可愛いです。

「そんなことより……クレイヴ、言ってあげないの？」

あたし達のやりとりを見ながら、はあと溜息をついたお義母様が言いにくそうに切り出した。

なぜかちらりとあたしを見て、またクレイヴの方へと視線を向ける。

なんでしょうか。朝から「あーん」とか、あたしもするつもりはなかったんですが、息子さんの希望なので仕方ないと思うんです。と内心反論したけれど、どうやらそれについて突っ込みたい訳ではないらしい。

「そのうちわかることだからね」

「……そうね」

あたしが口を挟む間もなく、クレイヴとお義母様は何を納得したのか互いにうんうん頷いていた。

やめてください。嫁を置いてけぼりにしないでください。

「それにしてもクレイヴ様の複製体《ホムンクルス》だなんて、良い度胸してるニャ〜」

ふっくりした黒い口元にお米を何粒かつけたパロウが感心したように言う。彼女の琥珀《こはく》の瞳はクレイ君に向けられている。まるで彼を通して彼の産みの親である人物を見ているみたいだった。

パロウが千里眼を使ってる時の顔、どう見ても化け猫だと感じるのはあたしだけでしょうか。猫妖精《ケットシー》じゃなくて妖怪猫又に見えます。尻尾は二又に分かれていないけど。

「その複製体《ホムンクルス》っていうのは……ええと、どういう？」

「簡単に言えば、人間じゃないってこと。悪く言えば出来損ない」

「……そんな」

耳慣れない言葉を夫に尋ねれば、考えていたよりずっと冷酷な言葉を返され驚く。

あたしにはとことん優しく甘いクレイヴだからこそ、冷たい言い方につい非難するような目を向けてしまった。

すると、彼が眉尻を下げ、ごめん、と呟く。それからクレイ君を一瞥《いちべつ》し、再びあたしに視線を戻す。

「複製体《ホムンクルス》、つまり命を創り出す行為は禁じ手とされている。でなきゃ、いくらでも戦士を増員できるからね……昔、馬鹿な魔導師が一人で軍隊を作り上げようとしたこともあって、全面禁止になったんだ。そもそもこんなのを創るのは、並の魔導師じゃ到底無理だし、たとえできたとしても、ばれたら皇国の魔導師団から指名手配されるからね」

食後の紅茶を飲みながら、クレイヴが肩を竦めて言った。まるで見てきたような言い方が少し引っかかったけれど、長いこと魔導師をやっている彼のことだ、あたしの知らないものを色々と見ているのだろう。

そういう過去の話も、ほとんど聞けていないのが少し寂しくはあるけれど。

それはともかく、である。

禁じ手であるにもかかわらず実行し、あまつさえこんな子供に破廉恥《はれんち》な映像を持たせて送り込んだのだ。一言、いや一発二発かましてやらねば気が済まん、というのが人情だろう。

「命を、しかもクレイ君みたいな子供を利用するなんて許せません……っ！　こんな可愛い子を弄《もてあそ》ぶなんて言語道断です！」

「可愛い、ね……サエはソレを可愛いって思えるんだから、本当に優しいよね」

拳《こぶし》を握り締め熱く語るあたしに、クレイヴはなぜかちょっと複雑そうな表情をした。そしてまるで見たくないモノを見るように、すうと細めた目でクレイ君を見据える。

「クレイヴ？」

「……何でもないよ。子供の自分の姿が目の前にあるっていうのは、何とも妙な気分だね」

クレイヴが目を一度閉じてから開き、ふっと口元だけで笑う。なんというか、無理矢理笑っているみたいな、違和感のある笑みだった。

「そうね……母親の私ですら、そうだわ」

周りを見れば、お義母様も、パロウとネイまでも食事の手を止め、神妙な表情をしていた。皆が訳知り顔の中、あたし一人が大量の疑問符を浮かべ、彼らとクレイ君の顔を見比べる。

だから、置いてけぼりにしないでくださいってば……

少しの寂しさと文句は、重たくなった空気の中では口にはできず、あたしの胸の内だけで留まった。


「……ともあれ！　幼い少年を長旅に出すような馬鹿な親？　いや親じゃなかったのか。まあ、そんな人には引導を渡して、クレイ君はあたしが面倒見ようじゃありませんか！」

会話のなくなった食事を終え、なんとか気力を取り戻す。

なんだいなんだい、皆だけ訳知り顔しちゃってさー！　とやさぐれた気持ちを、ふんぬと拳《こぶし》に込めて口を開いた。

ついでに勢いのまま隣に座っているクレイ君に抱きつけば、彼は珍しく困った様子で視線を彷徨《さまよ》わせ、あたしの顔を見上げた。クレイ君の縹色《はなだいろ》の瞳が揺らめく。

突然抱きついて悪かったかな、と腕を離そうとしたら、華奢《きゃしゃ》な手でぎゅっと背を掴まれ、お？と目を瞬《しばた》いた。

彼が自分から動くなんて初めてだ。おかげでちょっと吃驚《びっくり》したけど、でも嬉しい。

そう思いながらじっと待っていたら、ごほんっと大きな咳払いが聞こえて振り向く。

「……サエ、俺以外の男に、くっついちゃ駄目」

「クレイヴ？」

「駄目」

「は、はい……」

強い口調と視線に圧《お》され、言われた通りにちょっぴりクレイ君から離れる。クレイ君も、一瞬ぎゅっと力を込めたものの、すぐにぱっと離してくれた。

うんうん、少しだけど自発的な行動が見えてお姉さんは嬉しいですよ。

しかしクレイヴ、俺以外の男って言っても、複製体《ホムンクルス》なら本人と変わらないのでは？　いやクレイ君はクレイ君だけどね。それに子供だよ？　と考えたのも束の間。

「つわ！」

いつの間にかあたしの背後に移動していたクレイヴにべりっと引き剥がされて、身体がクレイ君とは反対側に傾いた。

び、吃驚《びっくり》した……っ。

瞬間移動並じゃなかったですか、今の。まさか転移魔術を使ったんじゃないですよね。

いやいや、そんな、まさか。目の前なのに。

見上げると、まるで何事もなかったみたいな平然とした夫の顔が映る。良い笑顔である。

「とにかく、今日は俺も帰ってきたばかりだし、首都へ行くのは明日でもいいかな。サエ」

優しく、なのに有無を言わさぬ口調でそう言って、クレイヴはあたしの頭のてっぺんに口付けをした。その時、覚えのある香りが鼻を掠《かす》めて、あれ、と思う。

「息子が大人げなさ過ぎて、見ていていたたまれないわ……」

しかしお義母様の嘆きやら呆れやらよくわからない呟きに、「おおう家族の前でした」と羞恥《しゅうち》で我に返った。

ボディタッチの多い夫も困りものである。って、そうではなく。

確かに、ハードスケジュールな仕事から帰ってきたばかりの夫に、今すぐ訳わからんネグレクト人間のもとへ連れて行ってくれというのは、かなり酷《こく》な話だろう。大事な夫にそんな無理はさせたくない。

それにクレイ君だって首都から相当な長旅をしてきたのだ。一晩程度で疲労は回復しないだろう。

クレイヴの転移魔術を使えば移動は一瞬だし、できれば今日くらいは二人ともものんびりさせてあげたい。

「わかりました。クレイ君もそれでいいかな？」

尋ねれば、クレイ君は無表情でこくりと頷いた。その彼を、クレイヴはじっと見つめている。

「じゃあ俺は少し調べたいことがあるから、一旦自室に籠もるよ。後でまたゆっくりね、サエ。あんまりソイツにくっつかないでよ」

「はいはい」

「つれないなぁ……俺の奥さんは」

ひらひら手を振るあたしに肩を竦めてから、クレイヴはパロウに何事か言いつけ、二階にある私室へと歩いていった。

そんな彼の背中を見送りながら、あたしはさっき感じた『香り』について、今度こそちゃんと聞こう、と決意する。

出会った時のクレイ君からもしていた、甘い花と土の香り。

お香のような、どこか女性的なその香り。

お義母様はともかくとして、獣魔であるパロウとネイは気がついている筈なのに、彼らが何も言わないのも気にかかる。

ただでさえ、クレイ君のことで皆あたしに話してくれていないことがあるみたいなのに。

別に、皆が話さない方が良いと判断してのことなら、それはそれでいい。だけど、あの甘い香りだけは、どうにも知らないままでは我慢できそうになかった。

なぜ、クレイヴから時々あの香りがするのか。変な胸騒ぎがするのだ。

とはいえ話をするなら、もう少し時間が経ってからの方がいいだろう。

彼の姿が見えなくなった後、振った手を下ろしぎゅっと握り締め、あたしはそう自分に言い聞かせていた。


風が吹き抜ける。

広大な草原をさざ波のように揺らし、蒼天《そうてん》を鮮《あざ》やかな色彩の鳥達と共に通り過ぎていく。

そんな穏やかな光景に、やたら勢いのあるバシバシという効果音が響いていた。

二人とも、朝から元気だなー……

なんて、ふかふかした草の上に座りながら他人事みたいに思う。

「……ハッ！」

「甘いっ!!」

「なんト……っ!?」

緑の上に立つ紅《あか》と灰銀の人影が足を踏み鳴らし、互いの隙を突かんと攻防を繰り返している。

一方が踏み込めば、もう一方が下がり、反動を使って反撃を繰り出す。長い得物がびゅんと空《くう》を切り、バシリと鳴り響く様《さま》は中々の迫力だ。

ちなみに、紅《あか》いのがお義母様で、灰銀がネイである。

お義母様のマーメイドラインドレスの裾は風ではためいていて、ネイの鬣《たてがみ》はぶわりと逆立っている。

二人の気配には、常にはない緊張感と凄みが滲《にじ》んでいた。

でも絵面が凄く変なんですよ。これ。

だってドレスにピンヒールの人が狼と戦ってるんですから。

それでもまあ、これはいつもの光景。見慣れればどうということもない。

二人は食後の運動とばかりに、今日も外で鍛錬を行っていた。よくやるなーと思うけど、ジムに通うみたいな感覚なのかもしれない。

あたしだって学生時代は剣道部に入っていたし、身体を動かすのは割と好きだ。

しっかし、獣魔のネイの身体能力を上回るお義母様って、どんだけ化け物なんですか。元の世界基準で言えば最強クラスの姑ではないだろうか。キング・オブ・姑的な。字面が嫌だわ。

「ちょっト、レイリアったら、あまり鬣《たてがみ》を突かないでくれル？　ハゲたらどうしてくれるのヨっ！」

「避ければいいじゃない。ネイったらそんなことも気付かないなんて、嫌ねー」

「くっ……この熱血スポ根魔導師メ……っ！」

おほほほ、と口元に手を添えて笑うお義母様に、ネイがぎりりと歯を食いしばる。

っと、牙出てますよ牙。めちゃめちゃ鋭いですよ。一応守護獣魔ですよね貴女、その熱血スポ根な人の。

「サエが熱血でなくて本当に良かったニャ……」

「それはどうも」

ネイも大変だなぁと眺めていたら、あたしの右隣に座っている黒猫がしみじみと呟いた。

獣魔仲間として気の毒に思っているのだろう。

パロウはお洒落《しゃれ》さんなだけあって汚れるのを嫌うので、あたしの鍛錬相手はもっぱらお義母様かネイになっている。ネイも特に体育会系という訳ではなく、どっちかというとクールなタイプだが、相手がお義母様なせいであの有様だ。ご愁傷様《しゅうしょうさま》と言うほかない。

哀れな狼を眺めていると、左側から強い視線を感じて振り返った。するとクレイ君が、綺麗な瞳でじっとこちらを見つめている。

「ん、どうしたのクレイ君、退屈だった？」

「いや……」

何なに？　とずいっと顔を近づけたところ、クレイ君が一瞬ぱっと目を見開いて、それから伏し目がちになる。

表情はないけれど、何か言いたいのに言えないような、そんな空気だ。

話したいことがあるのかな？　……なら、話しやすいように、こっちから話題を振ってみようか。

そう思って、彼の方に身体を向けて向き合うと、縹色《はなだいろ》の瞳が揺らいだ。

「クレイ君は、ここに来る前はどうしてたんですか？」

「来る前……？」

「ええと、何をして遊んでたとか、友達のこととか……あ、でも」

普通の少年に話しかけるみたいに言ってから、はたと気付く。そうだ、彼はクレイヴの複製体《ホムンクルス》だったのだ。どうやって命を創り出すのかはわからないが、何となくカプセルのようなものに入っているクレイ君の姿が浮かぶ。

通常とは違う生まれ方、育ち方をしているだろう彼に、とても酷いことを言ってしまったのではないかと、盛大に後悔した。

「す、すみません……ええと」

どう謝ったものかと逡巡《しゅんじゅん》していると、クレイ君が視線を外さないまま自分の胸に細い手を当てた。

束の間無言になったあたし達の間を、春の風が通り抜ける。

「僕は複製体《ホムンクルス》だから、アイツの幼少の記録なら持っている。サエの世界では、子供は遊んだり友人をつくったりするものなのか」

そして、淡々と告げた。

あたしは彼の言葉が一瞬理解できず、きょとんとして、それからはっとする。

「え、あ、はい。たぶんこの世界でも同じだと思いますけど……」

クレイ君がこう言うということは、彼が持つ『クレイヴの記憶』の中にも、子供らしい情報が含まれていないのだろうか。そうとしか取れない言い方だった。

「サエは、知らないのか」

「何を？」

「あの男が、繋がれていたことを」

「サエ、そいつの言うことをあまり聞かない方がいいニャ」

「パロウ……？」

あたし達の会話に、パロウが突然口を挟んだ。普段のまったりした言い方ではなく、酷く冷たく聞こえる声に、違和感を抱く。

「繋がれ……？　ええと、それはどういう……？」

クレイ君の言う、あの男というのはどう考えてもクレイヴのことだ。それは理解できる。だけど、繋がれていた、という言葉の意味がわからない。その話を、パロウが止める意味も。

どういうことかと彼の顔を見つめたけれど、クレイ君はゆっくり瞬《まばた》きをして、なぜか口を噤《つぐ》んでしまう。

「クレイ君？　今のは――」

「っ危ない！」

どういう意味？　と華奢《きゃしゃ》な横顔へ尋ねようとした瞬間、広い草原に大声が響き渡った。

振り返って見えたのは、こちらへ飛んでくる長い影。

恐らくネイかお義母様が持っていた得物だろう、激しく打ち合っていたから、弾き飛ばされたのだ。それが、あたし達の方に凄い速さで向かってきていた。

飛来するそれの直線上にいるのはクレイ君。そのことを悟った瞬間、身体が勝手に動き、彼の上にばっと覆い被さる。

――だけど、得物は頭上まで来た瞬間、ぼっと青い炎に巻かれ、音を立てて空中で掻き消えてしまった。

「え……？」

訳がわからず、ぽかんと呆気にとられる。

「い、今のって……ええと、お義母様？」

吃驚《びっくり》したまま首だけ動かして問うと、ほうと安堵したように息を吐いたお義母様が、こほんと咳払いをしてから口を開く。

「私じゃないわよ。私の炎は紅《あか》いもの。あれはサエさんにかけられているクレイヴの守護警術が発動しただけよ」

「守護警術……あれが」

言われて、なるほど今のがそうなのか、と感心した。

実際に見るのは初めてだったのだ。

何しろ獣魔獣《じゅうまじゅう》を封印した時は常にクレイヴが傍にいて、危険は全て彼が払ってくれていた。

しかし近づいただけで消滅するとは。下手すりゃあたし、人間ブラックホールじゃないでしょうか。

「でも、良かったわ。サエさんが庇ってくれて。貴女には術がかかっているから大丈夫だけど、その子にはないもの。私が弾いたもので怪我されちゃ、寝覚めが悪いじゃない」

色んな意味で凄いなーと思っていると、なぜかお義母様が頬を紅《あか》くして、腕組みしながらぷいっと顔を背けた。

なんですかそのツンとデレは。ああそうか、さっきの危ないって声、お義母様だったんだ。なるほど。

複製体《ホムンクルス》だからとお義母様も冷たく断言していたけれど、彼女にとってクレイ君は幼い頃の息子の姿なのだ。なら、心配してしまうのも当たり前だな、と思った。

お義母様ったら、ほんと素直じゃないんだから。なんだかんだ言いながら、やっぱりクレイ君のことを気にしてるんじゃないですか。そうほくそ笑んでいると、右側のパロウが頭をふるふる振って、耳についている鈴をちりちり鳴らした。

「術がかかっていたから良いものの……自分を盾にするなんて、サエはお人好しにも程があるニャ。サエに何かあると、クレイヴ様に怒られるのはこっちニャんだから、自重してほしいニャ」

でもって、理不尽な文句を言われた。

「だってクレイ君に当たりそうだったし。結局術が弾いてくれたんだから、まあ結果オーライってことで」

先ほどとは打って変わって、普段の調子でダメ出しをしてくる黒猫におどけて言えば、琥珀《こはく》の瞳があたしの後ろにいるクレイ君へと突き刺さる。

「パロウ？」

「……あまり余計なことは言わない方がいいニャ。今すぐ消されても知らないニャよ」

そう言いつつ、パロウが琥珀《こはく》の瞳を遠くに向けた。そこにはオルダイア家の屋敷があり、二階にはクレイヴの書斎がある。

パロウにつられて、ぱっと振り向けば、窓から立ち去る人影が見えた。

あれは……クレイヴ？

今、あの部屋にいるとしたら、彼しかいない。机に座っていたのではなく、どうやら窓際に立っていたように思える。まるで、こちらの様子を窺《うかが》うみたいに。

無言で俯くクレイ君の背中をぽんぽん叩く。どうにも皆、彼に厳し過ぎる。

ただでさえ怖い思いをしたばかりなのに、脅してどうするのか。お義母様はまあ気にかけている様子だけど、どう見ても十歳程度の少年に対して取るべき態度ではなかった。いちいち言葉が冷たい。

複製体《ホムンクルス》だからといって、無下にしていい筈がないのに。

「もう、レイリアのせいでアタシの練習用の棒が燃えちゃったワ。得物がないんじゃ、付き合いようがないわネ」

ほんの少し悶々《もんもん》とした思いを抱いていると、その場を取りなすようにネイが言った。

彼女はやれやれと首を竦めながら、あたし達の方へ歩いてくる。

「そーいう訳デ。今度はサエの番ヨ」

「へっ？　あたしですか？　え、なんで」

「アタシの他にレイリアの相手ができると言ったらサエしかいないじゃなイ。その子のことは見ててあげるかラ。心配しないデ」

クレイ君のことをあたしが気にしているのを察したのか、ネイが言葉を付け足し、ぱちんとウィンクをした。

姉御狼のウインク。これがまた似合うのだから不思議である。

そんな彼女の態度にほっと息をつき、あれ、でもだからってどうしてあたしが付き合わなきゃいけないんだ？　という問題の根本を思い出す。

「いや、まだあたし、やるとは言ってないんですけど」

「あら、何言ってるの？　サエさん貴女もやるんですよ。元々そのつもりでしたし」

戸惑っていると、容赦のない声が飛んできた。

「え」

ぎぎぎーっと、蝶番《ちょうつがい》の壊れたドアのように声の主へと振り向けば、絢爛豪華《けんらんごうか》な地獄の華が妖艶《ようえん》な笑みを湛《たた》えて胸を張っていた。おかげで、ただでさえでっかい胸がやたらと強調されている。

何ですかお義母様、巨乳コンテストにでも出るおつもりですか。いつも思いますけど重たそうですねそれ。動く時痛くないんでしょうか。

と、束の間現実逃避していたら、お義母様が地面を練習棒でバシッと叩き、それからホームラン予告でもするみたいに切っ先をあたしに突きつける。

「当たり前でしょう！　日々の積み重ねがあってこそ戦場で発揮できるんだから！」

「いやあたし戦場とかへ行く予定は……」

「つべこべ言わずに！　さっさとしなさい！　女は度胸よ！」

「えええええ」

駄目だこれ、人の話聞いちゃいない、しかもそこは愛嬌じゃないのか、と思いつつ仕方なく立ち上がると、急に左腕の裾がくいと引っ張られた。

ん？

「サエ」

見ると、斜め下でクレイ君があたしの袖を指先で掴んでいる。おお、初めての反応パートⅡですねこれ。

「クレイ君、どうしたんですか？」

まるで野良猫がやっと懐いてくれたような感動を感じながら笑顔で問うと、クレイ君はおずおずとあたしを見上げ、それから薄い唇を開いた。とてもか細い、やっと耳に聞こえるくらいの声で――

「……ありがとう」

「え」

予想外の言葉に、思わず声が漏《も》れる。斜め下にいる少年の髪が、吹きつける風に揺れていた。無表情なのに、大きな瞳は心許なく揺らいでいて、そこに、僅《わず》かにクレイ君の感情が見えた気がする。

嬉しさと驚きとで、あたしは動きを止めたまま、彼と見つめ合う。

そんなあたし達を、お義母様とネイ、そしてパロウまでもが複雑な顔で見ていたとは知らず。

再び、屋敷の窓際に佇《たたず》んでいた影にも、気付かずに――

◆◆◆

「クレイヴ？　お茶とお菓子を持ってきたんですけど……」

トレイを持った手に注意しながら、なるべく抑えた声を上げた。長く延びた廊下には魔術洋燈《リュミエール》が灯り、淡いオレンジ色の光を放っている。日が落ちて、屋内に差し込む光量が減ったために自動点灯したのだろう。

午前中はお義母様の鍛錬、次にクレイ君と本を読んだりして過ごしてから、あたしは夫の私室の扉を叩いていた。

とりあえず声はかけたので、そっと真鍮《しんちゅう》の持ち手を回して扉を開く。

すると、紙とインクの独特な香りがふわりと漂《ただよ》った。同時に、夥《おびただ》しい数の本の背表紙が目に入る。蔵書は難しい魔導書とか、薬草や鉱物に関する図鑑なんかがほとんど。

これまで何度も入ったことのある彼の部屋は、壁側が上から下まで漆黒の本棚になっている。僅《わず》かに空《あ》いた壁面には鮮《あざ》やかな色彩のタペストリーが飾られており、ボタニカルな植物柄と相まってとても神秘的だ。

重厚で荘厳とも言える造りは、歴史ある図書館に来たような、そんな心地にさせる。

クレイヴの部屋だから、というのもあるけれど、元々本好きなあたしにとって、この部屋はお気に入りになっていた。

「クレイヴ……って、あ」

部屋の主から返事がなかったため、そっと中へ入って確認すると、クレイヴは魔導書を膝の上に置いたまま書斎机で眠り込んでいた。やはり疲れていたらしい。

別に問い詰めるつもりはなく、ただ質問しに来ただけなのに、穏やかな顔を見ていると妙な罪悪感を覚えた。

あたしは音を立てないよう気をつけながら、大量の本が置かれている机の端にお茶とお菓子を乗せたトレイを置く。それから彼が開いている魔導書のページをなんとなく覗き込んだ。

不思議な形状の鉱物が図解されている横には、読むのが億劫《おっくう》になるほど長い説明文が綴《つづ》られている。

たぶん名称や加工方法などが記してあるのだろう。クレイヴの言語変換術のおかげで読めるので、少しだけ読んでみたけれど、予想通りというか、あたしじゃさっぱりわからなかった。まあ、毒きのこ類に関してだけはお義母様のおかげで詳しくなっていると思う。あんまり嬉しくないが。

それにしても、いつから寝ているのかはわからないけど、このままでは風邪を引く。

声をかけるべきかなと考える一方で、もう少し寝顔を見ていたくて、あとちょっとだけ……と伏せた長い睫《まつげ》に縁取られた閉じた目を眺めていた。

相変わらず綺麗に整った顔だ。本当に人間なのかたまに疑ってしまうほど。

よもやこんなイケメンが自分の夫になろうとは、かつてのあたしでは考えもつかなかっただろう。

そんな風に思いながら、夫の寝顔に見とれていたら、藍の双眸《そうぼう》とふいに目が合った。

「……起きてるなら言ってくれればいいのに」

今目覚めたにしては、はっきりした光を宿す目に文句をつければ、途端ふわりと微笑まれて、揶《す》ねた気持ちが消えてしまった。

ずるいなぁ、と思いつつも、伸びてきた掌《てのひら》に頬をすり寄せたら、彼が喉奥で笑った気配がする。

唇が緩い弧を描いていた。

「サエが凄く可愛い顔で見つめているんだろうなって思うと、目を開けるのが勿体なくて」

しかもそんな甘い台詞《せりふ》を口にして、蕩《とろ》けるような目を向けてくるのだから、我が夫ながら中々どうして、狡猾《こうかつ》な人だと呆れる。

「何ですかそれ。それよりも、こんなところで寝てたら風邪引きますよ。寝るなら寝台で寝てください。寝たふりするにしても、寝台でやってください」

照れを誤魔化すために、ちょっとだけ唇を尖らせて言う。

そうしたら今度は「ごめんごめん」と、全然悪いと思っていなそうな謝罪をされた。まあ、狸寝《たぬきね》入《い》りするくらいだから、元気ではあるんだろうけど。

それにしても最近は過密スケジュールだし、クレイ君の用事もできたので、少し心配な気持ちもあった。いくら魔術で疲労回復や身体強化ができるといっても、精神的な疲れはやはり休息をとって初めて癒《い》やされるものだと思う。

しかしここまで多忙だと、元の生活スタイルに戻してあげる暇すらない。

クレイ君のことはクレイヴ本人にも関わることだし、あの子のためにもなんとかしてあげたいけれど、やっぱり夫が心配だった。

「クレイ君の件、あたしとお義母様達だけで行ってきましょうか？　クレイヴは最近忙しかったですし、無理をしなくても……っと」

言葉の途中で、クレイヴにくいと腕を引き寄せられ、彼の膝に座らせられた。

目線が彼と同じ高さになり、一気に顔が近くなる。

ひえっ、膝抱っこ。膝抱っこですよねこれっ。ちょっと刺激が強いんですがっ。

「駄目だよサエ。それに言ったじゃないか、複製体《ホムンクルス》を創ることは禁忌だって。これは既に皇国にとって一級犯罪になっている。もう魔導師団の団長にも連絡は入れたよ。十中八九、俺が担当になると思う。当事者だからね」

「た、確かに……っ！　ってやっぱり犯罪案件なんですねこれっ」

「そりゃあね。パロウから聞いたけど、アイツは自分の創り主を聖巫女《せいみこ》ミシェーラだと言ったんだろう？　組織的にであれ個人的にであれ、神殿が禁忌を犯しているなら、皇国魔導師でも俺か父さんくらいしか対処できないからね」

なるほど。そういえばクレイ君がそんなことを言っていたなと思い出す。あたしの中では既に聖《せい》巫女《みこ》から、道を踏み外したどっかの輩《やから》にランクダウンしていたので、とにかく一発殴りに行く相手としか考えていなかったけど。

「そ、その、クレイヴはその人に会ったことあるんですか……？」

何度も言うが、浮気疑惑は晴れている。お義母様もクレイ君のことを複製体《ホムンクルス》だと断言していたし、パロウとネイも頷いていた。勿論クレイヴ本人も。

だけど……やはり気になるのは、あの香りと、写魔鏡《しゃまきょう》に映っていた美しい金髪の女性だ。

あたしが香り一つをこれだけ気にかけているのには、そこに理由がある。

甘い花の香りに土の混じったような例の匂いは、映像で見た金色の女性の香水などの匂いなのかもしれないと考えていたからだ。

あれから話題には出ていないけれど、恐らくあの人が聖巫女《せいみこ》ミシェーラなのではないだろうか。

というか、確実にそうだろう。お義母様は意に介していない様子だけど、どうしても気になってしまった。

俯きがちに言ったあたしに、クレイヴはどうしてか無言のままだった。

顔を覗き込まれているのが、落ちた影でわかる。だけど目を合わせられない。

実を言うと、クレイヴは出会った頃からストレートに気持ちをぶつけてくれたし、こういう風に第三者があたし達の間に関わったことが今までなかったのだ。

だから余計にもやもやしてしまっている。

本当は、過去にもこうして彼と深い関係になった人がいたのではないかと。

お義母様達の前で平気な顔をしていることはできても、忘れてしまうのは無理だった。

「……サエ、気にしてくれていたの？　アイツは複製体《ホムンクルス》だって言ったよね。俺は、君以外の女性を見たことはないよ」

「し、信じてはいるんですっ！　だけど……だけど、あたしはクレイヴのことを、まだこの二年分しか、知らないから……」

誤解させてしまったかと、罪悪感と申し訳なさで顔を上げた。

疑っている訳ではないのだと、必死に説明する。

だけど実際、あたしはクレイヴの過去についてほとんど知らない。

出会った当時や大人になってからの話はしてくれたけど、子供の頃の話や、どんな友人がいたかなど、そういう話は一切なかったからだ。

これほど毎日のように、魔導師団から呼び出しを受けているのに、誰か友人に紹介されたりなどもない。同僚の一人くらい、いてもおかしくなさそうなのに。

本人も話したくないみたいだったし、今まではそれでもいいと思っていた。目の前にいる彼が好きなのだから。

だけど、今だからこそ思うのだ。

聞きたいのに、知りたいのに踏み出すことのできなかった状況が、本当はどうしようもなく心許なかったのだと……あたしは、クレイ君が現れたことで思い知った。

彼の言っていた『繋がれていた』という言葉も気にかかる。

子供らしい情報がないと言っていた、その意味も。

どうか教えてほしい、という思いを込めて、あたしはクレイヴの膝の上に座ったまま、彼の広い胸に片手を当てた。夫の顔を見つめると、艶《つや》のある褐色《かっしょく》の肌に、いつもより濃い影が落ちていることに気付く。

「俺は――サエの全てを知りたいけれど、サエには俺の全てを知ってほしくはないな。むしろ、知らない方がいい」

クレイヴは陰を帯びた表情のまま、どこか遠くを見るようにそう告げた。あまりにも自然に零《こぼ》されたせいか、束の間、理解が追いつかない。

知ってほしくはない……って、はっきり言われた。

今までこんな風に、拒絶されたことはなかったのに。

突然冷水を浴びせられたみたいに寒さを覚えて、唇が震えた。

「それは、その、どう……して？」

「君に、嫌われるのが怖いから」

問えば、間髪《かんはつ》容れずに答えが返ってくる。心なしか、声音に若干の暗さを感じた。

そこでようやく気付く。彼があたしに見せている反応が、拒絶ではなく怯《おび》えに近いものだということに。

彼の顔が、今にも泣き出しそうに見えて、あたしはその胸に置いた手をぎゅっと握った。クレイヴの着ている魔導師服に、細かい皺《しわ》が寄る。

「そんな……っそんなのは絶対にないですっ。ありえませんっ」

「……その言葉は嬉しいよ。だけど……俺の穢《けが》れをさらせば、君はきっと逃げ出したくなる。元の世界へ戻りたいなんて言われたら、それこそ君に嫌われても仕方のないことを、俺はしてしまうだろう」

「っ」

言い募った言葉を、ゆるゆると頭を振って否定されてしまった。

額《ひたい》が寄せられ、クレイヴの銀の額飾りがあたしのおでこにあたる。

互いの肌の間にある異物。それがまるで、教えてもらえない彼の過去そのもののように思えて、胸が切なくなった。

「逃がすつもりも……帰すつもりもない。君に嫌われたら、俺が選べる道は一つしかなくなってしまう」

眼前の瞳は穏やかなのに、物言いはじっとりした熱を孕《はら》んでいる。彼の表情を見て、思わず息を呑む。

ぞくりと、背筋が戦《おのの》いた気がした。

……だけど。

「まあでも、サエがそう考えたってことは、何か不安なことがあったってことだよね。言えることは限られるけど、答えられるものもあるかもしれない。という訳で、君は何を気にしてるのかな？ちょっと言ってみようか♪」

「へ？」

唐突に、まさに打って変わって軽快に質問を投げられて、呆気に取られる。

あの寒気すら覚える空気は一体どこにいった。それより、どうしてクレイヴは急にそんな超絶笑顔になっているんでしょうか。にこにこにこって効果音がつきそうなほど。

「ほらほら、サエ。聞きたいことがあるんだよね？　言ってごらんよ。答えられることなら、ちゃんと答えるから」

「え、ええっと……」

あれ、結局答えてくれるんだ、ならさっきの言葉は何だったんだ。

が、こんな機会は滅多になさそうなので、とにかく質問せねば、と思考を巡らせた。

「えーっと、ああ、あれです！　か、香り！　その、クレイヴから、たまに甘いお香みたいな香りがしてて。それがあの、クレイ君が来た時にもしてて」

状況についていけていないせいか、説明がごちゃごちゃになってしまう。が、クレイヴには十分伝わったのか、彼は「ああ、それか」と軽く頷いた。

ええー……なんだかあたしが悩んでいたのが馬鹿らしくなるくらいの軽さなんですけど……

「それはたぶん、神殿のお香の匂いだよ。獣魔獣《じゅうまじゅう》の封印石が皇国の神殿で保管されてるのは知ってるよね？　あれからちょくちょく様子を見に行ってるから、その時にうつったんじゃないかな」

「は……はあ」

これまたなんとも軽い事実に、あたしは脱力する。

「そういえば行ったって言ってましたね……なるほど、お香っぽいなって思ってましたけど、やっぱりそうだったんですね」

「うん。……それで？　他には？」

がっくり項垂《うなだ》れているあたしに、クレイヴは顔をぐっと近づけて、早く早くとせっついてくる。

しかも何だか楽しそうだ。

顔が近いです。まだ聞きたいことはありますので、もうちょっと離れましょうか。

「ええっと……あ、その、クレイヴは子供の頃どうしてたんですか？　『繋がれてた』って、意味わかります？」

そう問うと、なぜかクレイヴの表情が消えた。というより、虚無になった。

濃い肌に、より濃密な陰が落ちる。

「……それ、誰が言ってたのかな」

「え、えと」

なぜかクレイ君の名前を出してはいけない気がして、言葉に詰まった。すると、ふっと吐息を漏《も》らしたクレイヴが、あたしの顔の横にある髪を一房掬《すく》い、くるくるいじり出す。

「まあ予想はつくけどね……でもごめん、サエ。それはちょっと言えないかな。あまり気持ちの良い話じゃないからね」

なんとなく予想はしていたけれど、やっぱり困ったような笑顔で躱《かわ》されてしまった。それに少しの寂しさを感じながら、頑張って微笑みかける。

「いえ、それでも一つは教えてもらえましたから。ありがとうございます、クレイヴ」

「……そこはお礼じゃなくて怒るところだよ、サエ。本当に君は……色んなものを俺に与えてくれるんだから」

それはクレイヴの方だと思った。

あたしは出会った時からずっと享受し続けているだけで、ほとんど彼に返せていない。だからこそ、もっと知って、もっと深く関わって、離れないようにしたいと思ってしまうのだろう。とても傲慢《ごうまん》な、自分勝手な思いだ。

「サエの質問は終わりかな。それじゃあ今度は、俺からも聞いていい？」

「クレイヴから？」

「うん」

「ど、どうぞ……って！　何してるんですかっ」

「んー？　いやぁ、サエが可愛くて、つい」

つい、と言いつつ妖しい手つきで背筋を撫でてくるクレイヴの膝の上で、くすぐったさに身を捩《よじ》る。

完全に気を抜いていたせいか、突然もたらされた色を含んだ刺激にわわわ、と唇が戦慄《わなな》いた。

いや、ちょ、なぜに、話しながらそんな撫で方をせねばならんのでしょうかっ。

嫁は理解に苦しみますっ。ひやああ、ぞくっとしました今！　だからコロコロとテンション変わり過ぎですからっ。まだぎりぎり夕方なんですけどっ。

時間帯を考えましょう、と態度に表すために身体をまさぐる悪戯《いたずら》な手を押し止めようと試みる。

が、こういう時だけ驚きの強引さを発揮するクレイヴは、にこーっとこちらが不安になる笑みを浮かべ「それじゃ、お言葉に甘えて」と話を切り替えた。

どうやら質問に戻ってくれるらしい。

「ねえサエ。君、昨日はアイツと一緒に眠ったんだって？　酷いじゃないか。俺というものがありながら、他の男と同衾《どうきん》するなんて」

「同衾《どうきん》って……あと、アイツじゃなくてクレイ君です。彼は子供じゃないですか」

それにパロウだって一緒だったし、と反論したら、藍色の眉がこれでもか、とぎゅむうと顰《ひそ》められた。

ナニ、その顔。まるで蛙でも踏んづけたみたいな。

「子供、ねえ……君のその優しさや純粋さは美徳だけど、少し心配だな……。サエ、お願いだからアイツと必要以上に親しくしないでくれ。俺は、君が悲しむ顔は見たくないんだ。それに……」

「それに？」

クレイヴが語尾を濁す。

言葉の続きを聞く前に、彼の表情が僅《わず》かに歪《ゆが》んで、まるで怯《おび》えているような、不安そうな複雑な感情が浮かんだ。

それを隠すみたいにぐっと抱き締められて、彼の顔が見えなくなる。

耳元に吐息を感じた瞬間、背後でシャンッと綺麗な音がした。

それから、低い声が耳朶《じだ》に響く。

「え……？」

なぜか紡《つむ》がれた音の意味が理解できなくて、一瞬戸惑う。しかし気付いた。

これはたぶん、変換される前のこの世界の言語なのだろう。

途切れがちに聞こえる異国の言葉を、あたしは何も言わずにじっと聞いている。

声音に含まれた切なさ、背を抱く指先の強さに、声が出なかった。気のせいか、クレイヴの身体が震えているように思える。

いつもどこか飄々《ひょうひょう》とした彼とは真逆の切実な気配に、胸が痛くなった。

「……どういう意味ですか？」

返事は期待しないまま、やわらかく笑って大きな背に手を回すと、より強く抱き締め返された。

「さあ、ね」

肩越しの短い言葉を聞きながら、あたしはいつの間にか夜の部屋を照らしていた月明かりを見つめた。

◆◆◆

「穢《けが》れ……か」

夕食後、自室のベッドに寝そべったまま、天井を見上げ呟く。不安は晴れた筈なのに、まだ心に引っかかるものがあった。

いつもなら夫が寝ている場所に手を伸ばして、白い敷布をくしゃりと掴む。

人の体温がないせいで、触れた生地は少し冷たい。

遠くで、夜に鳴く鳥の声が聞こえて、あたしはぼんやりしながら明かりの落ちた室内を眺めていた。

クレイヴはまだ作業があるとかで、夕食の後はまた自室に籠もってしまったのだ。

何か手伝えないかと聞いたけど、予想していた通り笑顔で大丈夫だと断られた。

いつもなら、書類整理程度のことはさせてくれるのに。

「やっぱり、違う……いつもと……」

クレイ君が現れてから、夫の様子が明らかにおかしい。だけど、それがどうしてなのかは、わからない。

悶々《もんもん》とした思いを抱え、闇の中で目を閉じる。

瞼《まぶた》の裏に浮かぶのは、この世界に来た当時の夫の顔だった——


「……ええと、クレイヴ、さん？　その、オルダイアさん……でしたっけ？」

皇国ティレファスという初めて耳にする国の名前や、見たことのない景色に、混乱するやら驚くやら一通りのリアクションを終えたあたしは、連れてきた張本人の名前を復唱していた。

「クレイヴでいいよ。そう呼んでほしいな。君には」

「はあ……」

片手におにぎりを持つ彼は青い空の下、喜色満面で答えてくれる。

この場が元いた世界ではないことを説明され、それが夢ではないのだと理解したあたしがまず取った行動は、とりあえず手元の生ものを消費することだった。

だって手にはコンビニ袋があったのだ。

あの、おにぎり三つと缶ビール、あたりめ、たこわさのパックが入ったやつが。

持ったままでアレコレするにはまずいラインナップだし、それに飲まないとやってられなかったという理由もあった。

ただ、あたしをこの世界に連れてきた男性までもが、一緒に一杯やるとは思わなかったけど。

彼がピクニックシート代わりに敷いてくれた色鮮《あざ》やかな布地の上、ツナマヨネーズのおにぎりを頬張る。クレイヴ、と名乗った男を盗み見ると、やたらにこにこしながら、あらほぐし鮭おにぎりを食べていた。

「悪いね。ご馳走してもらって」

「……いえ、一人で食べるには多かったので。それよりも……鍵？　でしたっけ？　あたしがそれで、ええと、じゅうまじゅう？　とかいうのの封印の手伝いをしてほしい……で合ってますか」

「そう。ついでに言えば、その後は俺の奥さんになってくれると嬉しいんだけど」

「……」

既に何度か言われた台詞《せりふ》に、無言で返す。だけど、目の前の異国感溢れる男は笑顔のままだ。

彼はあたしをこの世界に連れてきた理由を教えてくれた。それは簡単に言えばお手伝いだけど、内容は結構ヘビーなものだった。

一瞬断ろうかと思ったものの、君じゃないと駄目なんだ、と言われて渋々了承してしまったのだ。

だって、本当に真剣に言われたから。

「と、とりあえずお手伝いに関しては約束したので協力します。が、その後のことについてはその時にならないとわかりません」

十分だよ、ありがとう、とおにぎりを食べ終わったクレイヴが嬉しそうに言って、突然姿勢を正し、あたしの前で膝をついた。

まるで、王に傅《かしず》くように。

「あ、あの……？」

物語の一場面を彷彿《ほうふつ》とさせる気品ある振る舞いに、息を呑む。

戸惑うあたしの前に、すっと掌《てのひら》が差し出されて、その先にある藍の瞳と目が合った。

「サエ、この世界を知ってみて。それから、俺のことを知ってみて。元の世界より怖いこともあるかもしれないけど、きっと君を守るから。そしてもし、俺を好きになってくれたならその時は、どうかこの手を再び取ってほしい――」


この世界に来た頃、そうクレイヴが言ってくれたことを思い出した。

あの時彼は、確かに言っていたのだ。

自分のことを知ってほしいと。なのに今日は矛盾していた。

……どちらが本心なのか迷う。

だけど、わざわざあたしに通じない言葉まで使って何かを告げたのは、知られたくない気持ちと知ってもらいたい気持ちの、相反する気持ちを抱えているからなんじゃないだろうか。

「嫌うなんて――そんなこと、ある筈ないのに」

あたしはとっくに、クレイヴに全てをさらしている。それを受け止めてくれた人を、どうして嫌うことなどできるだろう。もう既に、この想いは恋の域を超えているのに。

夫が時折見せる、あの不安げな顔をなくしてあげたい。

あたしが帰りたいと口にしないか、心配をしなくて済むように。

そう願いながら、あたしは寝台の上、目を閉じた。

◆◆◆

——宵闇《よいやみ》に梟《ふくろう》の声がする。

それを不穏に感じるのは、自分の心がざわついているからだろうか。

生物が暗闇で息を潜《ひそ》めるこの時間帯は、俺——クレイヴ＝オルダイアにとって最も心地良く感じられる刻《とき》だ。

格子窓越しの星空は誰もが綺麗だと賞賛するものだろう。今は眠りについている彼女もそうだ。

しかし、俺自身に近いのは森の奥深く、木々の隙間や陰で蠢《うごめ》く者達だった。

机上に置かれた、大樹の図に見える魔術式に目を落とす。

それはあと僅《わず》かで完成を迎え、発動の目処《めど》も立っている代物《しろもの》だ。

この魔術式が行使されれば相当な負荷がもたらされるだろう。そして俺が、その痛みを負うことになる。

不本意ではあるが、あれの【核】を生み出した人間だから。

一年前は彼女の力を借りても封じることしか叶わなかったが、ようやくあれを自らの内に戻せるという事実は僥倖《ぎょうこう》だと言うほかなかった。それもこれも全てサエのおかげ。彼女が俺の手を取ってくれたからこそ、この術が完成したのだ。

けれど、できるならあんな醜《みにく》いものを彼女の目に触れさせたくない。なのに、一番見せたくない女性の力を借りねばならないとは、何とも皮肉な話だ。

俺から生み出されたもの。そして未だ繋がっているもの。

この世界の人間が吐き出す負の感情は、湧き出る蟲《むし》よりも質《たち》が悪い。

椅子から立ち上がり、右手に錫杖《しゃくじょう》を呼び出す。夜空に瞬《またた》く銀の月が、窓硝子《ガラス》越しに黒い一角獣を照らしている。

他の魔導師が純白の獣を持つ中で、ただ一匹黒く染められた獣。

彼女にだけはこの意味を秘めていたかった。

恐れられるのが恐ろしい。俺がかつて起こしてしまった悲劇を知れば、彼女は何と言うだろうか。どんな目で俺を見るだろうか。

考えながら外を眺めていると、予期していた足音が聞こえた。

その人物は扉を叩いた後、こちらの返事を待たずに部屋へ入ってくる。

「……せめて、声を聞いてからにしてくれないかな」

そう言うと、その紅《あか》い人――母は神妙な面持ちで、けれど悲しげに俺を見た。

「どうしてもサエさんに、言わないつもり？」

「……何を」

言葉の意味を理解した上で、あえて素知らぬふりをする。今夜は月が一際明るいせいか、絨毯《じゅうたん》に格子模様と人影が色濃く浮かび上がっていた。影は黒く、闇に近い。

反応を予想していたのか、母が細い溜息をついた。いたたまれないのだろう、結果が見えているからこそ。

「知らなければ、きっと最後にとても傷つくわ。自分を呼び寄せるために、あの子が創られたと知ったら」

紅《あか》い目が、暗がりの中で強く光る。子を諭《さと》すような物言いだった。

「だから？　鍵であるサエをおびき出すために、短命のアイツがダシにされたんだって言えば、何か結果が変わるとでも？　複製体《ホムンクルス》なんてまがいもの、ましてやあんな粗雑に創られたものを永らえさせることは、俺や父さんですら無理だ。変わらない事実があるのに、それをわざわざ見せつけて、今すぐにサエを悲しませろっていうのか」

彼女を悲しませるのなら、たとえ産みの母でも許さないと声音に込める。母が言われずともわかっていることをわざわざ言いに来たのは、サエに心の準備をさせてやりたいがためだろう。それは理解している。

本来なら、アレが彼女の目に入る前に消滅させる筈だったのだ。しかし魔術式を組み上げるのに気を取られ、後手に回った。彼女と過ごす穏やかな日々を一刻も早く手に入れたくて、焦った結果がコレだ。

我ながら愚かな失態だった。可能なら、刻を超えてアイツ——俺の複製体《ホムンクルス》を殺してしまいたい。けれど外に出られなかった頃の姿の俺を、彼女が優しく見つめているのを見ると、なぜか救われたような気にもなってしまうのだ。

今、事実を知れば、彼女は二度悲しむことになる。それに全てを話さなくてはいけなくなるだろう。なぜサエが首都へ呼ばれているのか、心の奥底ではサエを閉じ込めたいとすら思っている俺が、首都に出向くことをなぜ許しているのか、それらの意味を。

それは俺が嫌だった。恐らくアイツも望んでいないだろう。忌々《いまいま》しさもあるが、あれは自分と同じ存在なのだ。同情もしている。アイツは決して、俺にはなれないのだから。

「母さんが見ていられないのも当然だ。あの歳の俺が、外にいる筈がないからね」

「クレイヴ……」

「母さんがサエを大事にしてくれているのはわかってるよ。俺はそれで十分だ。彼女を繋ぎ止めてくれる人やものの数が多ければ多いほど、俺は安心できる。それに感謝してるんだ。サエをこの世界に喚べるだけの力を、貴女は俺にくれた。今は……母さんにも、父さんにもそう思っているよ」

俺が最後まで語った後、母の目は少し潤《うる》んでいた。非はないのに、自分を責めているんだろう。

息子の一角獣が黒いことの理由が、自分にもあるのだと。しかしそれは見当違いだ。

俺はこの色があったからこそ、彼女をあの世界から奪えたのだから。

「大丈夫。父さんのおかげでこれが最後になる。皇国から縛られるのもだ」

今まで馬車馬の如《ごと》く働かされてきたのだ。この件が終わればしばらくは余暇を過ごせるだろう。

サエと二人、長めの旅行に行ってもいいかもしれない。他の国、他の場所で、彼女はどんな風に笑うだろうか。今よりももっと、俺を含めて、この世界を好いてくれるだろうか。

彼女がこの世界に留まってくれるなら、どんなことでもできる。非道と言われることすら躊躇《ためら》わずに。

「……クレイヴ、貴方に一つ助言をしましょう。これは母として、そして魔導師としてのものよ」

俺がサエに事実を告げるつもりがないことを悟った母が、くるりと踵《きびす》を返す。

暗闇の中でも見て取れる鮮《あざ》やかな真紅《しんく》の髪から横顔が覗く。そこにはサエといる時にも浮かぶ晴れ晴れとした笑顔があった。

「サエさんは、貴方が思っているほど弱くないわ。強くもないけど。庇護されて、ただ綺麗に飾られるばかりの女じゃないのよ。それだけは、覚えておいて」

そう言って、母は魔導師らしい凛々《りり》しい微笑を見せた後、俺の部屋を去っていった。自信と確信を持った、軽い足取りで。

母の残した言葉を思う。

あの言葉通り、彼女は確かに強くない。

けれど、きっと弱くもない。元の世界で生きていた頃から。

彼女は俺と違って『与える側』の人間だ。俺のように、奪う側ではなく。

出会ったばかりの者にすら優しさを与え、庇おうとする彼女だからこそ、傷を強さにできるのだろう。

サエは変わらない。彼女が元の世界にいた頃から少しも。

あの日、開いた次元の狭間《はざま》、幾千の異界に住まう異邦人達が水鏡に映し出される中で唯一、俺の視線を奪った女性がサエだった。

気付いた時には、吸い寄せられるように彼女のもとへ向かっていた。

瞼《まぶた》を閉じれば、出会った頃の可愛いらしい姿が浮かぶ。頼りない身体を灰色の衣服で包み、疲れた顔をして、それでも懸命に生きていた彼女の姿が。

サエはあの世界で、精一杯誠実に生きていた。そしていつも誰かに与えていた。とても寂しそうな顔をしながら。

そんな彼女を見ていて、俺は初めて誰かを欲しいと思った。

その瞬間、サエが俺の『鍵』になったのだ。

彼女が傍にいてくれたら満たされる気がした。代わりに、自分は彼女に何をあげられるか？　と思考して——俺は新しい世界を、サエが幸せになれる世界をあげられると考えた。もしも彼女が受け入れてくれたなら、寂しさと悲しみに満ちた元の世界から、彼女を奪ってしまおうと。

そう決めて、俺は倒れ込んでいく細い身体を抱き止め、サエの前に姿を現した。

初めて触れた彼女の身体は折れそうなほど華奢《きゃしゃ》で、なのに泣きたくなるほど温かかった。

俺は歓喜に胸震わせながら、きょとんとした顔をしているサエに手を差し伸べ、手が重なった瞬間、こちら側へ引き寄せたのだ。

懐かしい世界で起こった懐かしい光景を思い浮かべ、錫杖《しゃくじょう》を一振りし、転移魔術を行使する。

今すぐ、彼女の顔が見たくなった。

音もなく部屋に転移して、寝台から規則的に聞こえる健《すこ》やかな呼吸に近づいていく。

そこには、月明かりに照らされた愛しい女性が眠っていた。肩までの黒い髪が頬に流れているのを指先で払ってやると、彼女はくすぐったそうに身じろいだ。もっと触れたいという渇望が胸に湧き上がる。

「……ねえ、サエ。君は今、幸せ？　俺は君を、幸福にしてあげられているかな。俺が感じているのと、同じくらいに」

問いかけに、返事はない。この世界に来てから眠りが深くなったのだと、以前、彼女自身が言っていた。

安らかに眠れるのならばいい。君が安心して眠れる世界であるのなら。

元の世界よりも、ずっと心穏やかにいられる場所ならば。

元の世界といえば、俺の髪色は、彼女の世界では「藍色」というのだそうだ。彼女の国を表わす色でもあるらしい。

それを聞いた時、本当に嬉しかった。自分の身に少しでも彼女に繋がるものがあるのだと思うと、とても満たされたのだ。

「サエ……この色が好き？　それは君の故郷の色だから？　それとも俺の色だから……？」

どちらにしろ、俺は君をこの色で包もう。ここから逃げられないほど、隙間なく。

そんなせんないことを思いながら、俺は焦がれ続けている愛しい人に口付ける。

やわらかく微笑む彼女の肌が、月の光に染まっていた。

第三章　嫁と姑はタッグで戦います！

「嫌だ。まだ仕事したくない。サエと過ごしたい……」

お義母様との鍛錬でへとへとになった次の日。

それではクレイ君の産みの親のところへ殴り込みに参りましょう！　と意気込んでいたら、夫に盛大に駄々をこねられました。子供か。

嫌だ嫌だと左右に首を振るせいで、クレイヴのローブの金飾りがシャラシャラと音を立てている。さながらＢＧＭである。

「クレイヴにばっかり仕事させて、悪いと思うんですけど、そこを何とかお願いできませんか？」

「サエ……」

あたしに抱きつき、眉をハの字にして嫌々をする夫の背中をさすって、何とか聞いておくれと諭《さと》す。普段も仕事したくないだとか、一緒にいたいだとか言われることはあるけれど、なんだかんだで仕事熱心だし、あたしの望みは基本的に叶えてくれるクレイヴなので、彼がこんな風に言うのは少々珍しい。

「クレイヴ、観念なさいな。貴方だって、このままでは気分が悪いでしょう」

嫁に甘える息子を見たお義母様が、腰に両手を当て呆れ声で言う。しかし説得力は皆無だった。何しろ彼女の現在の格好は「いざゆかん！　果てなき秘境の奥地へと！」と言わんばかりの探検家装備なのだ。何と言うか、楽しんでいるようにしか見えない。

いつものドレスは一体どこへ。というよりガチなんですけど。お義母様が。

そんなお義母様を見て、パロウとネイが「レイリアは相変わらず熱血だニャ」とか、「ああなると厄介なのよネ……」とか口々に呟いている。今お義母様に睨まれて黙ったけど。

お義母様、実はお出かけしたかったんですね。

お義母様の言葉と、行く気満々ルックが効いたのか、クレイヴはあたしの肩越しに長い長い溜息をつき、やっと身体を離してくれた。

クレイ君ががっつりこちらを見ていたので、正直離れてくれてほっとする。

「まあね……仕方ないか。それじゃあ皆、外に行こう。ここじゃ少し狭いからね」

観念したみたいにクレイヴが両手を軽く挙げて言った。表情はもの凄く嫌そうだけど、昨日の言葉通り、仕事でもあるようなので仕方なく、といったところらしい。

彼の指示に従い、あたし達はそれぞれ簡単に荷物をまとめ、オルダイア家の城の外へと集まる。

ちなみに、お義母様はクレイヴに「その格好はやめて」と探検家ルックを却下され、渋々元の紅《あか》いドレスに着替えていた。

いや、それもどうかと思うけど。十センチヒールが草原に突き刺さってます。

「サエはこっち」

「つわ！」

クレイ君と手を繋いで一緒に外に出たら、横からくんっと腕を引っ張られて、たたらを踏んだ。

でもって、ぼふんと顔に衝撃を受ける。

長い腕が腰元に回り、あたしはあっという間にクレイヴの腕の中に収納されていた。

毎度のことながら、手品師みたいな芸当である。魔術は使ってないのに。

クレイ君と繋いでいた手も、気付かないうちに離れていた。ちゃんと掴んでた筈なのに、おかしいな。でもまあ、お義母様が代わりに手を繋いでくれているから、大丈夫かな。

クレイ君はお義母様とネイに挟まれる形であたしの顔を見つめていた。転移魔術なんて使える人は、皇国には数えるほどしかいないそうなので、確実に初めての体験だろう。だけど彼ははしゃぐでもなく、怯《おび》えるでもなく、冷静な表情で佇《たたず》んでいる。

少しは感情を出してくれるようになったかと思ったけど、やっぱりまだまだだなと思う。それもこれもきっと、慈《いつく》しんでくれるまともな人と暮らした経験がないせいだ。

そう考えつつ彼をじっと見ていたら、横に立つクレイヴがごほん、とわざとらしい咳払いをした。

「……すぐに目的地へ行くのもいいけど、それじゃ味気ないよね。うん、ここは一つ、空の散歩といこうか」

「へ？」

てっきり首都までクレイヴの魔術で移動すると思っていたのに、予想外の台詞《せりふ》を聞かされ間抜けな声を出した。

いや、まあ確かに一瞬で移動しては身も蓋もないと言えば、そうだけど。

空の散歩ってもしかして……と予想した瞬間、パロウとネイがあたし達の前にゆっくりと歩み出る。

「仕方ないニャ。クレイヴ様の頼みなら断れないニャ〜」

「悪いね。パロウ、ネイ」

「構わないわヨ。アタシも久しぶりだワ」

少しの談笑を交わした後、パロウとネイは互いに「はっ！」と短い息を吐き、背中を大きく丸めた。かっと見開かれたパロウの琥珀《こはく》の瞳と、ネイの青い瞳が、並んだ宝石のように見える。

「それじゃ、いくよ」

クレイヴの銀の月と黒い一角獣の錫杖《しゃくじょう》がシャラララ、と美しい音を響かせ、目映《まばゆ》い光がパロウ達の身体を包んでいく。まるで蚕《かいこ》の繭《まゆ》みたいに銀光で覆われた二人の身体は、次第に体積を増やしていき、瞬《またた》く間に家ほどもありそうな巨大な塊《かたまり》に成長を遂げた。

そして、かっと強い閃光が放たれた瞬間、巨大な光の繭《まゆ》から、ばさりと大きな羽が翻《ひるがえ》る。

二匹の背に、馬につける手綱《たづな》と同じ形状の銀のベルトが出現した。

伝説の聖獣を思わせる黒と銀の対の両羽が左右に開かれ、光の繭《まゆ》をばさりと薙《な》ぎ払う。

中には、巨大化したパロウとネイの姿があった。

黒い羽を生やした巨大な黒猫と、銀の羽を生やした巨大な狼の二匹が、緑豊かな大地に出現する。

「でっかい猫！　でっかい犬！」

「ちょっとサエ、犬って言わないで頂戴って言ってるデショ！」

「あ、ごめんネイ。にしても、相変わらず何でもありだねー……」

思わず声を上げたら、巨大化した姉御狼にぴしっと怒られた。しかし仕方ないと思うのだ。クレイ君でさえ瞳を見開いて、驚いたような表情をしているし。

興奮やら呆れやらで、異世界と故郷とのギャップに溜息をついていると、腰元を再びぐっと引き寄せられた。勿論クレイヴである。

本当に、クレイ君が来てから夫のスキンシップがかなり過剰になっている気がする。

嬉しいのは嬉しいけれど、嫁は理由を知りたいなと思っていたりします。

「つきゃ⁉」

夫の行動について考えていたら、ぐいと抱き上げられたので吃驚《びっくり》して声を上げる。

気付けば、巨大化したパロウの黒いふわふわな身体の上に座っていた。

目の前にはでっかい猫の後頭部があり、左右には普段の何十倍サイズの黒い三角耳。でもってあたしは背中から、クレイヴに抱きかかえられる姿勢になっている。

「サエは勿論、俺と一緒ね。母さんは……そいつとネイに。頼めるかな」

「ええ、大丈夫よ。備えはしてあるから。それじゃクレイ君、いらっしゃい」

クレイ君はお義母様に手を引かれて、背を屈めたネイの背中に乗った。そして操縦役のお義母様の前に座り、ネイの鬣《たてがみ》に掴まる。

あたしも同様に、手綱《たづな》を持つクレイヴの胸元で、パロウの首の毛をぎゅっと握り締めた。

するとパロウが、耳につけた金の鈴を神社の鐘みたいにガランと鳴らして、こちらに大きな目を向ける。巨大化しているおかげで化け猫度が三割増しだ。

「サエ、また毛を抜いたら怒るニャよ」

「あははは。まだ覚えてたんだ。もうしないしない」

ジト目で睨んでくる黒猫に苦笑いで返すと、背中でクレイヴがくすくす笑う。

思い出しているんだろう、あたしが初めてパロウに乗った時のことを。

だって仕方ないじゃないか。まさか黒猫に乗る日が来るとは思わなかったのだ。興奮して首の毛を毟《むし》り取ったとしても無理はない。当の本人は未だ根に持っているようだけど。

猫に恨まれると七代祟《たた》られるというが、執念深さは異世界でも変わらないらしい。

まあ確かに……元の大きさに戻った時、五百円玉くらいのハゲができていたからな。

ええはい。めちゃくちゃ怒られましたし、しばらく口も利いてくれなかったです。

「次やったらサエの秘密をクレイヴにバラすニャ」

パロウが琥珀色《こはくいろ》の瞳にある黒い瞳孔をすうと細め、冷酷に宣言する。それはまさしく、化け猫の面であった。

「ぎゃっ！　それはやめて！　後生だからっ！」

「サエ……俺に隠し事……？」

慌てて抗議の声を上げたら、後ろにいるクレイヴが底冷えする気配を発した。

あたしは恐れ戦《おのの》きながら「ないですっ！　隠し事なんてある筈がっ！　そうよね、パロウ！」と必死になって黒猫に同意を求める。でっかくなった黒猫は「そうニャね～」なんて喉をゴロゴロ鳴らし上機嫌だ。こっちはちっともよろしくないが。

パロウが言っている隠し事というのは、あたしがクレイヴの不在中、彼の替えのローブを抱いて眠っているという羞恥《しゅうち》爆発な行為についてだ。

本人に知られたところで喜ばれるだけの気もするけど、下手すると次の日、足腰立たなくなる可能性があるので、なんとか秘密にしてもらっている。バレるのも時間の問題っぽいが。

「あ、あははー、やだなあパロウってば」

と、大分無理をして素知らぬふりを決め込んだ。

ちらっと背中にぴったりくっついている夫を見れば、なぜか口端の片方だけをふっと上げて笑われた。なんですか、その感づいていると言わんばかりの顔は。まさか……

「ほんと、サエは可愛いね。さて……それじゃ皆、上に行こう」

恐ろしい予想が浮かんだ瞬間、クレイヴが空を目で示した。

すると黒猫と狼はぐっと体勢を低くして、両手足を折り曲げる。

あたしもそれに合わせて、パロウの黒い毛を抜かないよう気をつけながら、ぎゅっと掴んだ。

「レイリアもクレイヴも、獣魔使いが荒いわよネ……っ!!」

ネイが楽しげに言ってから、折り曲げた手足をバネのようにしてどんっと大空へ飛翔した。

彼女の背に生えた体毛と同色の銀の両翼が、日の光を受け神々《こうごう》しく輝く。ばさりばさりと大きな羽を悠然《ゆうぜん》と動かす姿は、普段からは想像もつかないくらい優雅だ。

「パロウ」

「はいニャ！」

クレイヴの声に合わせ、パロウも黒い羽を広げ、ぐんっと飛び立った。

助走なしで空高く飛び上がり、勢い良く放たれた矢のような風圧がもたらされる。

ジェットコースターというよりは、生身でロケットに乗った感じだ。

「わわわわっ！」

一瞬で、身体が地面から雲の上へ運ばれ、視界が太陽の目映《まばゆ》い光に包まれる。

既に遥《はる》か先方にいるお義母様達を後ろから見ていると、背中のクレイヴが右頬にちゅ、と口付けてきて、うわっとなった。

「クレイヴ……！」

「サエとの時間が足りなくてさ。それに……アレとも引き離したかったし」

背後から伸びてきた手が、くいっとあたしの顎《あご》を上向かせる。眩しい光の中で、クレイヴの藍色の瞳が際立つ。その目がふっと緩められたかと思うと、唇に温もりが触れた。

啄むような口付けに、一気に体温が上昇していく。

「くくく、クレイヴっ……！　お義母様達だっているのに……！」

慌てて言えば、クレイヴは肩を竦めながら「母さん達はほら、もうあんな遠くに行ってるから大丈夫」と悪戯《いたずら》が成功した少年みたいに口を開けて笑った。

「サエにね、見せたい場所があるんだ」

「見せたい場所？」

「ああ、もうすぐだよ」

彼は片手で手綱《たづな》を握りながら、前方をまっすぐ指差した。その目には、数日前に星空のデートをした時と同じ楽しそうな光が煌《きら》めいている。

「人の上に乗ってること、さっぱり忘れてくれてるんだからニャ……」というパロウの呟きは、勿論知らぬふりをした。

パロウとネイの背に乗り、雄大な空の散歩を始めたしばし後。

クレイヴが言っていた「見せたい場所」というのは、日本では瑠璃唐草《るりからくさ》、別名ネモフィラとも呼ばれている、鮮《あざ》やかな青い花に似た小花が無数に咲き乱れる、世にも美しい花畑だった。

この世界での名称はネモフィリアというのだとか。名前も小さな小輪を咲かせるところも、あたしが知っているものとほぼ同じだ。

しかし花畑といっても、規模がとんでもなく、果てが見えないくらいに青い花が広がっている、まさに楽園のような場所だった。

あたしはと言えば、ネモフィリアの美しさに、喜びのあまりクレイヴに抱きついたお返しに不意打ちキスされて、パロウから「いちゃつくのは降りてからにしてほしいニャ！」というお小言をいただいた。

今はちょうどお昼時のため、ネモフィリアの咲き誇る花畑でピクニックの最中である。

「はいサエさん、お茶」

「ありがとうございますお義母様」

クレイヴが用意してくれた透明硝子《ガラス》のティーカップに、お義母様が手慣れた仕草で紅茶を入れ、手渡してくれる。

金色や赤で彩《いろど》られたエスニックな硝子《ガラス》のカップは、元の世界で見たモロッコティーグラスに似ていて可愛らしい。

華やかな香りからして中身は薔薇茶《ローズティー》のようだ。受け取りながら、芳醇《ほうじゅん》な香りを堪能しようとカップの水面に鼻先を近づけた。

しかし一瞬、妙な『顔』が視界に入った気がして、ん？　と視線を落とす。

するとなぜか、極小の瞳と目が合った。

「……」

ほわほわと白い湯気《ゆげ》の漂《ただよ》うカップで、やたらと存在を主張している顔面。

なんだか眠たそうな、間の抜けた表情をしているそれは、薄く開いた口から「あ～～～」と野太い声を発していた。

例えるならば、小学校の社会科学習で見た、土偶《どぐう》と同じ表情と言えるだろうか。少し違うのは、目が閉じておらず不気味にうっすら開いている辺り。

それが、ティーカップの水面一杯に浮かんでいるのだ。まさしく隙間なく。

クレイヴの本棚にある毒きのこ図鑑で読んだ覚えがあるけれど、名前はなんだったっけ。

ああそうだ。これ、確か『マンドラきのこ』だ。かの有名なマンドラゴラのご親戚で、効果は全身の麻痺《まひ》と一時的な味覚異常だったような。いや、それよりも。

「……お義母様、あたしのお茶に誰かいるんですけど」

「あら？　妖精でも紛れ込んだのかしら？　縁起が良いかもしれないから、そのまま飲むといいわよ」

疑問を投げかければ、満面の笑みでもって返された。

「って、茶柱かっ！」

あたしはこめかみに青筋を立てながら、盛大な突っ込みを入れた。

こんな不気味な茶柱は嫌だ。嚥下《えんげ》する時に悲鳴、もしくは笑い声とか上げそうじゃない。つか飲むの無理だ。見た目的にもエグい。だって紅茶に浮かぶ人面きのこだよ？

「もう、サエさんは文句が多いわねぇ」

「お義母様の罠が多過ぎるんですっ」

カップ片手にぎゃあぎゃあ言い争っていると、クレイヴが「母さんも素直じゃないなぁ」と呟いて、あたしに新しいお茶を入れてくれた。夫が優しくて妻は助かります。

そのおかげもあって、あたしはようやくまともなお茶にありつけたのだった。


「――できた！」

食後のティータイムが終わってから半刻後。あたしがちまちま作っていたものが完成した。

でき上がったばかりのそれが壊れないようにそっと手で守りながら、クレイ君の姿を探す。

見渡す限りの青い花畑。そんな中、彼はあたしやクレイヴ達とは少し離れた場所で、一人膝を抱えて座っていた。

まっすぐ前を見ているけれど、視線はどこを見つめているのかわからない。

どことなくぼうっとしている風にも見える。

「ク・レ・イ君！」

「サエ」

あたしはそんな彼に後ろから近づき、「ちょっと失礼」と断ってから持ってきたものを細い首にかけた。クレイ君は驚くでもなく、まるであたしの気配に気付いていたみたいに「ん」と小さく返事をしてくれる。

彼の首元で、ネモフィリアの青い花輪《レイ》が風に吹かれ数枚の花弁をひらひらと舞い上げた。

うん、やっぱりよく似合ってる。青い花と縹色《はなだいろ》の髪が合わさってとても綺麗だ。

「これは……」

「花輪《レイ》です。あたしが子供の頃、よく作ってたもので」

胸元に目をやり首を傾げるクレイ君に、簡単な説明をする。

本来はシロツメクサで花冠を作るのだけど、自分の目で見える花輪の方がいいかと思ったのだ。

「サエ、手」

「ん？」

クレイ君の隣に腰を下ろすと、彼がじっと指先を見つめたので、つられて視線を落とした。すると小さな傷がいくつか右手の指先についているのに気付く。

出血はしておらず、ちょっと引っ掻いた程度の傷だ。

あれ、いつできたんだろう。クレイヴの花輪を作った時にはなかったのに。花を摘《つ》む時に、小石でも当たったかな。

そう思って手を上げて指を開き、かざしてみると、横からそっと細い褐色《かっしょく》の手が伸びてきて、指先に触れた。同時に、ほわんとした温もりを肌に感じる。

あたしの指先に触れるクレイ君の手が、ほのかに青白い光を放っていた。

「おおおお……」

「もう、痛くない？」

たった数秒の光だったというのに、傷はものの見事に治っていた。あたしは、自分の指先を閉じたり開いたりしながら、まじまじと傷のあった場所を観察してみる。

まったくもって綺麗なものだ。これぞ劇的ビフォーアフターである。

「大丈夫！　クレイ君ありがとう！　でも凄いですね、クレイ君にもやっぱり魔力があるとは。あたしには全然ないから羨《うらや》ましいです」

青い花輪をつけた姿でじっとあたしを見つめてくる少年に、満面の笑みで感謝を告げたところ、こくりと静かに頷かれた。なんて言うか、元々感情の起伏があまりない子だけど、こうやってちゃんと返事はくれるんだよね。真面目というか、穢《けが》れがないっていうか。

彼を見ていると、まるでクレイヴの子供時代ってこんな感じだったのかなって、アルバムを垣間見ているような気分になる。

たとえ複製体《ホムンクルス》であれ、クレイ君はクレイ君だと、わかってはいるのだけど。

「サエは……クレイヴが好きなのか」

クレイ君が返したのは意外な言葉だった。あんまりにも唐突過ぎて、一瞬ん？　と疑問符が浮かんだくらいだ。

あたしには魔力がないから羨《うらや》ましい、と言っただけだったけど、その言葉の中に潜《ひそ》んだ「魔力があれば、もっとクレイヴの助けになれたのに」という気持ちを読み取られてしまった気がした。

いい歳した大人なのに、本音がわかりやすいなんて、ちょっと恥ずかしい。

あたしは顔にほんのり熱が集まるのを感じながら、こくりと頷く。

「言葉じゃ言えないくらい、いっぱい好きですよ」

照れつつ告げれば、クレイ君が瞳をほんの少し見開いた。それから、ふっと睫《まつげ》を伏せて、思案する素振りを見せる。何か、考えをまとめているみたいだ。

……不思議。クレイ君って、凄く幼く見えたかと思ったら、あたしよりずっと大人みたいな顔をする時もある。

急に老成した空気を放つというか。一体、どういう育ち方をすれば、こんな風になるのやら。

そこで、ふと思い出した。明らかに何らかの負の意図を持って生み出された複製体《ホムンクルス》という彼の存在と、彼をもの同然に扱う、彼を創り出した人のことを。

子供でいられなかったから、だからこんな風に、アンバランスな感じなんだろうか。

そう思うと、胸が痛くなった。

「僕が……」

「ん？」

クレイ君は伏せていた睫《まつげ》を上げて、少し逡巡《しゅんじゅん》してから口を開く。

「僕が……クレイヴのようになったら、サエに好きになってもらえるか？　僕は複製体《ホムンクルス》だけど、オリジナルを超えられるとサエは思う……？」

「クレイ君？」

クレイ君が、珍しく感情を露《あら》わに強い口調で言う。彼の縹色《はなだいろ》の瞳はまっすぐあたしに向けられていて、無表情なのに、どこか切羽詰《せっぱつ》まった感じさえ窺《うかが》えた。

そんな彼を見ながら、あたしは元の世界で聞いたとある言葉を思い出していた。

伝わればいいと思いながら、ゆっくり一言一言、紡《つむ》いでいく。

「……あたしのいた世界には、青は藍より出《い》でて、藍より青しって言葉があります。弟子が師匠を超えるって意味の言葉らしいんだけどね。クレイ君とクレイヴは師弟関係じゃないけど、持って生まれた資質は同じ。でも、だからって全く同じ人生を辿るとは限らない。きっと、大人になったら超えられますよ」

「大人に、なったら……」

あたしの言葉を一言一句聞き漏《も》らすまいとばかりに、真剣な表情で聞き終えたクレイ君は、縹色《はなだいろ》の瞳をぼんやりさせ、少しだけ悲しそうに呟いた。なぜかそれが、孤独に怯《おび》えているように見えて、あたしは華奢《きゃしゃ》な彼の身体をぎゅっと抱き締める。

「それに、クレイ君は凄く優しい子ですから。超える超えないは関係なく、あたしはクレイ君のことも大好きです」

どんな生まれ方であれ『子供』は無条件に愛されるべきだ。それに、短い時間ではあれど、不器用な、まるでおぼつかない足取りで歩く赤子のような彼を、あたしはとても好ましく思っていた。放っておけないと言った方が正しいかもしれない。

「クレイ君はクレイ君です。今あたしの目の前にいる君が、傷を治してくれた優しい君が、好きですよ」

どうか彼の心に言葉が染み込むようにと、強く願いながら思いの丈を口にする。

人は、誰かに必要とされて初めて自分という存在を認めることができると思う。そうでなければ、自分で自分の存在すら認識できない脆《もろ》い心を持っている。

あたしはクレイヴにこの世界へ呼ばれて、亡くなった祖母以外の人に本当の意味で必要とされ、やっと自分の存在や居場所を見つけることができた。

「サエ……」

クレイ君の視線が、首にかけられたネモフィリアの青い花輪に落ちる。下に流れた彼の髪が、風に吹かれて物言いたげに揺れていた。

「――そろそろ、俺の奥さんを返してくれるかな」

背後から聞こえた声に振り向けば、いつの間にかクレイヴがあたしの後ろに立っていた。

今の今まで気配を感じさせなかった夫は、これまでとは少々違う悲しげな空気を纏《まと》い、あたしとクレイ君を見つめている。

花畑に一陣の風が舞い込み、青い花弁とクレイヴの黒いローブを吹き上げる。

その瞬間、再びクレイヴの口元が動く。けれど、風でかき消されてあたしの耳には声が届かない。

「クレイヴ？」

「……オリジナルっ」

常とは違う夫を不思議に思っていると、クレイ君があたしの横でぐっと息を詰めた気配がした。

彼は不快感を露《あら》わにして、クレイヴのことを睨みつけている。当のクレイヴは、冷静にその視線を受け止めていた。

あ、あれ……？

さっきまでちょっともの悲しい雰囲気だったのに、どうして今は火花が散ってるんでしょうか。

一体全体、どういう事態なんでしょうか。これ。あたしを挟んでクレイ君とクレイヴが睨み合ってるんですけど。

「そ、その、クレイ……ヴ、って。あ、」

張り詰めた空気におろおろしていると、素早くあたしの手をとったクレイヴが、強引に足を進め、その場からあたしを連れ出した。

痛みはないけれど、掴まれた部分に感じる強い力が、まるでクレイ君のところに行ってほしくないと叫んでいるようで、あたしは為《な》す術《すべ》もなく、遠ざかっていく小さな少年の姿を見つめていた。

「サエ、ごめん。実は父さんから野暮用《やぼよう》を頼まれてるんだ。一旦首都の手前……そうだな、ティファーリアに転移させて」

よし、今度こそ転移でクレイ君の産みの親のもとへ行くぞ、というところでクレイヴに言われた思いも寄らない言葉に、あたしはついずっこけそうになった。リアクションとしては古いけど、そんな心境だったので仕方ない。

一体何が理由かはわからなかったものの、花畑でのクレイヴとクレイ君の冷戦は、まるでなかったみたいに通常モードに戻っている。その上、パロウもネイも変化《へんげ》を解いて元の大きさに戻っており、まさに準備万端、という状況。なので余計に、拍子抜けした。

「そうですか……」

クレイヴにおんぶに抱っこ状態なあたしに文句を言う権利はないので、仕方ないと諦める。元々無理を言っているのだから、これ以上迷惑をかける訳にもいかない。

しかし出端をくじかれて肩を落としていると、クレイヴがごめんねと申し訳なさそうに言って、あたしの頭を軽く撫でた。

「すぐに戻ってくるから、母さん達とちょっと時間を潰してて」

そう言ったが早いか、右手に錫杖《しゃくじょう》を出し、シャンッとひと鳴らしであたし達を転移させた。

突如として路地裏らしき風景が眼前に広がる。

その先、通りの向こうからは、人々のざわめきが聞こえてきた。

花畑の気配は跡形もなく、空気の匂いが生活感あるものに変わっている。

首都の手前というだけあって、結構賑わいのある街のようだ。

「わかりました。気をつけて行ってきてくださいね」

「ありがとう。それじゃパロウ、ネイ、サエを頼む。認識阻害はもうかけてあるから」

「了解ニャ」

「仕方ないわネ」

あたしが了解した途端、クレイヴはクレイ君を一瞥《いちべつ》し、再び転移魔術で姿を消した。お義母様が
「少しは母親の心配もしなさいよ！」と怒鳴っていたことは、言わずもがな、というやつである。

ちなみに、先ほどクレイヴが言っていた認識阻害とは、獣魔であるパロウとネイを人間として擬態させるための術である。基本的に獣魔は害獣、もしくは人間の天敵とされているので、街中に獣魔が出現したとなると大騒動になってしまうのだ。

普段あたしやお義母様が出かける時にも、パロウとネイには必ずこの術がかけられている。また、この世界では珍しいとされているあたしの黒髪と目も然《しか》り。あたし達にはそのままで見えるけれど、他人には違う色に見えているらしい。

とまあ、そんな訳で、あたしとお義母様、クレイ君にパロウとネイが、この場に取り残されたのだけど。

……うーん。時間を潰すと言っても、どうすれば。

意見でも募集してみるかな？　クレイヴはすぐ戻るって言ってたものの、一時間くらいはかかるだろうし。

そう結論づけて、あたしはお義母様やクレイ君、パロウ達に向き直った。

「さて、それじゃどうしましょうか。どこか行きたいところのある人は挙手でもしますか？　はい、何かある人！」

先生の話を聞いてくださーいの体《てい》で希望を募《つの》れば、紅《あか》いマニキュアを塗った手と、黒い毛の生えた手と、銀色の毛の生えた手の三本が上げられる。予想通りのメンバーに苦笑いすると、目をぱちくりと瞬《しばた》かせたクレイ君と視線が合った。

ええ、はい、この人達はこういう人達ですからね。

この場にいる唯一の子供に聞こうとするでもなく、完全に自《みずか》らの個人的要望を述べようとしている三人を前に、内心で溜息をつく。

いいや、たぶんクレイ君はまたどこでもいいとか言っちゃうだろうし、いいんだけど。彼はこの街のことを知らないでしょうしね。

「はい、それじゃあお義母様からどうぞ」

仕方がないので、いい大人三人の希望をとりあえず聞いてみることにする。促《うなが》されたお義母様は紅《あか》い口紅を引いた唇をへの字にして、ちょっと不機嫌な顔をしていた。

何か文句がおありですかね。良い大人に輪をかけて大人なお義母様。

「人がずっと手を上げてるのに、当てるのが遅いですよサエさん。そんなことでは優秀な教師には到底なれませんからね」

「教師になるつもりはないので構いません。意見がないならパロウとネイに委《ゆだ》ねますが、よろしいですか、お義母様」

訳のわからん理屈を冷静に跳ね飛ばすと、神経質そうなヒールの音が数回繰り返された。貧乏ゆすりとはお行儀悪いですよ、お義母様。ああ、地面に八つ当たりしただけでしたか。

「きいっ！　ああ言えばこう言う嫁なんだからっ！　いいわよ、心して聞きなさいサエさん！　私の行きたい場所はそう！　甘味処《かんみどころ》よ！　長旅で疲れた姑を少しは労《いたわ》りなさい！　甘いものが食べたいのよ！」

「糖分の過剰摂取は早期老化のもとですよ、お義母様」

「なんですってーっ⁉」

心配して言ったのに、なぜか怒られた。確かに含むところはありましたけど。

そうは言ったものの、お義母様の提案はなかなか魅力的だし、実はクレイ君のことも考えてのことだと容易に理解できた。なんだかんだ、人への気遣いができるお義母様なのである。ついでに言えば、あたしもちょっと食べたかったし。

「あはは、でもあたしも食べたいです。さっきのピクニックにはおやつはなかったですもんね。それじゃ、何か甘いものでも食べに行きましょうか。クレイ君も、それでいい？」

念のため尋ねると、クレイ君がこくりと頷く。

「構わない」

「獣魔の要望も少しは聞いてほしいニャ。動物差別ニャ！」

「ほんとよネー」

しかし彼の返事の後に、獣魔組からは不満の声が上がった。いやだって、貴女達二人に決めさせたら大抵魚屋か肉屋になっちゃうでしょう。さっきご飯食べたばかりなのに。

「文句言わないでください。集団行動は修学旅行の基本です。時間があれば順番に回りますから」

とりあえず煙《けむ》に巻いておけ、と簡潔に説明とフォローをした。しかしパロウとネイには意味が伝わらなかったようで、二人とも首をこてんと傾げている。ちょっと可愛い。修学旅行は流石《さすが》に通じなかったか。これは完全にあたしのチョイスミスである。

「しゅうがく……？　それって単に連帯責任だニャ。仕方ないニャ……サエの守護獣である以上は逃れられない運命だニャ」

「人の警護を世界の終末みたいに言わないでください」

「この世は無情よネ……」

パロウはあたしを、ネイはお義母様をちらりと見てから、悲壮な顔で互いの苦労を労《ねぎら》っていた。黒猫と銀狼の背中が寂しい。ほんのちょっと、傷のなめ合いに見えないこともない。

「それでは、いざ！　甘味処《かんみどころ》を目指しましょうか！」

獣魔二人の暗い空気を吹き飛ばすべく、あたしはクレイ君の手を取り大通りの方へ歩き出した。手を取った瞬間、クレイ君はやや身体をびくりとさせたけど、おずおずとあたしの横に並び、ぎゅっと手を握り返してくれる。

少しずつ少しずつ、彼の感情らしいものが見えてきていることを嬉しく感じながら、あたしは人々の賑わいに満ちた道を、軽い足取りで歩いたのだった。

◆◆◆

とあるオープンカフェの真ん中で。

ガキィン!! と、金属と金属のぶつかり合う音が響いた。

食卓では見慣れた銀光が、ティーテーブルの上で閃《ひらめ》く。

「……お義母様。今、何をなさろうとしてました?」

ぐぐぐ、と右手にかかる圧を受け止めながら、あたしが言う。

「ふっ……知れたこと。サエさんがいつまで経っても、そこにあるロノ葡萄《ぶどう》まんじゅうを食べないから、仕方なく私が食べてあげようとしただけじゃない」

銀地に装飾が施《ほどこ》されたデザートフォークの攻撃を、すんでのところであたしに阻《はば》まれたお義母様が、プレートに視線を落とし文句をつける。

そこには『ぷるりん♪ つるん♪ 女子に大人気!! まるで水晶みたいなロノ葡萄《ぶどう》まんじゅう!!』の残り一個が載っていた。

透明な柔肌はかろうじて無傷である。あと一拍遅ければ、魔女の手に落ちていたが。

「それを人は強奪と言うんです、お義母様っ!! 最後の一つは楽しみにとってあるんですから、手を出さないでくださいっ!!」

「まあっ！　嫁の癖に生意気ねっ！　春のロノ葡萄《ぶどう》は嫁に食わすなって言葉を知らないのっ!?」

「知りませんよそんなの！　秋茄子《あきなす》じゃあるまいし！」

俗におやつ時と称される時間帯。

こっくりとした濃茶の丸テーブルの上には、唐草《からくさ》模様のクロスがかけられていて、その上には細かいカッティングが美しいクリスタル硝子《ガラス》のタンブラーが人数分置かれている。中には、トゥムという桃に似た果実を搾《しぼ》ったジュースがなみなみと注がれており、なんとも芳醇《ほうじゅん》な香りを放っていた。

あたしにお義母様、パロウとネイ、そしてクレイ君の合計五人で取り囲んだテーブルには、所狭しと華やかなデザートプレートが並び、ブラックとホワイトのチョコレート菓子や、丸くふんわりとした生地で包まれたおまんじゅうに似た包み菓子などが、種類別に盛り付けられている。ホテルのデザートバイキングを彷彿《ほうふつ》とさせる豪華さだ。

……って、お義母様頼み過ぎですよこれは。流石《さすが》に。

いや、あたしもいただいてますけど。勿論美味《おい》しいです。

狸《たぬき》の獣魔を象《かたど》った（害獣ってマスコットにしてもいいのかな？）チョコまんじゅうとか、柑橘《かんきつ》果実で作ったスダトアイスとか。あ、パロウが食べているナル芋ミルクケーキも美味《おい》しそうです。ネイのスダトゼリーも爽《さわ》やかで良さそう。

よし、後であたしも注文しよう。

あたし達は道行く人に「どっか美味《おい》しい甘味処《かんみどころ》知りませんか？」という日本のテレビ番組みたい

な突撃インタビューを終えた後、十人中七人が口にしたお勧めカフェに立ち寄っていた。

「美味《おい》しいものは現地の人に聞け！」とはお義母様の言である。

「サエもレイリアも、食器で戦うなんて行儀が悪いニャ。優雅さの欠片《かけら》もないニャ〜」

「本当にネ。ただでさえレイリアが目立つのに、大道芸見せてどうするのヨ」

骨肉《こつにく》のデザート合戦を繰り広げているあたし達に、二人の獣魔が呆れた声を出した。それに反応してお義母様と一緒に周囲を見回したところ、確かに少し注目を集めていたようである。

オープンカフェで午後のティータイムをしていたお客さん達からの視線が痛い。

ごめんなさい五月蠅《うるさ》くして。しかもお行儀悪かったです。クレイ君という子供もいるのに。

大変申し訳ございません……

あたしとお義母様は、周囲にすいませんすいませんと頭を下げて、銀色のフォークを元の用途に戻した。

お互いに「傷、ついてたら弁償しましょう……」「ええ……そうね」なんてしょんぼりした会話を交わしながら。


「――ところでお義母様、今ヴルガお義父様がやってる研究って何なんですか？　さっきクレイヴが用事を頼まれてるって言ってましたけど」

しばし静かに時を過ごし、ほとぼりが冷めたのを見計らってそんな問いかけをしてみた。確か一昨日《おととい》もクレイヴはお義父様のところにいたというし、皇国ティレファスでは最高峰と謳《うた》われる魔導師二人が関わるほどの研究とは何なのか、ちょっと興味が湧いたからだ。

しかしお義母様は、ヴルガお義父様の名前を出した途端、手に持ったフォークをざすっ!! と勢いよくお菓子に突き立てる。

なおかつ怒りで魔力が漏《も》れているのか、紅《あか》の髪を毛先からざわざわとメドゥーサのように波打たせていた。

こ、怖っ!!

長い髪が蛇に見えますっ! ゴルゴン姉妹の四人目が顕現《けんげん》しましたっ!

「知らないわよ……! いつまで経っても帰ってこない研究オタクのことなんて……! 私が知る訳ないじゃないっ! ええ、これっぽっちも!! 知らないわよーっ!!」

「あああ、お義母様落ち着いてっ! すいませんっあたしが悪かったですっ! もう聞きませんっ!!」

せっかくほとぼりが冷めたというのに、再炎上しようとするお義母様を、追加のデザートを注文することでなんとか宥《なだ》める。

「サエが地雷踏んでるニャ」

「ヴルガのことは禁句なのにネ……」

必死こいているあたしを余所《よそ》に、獣魔二人は知らん顔でぱくぱく好きな菓子を平らげていた。

ちょっと待って。少しはあたしにも残しておいてください。追加分すらお義母様が食べ尽くしそうな勢いなので。

「ええと、ええっと……そうだ！　クレイ君は他に何か食べたいものはないですか？　デザートばっかり頼んじゃったけど、ここって軽食もあるみたいですよっ」

あたしは苦し紛れに、終始無言でジュースを飲んでいたクレイ君に話を振った。

子供を頼るのってどうなんだ、と自分でも思ったが、背に腹は代えられない。それに、カフェに入った途端、お義母様が独断でメニューにあったデザートを全種類頼んでしまったので、このテーブルには甘いものしか並んでいないのだ。

あたしですらちょっと胸焼けしそうである。食べるけど。

「いや、特に」

「そ、そっか……あ、クレイ君ちょっとこっち向いてください」

あたしの右隣に座っているクレイ君に、ナプキンを持って近づく。彼は身構えることなく、不思議そうにあたしの動きを眺めていた。そんな彼の口元を、白いナプキンで軽く拭《ぬぐ》う。

「はい。もういいですよ。口の端にね、クリームがついてたもので」

トゥム桃のジュースにはアイスクリームが載っていたので、恐らくそれだろう。

「ありがとう……」

「どういたしまして」

無表情だけど素直にお礼を言ってくれるクレイ君に笑顔で返していると、やけにテーブルが静かになっていることに気がつく。

あれ、と顔を上げたら、お義母様にパロウ、ネイがデザートを食べていた手を止めて、なんとも言えない表情であたしとクレイ君を見ていた。

ん？　なぜに皆さんそんな奇妙な顔をなさっておいでなんでしょうか。お義母様は美人が台無しのしかめっ面だし、パロウとネイに至っては、耳と髭《ひげ》を下げてこちらをじっと見ています。他の人には見えてないんだろうけど、この耳が下がった感じは中々可愛いらしいです。

「……サエさん、何度も言うけれど、その子にあまり手をかけては駄目よ。気持ちをかけるのもね。クレイヴにも言われたでしょう」

お義母様が珍しく、窘《たしな》めるように言う。普段こういった言い方をしないお義母様だけに、その違和感に少し驚いた。

しかも、パロウやネイもお義母様の言葉に静かに頷いている。

「それに、クレイヴが不安がるわ」

「クレイヴが……？」

言葉の意味がわからず聞き返すと、お義母様は「普段から、あの子はサエさん馬鹿だけど、今は輪をかけて馬鹿になってるの、貴女も気付いてるでしょう？」と続けた。

「それは……」

あたしも思っていたことを指摘されて、言葉に詰まる。するとお義母様は紅《あか》い瞳でクレイ君を一瞥《いちべつ》して、再びあたしに視線を戻した。その表情は、非常に真剣だった。

「ありえないことだとわかっていても、貴女を盗《と》られやしないかと心配なのよ。あの子、あれでいて臆病だから」

言葉の最後に、お義母様が少しだけ表情を緩め微笑む。それは、どこか悲しげな、けれど聖母のように慈愛に溢れた微笑だった。

……クレイヴが、臆病。

皇国随一の魔導師で、英雄とも謳《うた》われる彼が、臆病……？　あたしの前ではいつも笑顔の夫と、その言葉が合致しない。

意味がわからない、とお義母様やパロウやネイの顔を見てみるけれど、全員が全員困ったみたいな表情を返すだけだった。

戸惑うあたしに、お義母様がすっと背筋を伸ばし、肩で息をつく。

「ねえサエさん、どうしてクレイヴの使う錫杖《しゃくじょう》が、黒い一角獣なのか知っていて？」

唐突な話題転換に目をぱちくりと瞬《しばた》かせれば、お義母様が、教師が生徒に質問を投げかけるような口調で言った。常とは違う硬さを感じる声に、周囲の音が不思議と遠くなっていく。

「し、知らないです」

少々突飛に思える質問へ答えたあたしに、お義母様は「では、少しお勉強といきましょうか」と一言おいて、静かに話し始めた。

「皇国ティレファスでは、魔導師には皆、白い一角獣を象《かたど》った杖と印章が与えられるわ。サエさんも知っての通り、魔導師団から来る連絡に刻印されているあれね。ヴルガも公式連絡の時にはあの印章を使っているのよ。だけど、クレイヴだけは違う。あの子にだけは、黒い一角獣が与えられているの。例外的に」

「例外……？」

「そう、クレイヴだけが、他の魔導師と違うから」

そう言うと、お義母様は長い睫《まつげ》を伏せ、目を瞑《つぶ》った。

少々の沈黙の後、開かれた目には、小さな炎が灯っている気がした。

「白い一角獣の伝承については、貴女も知っているでしょう？　かつて人間に魔力を与え、魔導師という者達を創り出した古の幻獣。人々が恐れる獣魔という存在がいるにもかかわらず、唯一皇国で崇《あが》められている獣ね……では、ここで問題です。白い一角獣が人に魔力を与える獣だとするならば、その逆である黒い一角獣はどういった意味を持つでしょう？」

あたしに問いを投げるお義母様の彫りの深い顔は、普段と違いどこか悲しげに曇《くも》っている。そこに、不思議とつかみどころのない夫の過去の一端を見た気がして、咄嗟に姿勢を正した。

魔力を人に付与する白い一角獣。

それと対《つい》である黒い一角獣の存在。

「逆ってことは……」

数秒思案して、導き出した答えが口から零《こぼ》れ出る。

付与の対義語は剥奪《はくだつ》だ。

つまり、与えるのではなく奪うという意味合いになる。

となると、クレイヴの錫杖《しゃくじょう》にある黒い一角獣が表すのは『奪う者』ということになるだろう。その深い意味はあたしにはわかりかねるけれど、魔導師達の中で明らかに異質なのはなんとなく察せられた。

言葉を切り、見つめ返すあたしに、お義母様が微笑む。

「貴女のそういう聡いところ、いいと思うわ。通常、私達魔導師はそれぞれ生まれもった属性というものがあるけれど、クレイヴにはそれがないの。ないというか、分けられなかったという方が正しいかしら。理由はそう、あの子の属性が剥奪《はくだつ》という異端なものだったから。私は知っての通り炎の属性、つまり炎の魔力を持っているし、他の魔導師も風や水の魔力を有している。それらは全て生み出した魔力を『他者に与えることができる』者達よ。だけど、クレイヴは逆にありとあらゆるものより『魔力を奪う魔力』を持っている。今は大地の力を吸い上げ魔術を行使しているけれど、幼い頃はそれを人間相手に無意識にして大変だったの。抑える術《すべ》を知らずに私やヴルガからも強制的に魔力を吸い取ってしまって、身体が多量の魔力の圧に耐えられず、何度も死の淵《ふち》を彷徨《さまよ》ったわ……ヴルガの対策が間に合わなければ、クレイヴは成人を待たずにこの世から消えていたでしょうね。何しろ、無尽蔵に水を吸い上げ続けるスポンジみたいな状態だったもの」

「そんな……」

初めて聞く過去のクレイヴの深刻さに、思わず驚愕《きょうがく》の声を漏《も》らす。

ならばあの時クレイ君が言っていた、繋がれていたというのは、もしかして――

思い至った考えに戦《おのの》くあたしを安心させるように、お義母様が軽く肩を竦めてみせた。

「心配しなくて大丈夫よ。今はぴんぴんしてるでしょう？　ヴルガと二人で制御する術を身につけてからは、あの子に敵《かな》う者はいなくなったくらいなんだから。父子で皇国一とか最高峰の魔導師なんて言われてるけど、実質の魔力量で言えば底がない分、クレイヴの方が魔導師としては上よ。だってあの子の魔力の貯蔵庫は、大地そのものなんだもの。でもまあ、ヴルガは小細工が上手だから、それで拮抗するけれど」

なんたって私の夫ですもの、と言ってお義母様は綺麗なウインクをした。そのおかげか、無意識に膝の上で握り締めていた拳《こぶし》から、ふっと力が抜けていく。ゆっくり開いた掌《てのひら》には薄く汗をかいていて、指の間より入り込んだ空気が肌を乾かしていった。

「でもま、獣魔獣《じゅうまじゅう》に関してだけは、ヴルガは勿論、クレイヴでさえもどうすることもできなかったの。あれは人の負の感情が生み出す、尽きることのない世界の淀《よど》みのようなものだから。クレイヴがいくら剥奪《はくだつ》の魔力を持っていても、獣魔獣《じゅうまじゅう》はどうにもならなかった。感情なんて、そもそも消せる代物《しろもの》じゃないんだから当たり前よね。だけどそんな時、ヴルガが別世界に獣魔獣《じゅうまじゅう》封印の鍵となる人間がいると知らせてきたの。元々私達魔導師の間では、他世界の存在は信じられてきたけれど、まさか手を伸ばすことになるなんて誰も思っていなかった筈よ。けれどヴルガとクレイヴはやり遂げた。そして見つけたの。この世界の人々にはない血と、役割を持った人間——つまりサエさんをね」

「口を挟ませてもらうなラ、サエ以外にも候補はいたらしいのヨ。でもクレイヴがどうしてもサエがいいって聞かなかったノ。その上、サエを『元の世界には還《かえ》さない』なんて言い出してネ。ヴルガは怒り狂って暴れるし、大変だったんだからラ。ヴルガは封印が終わったらちゃんとサエを帰すつもりだったのニ。今考えても、あれは史上最大の親子喧嘩《げんか》だったワ」

お義母様の言葉にネイが付け足す。オルダイア家では聞き慣れない親子喧嘩《げんか》という言葉に、一瞬思考が止まって、え、と口を開けた。

しかも、原因があたしって。ヴルガお義父様が怒ったところなんて、一度も見たことがないんですけど……

「お、親子喧嘩《げんか》したんですか、クレイヴ達……」

「そうよ。私もあの時ばかりは焦ったわ。夫と息子を同時に亡くすのかと思ったもの」

「そんなに⁉」

そうならなくて良かった良かったと、こくこく頷くお義母様とネイを前に、あたしは呆気にとられて固まっていた。

同時に亡くすなんて、物騒にも程がある言い方だ。だけど二人の様子を見るに、恐らく誇張している訳ではないのだろう。皇国最高峰の魔導師二人がぶつかればどうなるか、考えただけでも冷や汗ものだ。

「それはかなり激しかったんニャね〜。まあクレイヴ様を見てたら、大体想像はつくニャ〜」

驚いているあたしの左隣で、黒猫がふっくらした口元を膨らませながら楽しげに自分の髭《ひげ》をいじる。

あたしはそんなパロウの台詞《せりふ》に、あれ？　と疑問を抱いた。

「想像はつくって、パロウはそこにいなかったの？」

「まだいなかったニャよ。クレイヴ様のこともサエのことも、結婚してからしか知らないニャ。だからレイリアとネイの話でしか知らないのニャ。でもサエだってクレイヴ様にどれだけ溺愛されてるかわかってる筈ニャ。猫でさえドン引く猫可愛がりようを見てたら、それくらい不思議じゃないニャ～」

「それは、まあ……」

パロウに指摘されてつい苦笑いが浮かぶ。自分でも身に余る程の扱いを受けていることはわかっている。正直なところ、彼がどうしてそこまであたしを大事にしてくれるのか、未だに不思議だ。

元の世界への帰還については、クレイヴによく心配されるけど、方法があるからこそ言っていたのかと今更納得した。

でもまあ、あたし自身、帰りたいとは思っていなかったから、それについて尋ねたこともなかったたし。

死んでしまったお祖母ちゃんだって、帰ったりなんかしたら「自分から進んで手を取った癖に」と怒りそうだ。あたしの母と違って、太く短く生きるタイプの、潔《いさぎよ》い人だったたから。

そういえば、お祖母ちゃんは少しお義母様に似ているかもしれない。そう言ったら、お義母様に怒られそうだけど。

「その顔じゃ、元の世界に帰れること、クレイヴから聞いてなかったのね。あの子は本当にもう……あまり囲い込み過ぎると息が詰まるというのに、わかっていないんだから」

「あ、あははは……」

あたしの何が、クレイヴの心の琴線《きんせん》に触れたのか、それは知る由《よし》もない。

だけど際限なく甘い言葉を囁いてくれる彼に、あたしは瞬《また》く間に恋に落ちてしまった。

たぶんあの夜に出会った時、身体より先に心が引き寄せられていたのだろう。

今はこの場にいない愛しい人を思い浮かべれば、笑顔で手を差し伸べる姿が見えた。

「そんなあの子だからこそ、今の状況をどう思っているのか……母である私でも想像がつかない。それが少し……怖いわ」

お義母様は表情をやや曇らせ、最後にそう零《こぼ》した。声音にはどこか、悲壮感が漂《ただよ》っていた。

◆◆◆

「ねえサエさん。あの光景、私ちょっと気にくわないのだけど」

思ったよりシリアスなおやつタイムとなってしまったカフェを出てから十数分後。

お義母様に言われて、視線の先を辿れば、なるほど確かに気にくわない光景が広がっていた。

建物同士が連なる隙間、人気《ひとけ》のない暗がりの路地で、年端もいかない少女を数人の男達が取り囲んでいるのが見える。

細く白い腕は拘束され、壁に押しつけられていて今にも折れそうだ。

男達は遠目に見ても背が高いのから小さいのまで様々だが、どれも間違っても上品とは言いがたいし、顔つきからしてアウトである。

周囲の人間は見て見ぬふりだ。こういったものは、日本でも異世界でも変わらないらしい。

あたしも昔なら、周囲の人間と同じことをしていたかもしれない。

だけど……今は。

「奇遇ですねお義母様。あたしも全く同じ気持ちです」

くっと口の端を上げながら返答したら、お義母様は目線だけを寄越し「そ、なら行きましょうか」と一言告げた。

パロウとネイは「ただのゴロつきニャ。殺しちゃ駄目ニャよ」なんて言いつつ肩を竦めている。

クレイ君は目をぱちくりさせているので、恐らくあたし達が何をするつもりなのか気付いていないのだろう。そんな彼に、あたしはふっと微笑んで、ちょっと行ってくるねと親指をぐっと立ててみせた。

「――どちらが速いか、勝負よっ！」

「ああっ！　ずるいお義母様っ!!」

お義母様のかけ声を合図に、あたし達はその場から駆け出した。一歩目で思い切り地を蹴り、ざっと人混みを駆け抜けて、勢いのまま目的の場所まで疾走する。

全くお義母様ってば！　全然衰えないんだからっ！

ぐんぐん人を追い抜いていく紅《あか》い背中を前に、内心の口調がつい荒くなる。

ほぼ瞬《まばた》きする間にゴールへ到着したのは、案の定お義母様の方が先だった。

あたし五十メートル六秒台で走れるんですが……まじ化け物ですよ、このヒト。

「ちょっとサエさん？　貴女今いらないこと思ったでしょう。もう、すぐ顔に出るんだから。そんな暇があるなら、さっさとこのお馬鹿さん達にお灸《きゅう》を据えますよ」

「はーい」

「返事は『はい』でしょうっ！」

「はいはい、というよりお義母様、無理しなくて良いんですよ？　こういうのは若いあたしが」

「何言ってるのっ！　まだまだ負けやしませんよ！　見てなさい！　…………はあああっ!!」

反論すると同時にお義母様は、一番手近にいた男を一人、綺麗な膝蹴りと右肘の一撃で地面に沈めた。それを機に、あたし達を戸惑いながら見ていた男達が、一斉に顔を引き締め戦闘態勢に入る。

あたしもお義母様に負けじと、すぐ隣で驚いた表情をしていた男に、得意の上段回し蹴りと腹への正拳突きでもって対応し、めでたく一人目を地面に落とした。

「お、お前ら何なんだっ!?　ババアと小娘がっ!!」

お義母様とあたしが一人ずつのしたところで、男どものリーダーらしき男が怒鳴り声を上げた。

男の太い腕に捕まっている金髪の少女は、怯《おび》えながらあたし達の方を見ている。綺麗な碧眼《へきがん》の、とても美しい少女だった。

はっきり言ってめちゃめちゃ美少女ですね。こんな子を毒牙にかけようなど、本当に迷惑千万《せんばん》不届き千万《せんばん》！　万死に値します！　しかも今、お義母様に禁句言ってたし！

あたしは内心呆れつつ、冷めた目で男達を見やった。

「なん……ですって……？」

案の定、地の底で蠢《うごめ》くマグマのような声が聞こえた。

あ〜あ。ババアは禁句ですってば。難しい年頃の……ウン歳なんだもの。せっかく半殺し程度で済む筈だったのに、自《みず》ら台無しにするとは。まあ自業自得ではあれど。

お義母様は魔導師ではあるが、ほぼ毎日鍛錬を欠かさない、武闘術も嗜《たしな》む女傑《じょけつ》である。本人曰《いわ》く『魔導師なんて魔力が尽きればただの人。持つべきものは筋肉と体術なのよ！』だそうだ。

もしかすると、先ほど聞いたクレイヴの魔力を奪う力が何か関係しているのかもしれない。

ちなみに、あたしの護身術もお義母様譲りである。オルダイア家の嫁たる者、自分の身は自分で守れ、ということらしい。

クレイヴは最初あたしが護身術を習うのに反対したけど、これに関してはあたしもお義母様と同意見だったので、彼を説き伏せこちらからお願いして鍛えてもらった。守護警術もそれにともなって調整してある。

おかげで今や先制攻撃から反撃なんでもござれのオールラウンダーになってしまったが。

しかし見てわかるように、お義母様はスパルタである。その上女王様気質ともなれば、鍛錬はそりゃもう厳しいものだった。

そんなお義母様をババア呼ばわりして、相手が無事でいられるかどうか……答えは否《いな》、である。死人が出ても、あたしは知りません。

「ババア……って言ったわね？　そこのひよっこ。私みたいなのはね、美魔女っていうのよ。ああ、美を忘れないでね。何と言ってもこの美貌。美魔女以外に、例える言葉などないのだから」

ああ、やっぱり。出た。お義母様の「私は美魔女よ。ほれ崇《あが》め、奉《たてまつ》れ」攻撃が。

そして、絶対相手が返してくるだろう言葉というのが……

「はあっ⁉　何言ってんだクソババアっ！　皺《しわ》くちゃの婆さんは、森の枯れ木とでも絡まってろっ‼」

「ぬあんですってえええっっっ⁉」

はいーーーっ！　逆鱗《げきりん》！　触れました！　もう知りません！

あたしには止める義理ないですからーーーっ！

あたしの絶叫と、お義母様の怒号が重なる。

紅《あか》の髪がざわざわと空中に波打ち、そうして――惨劇が、始まった。

「……こんなものかしらね」

ふう、と。一仕事終えた体《てい》で、お義母様が手の甲で額《ひたい》の汗を拭《ぬぐ》った。あたしはそれを、半ば呆然と見ながら「あ～あ……」と溜息をつく。

やっぱり一人で全員のしちゃうんだもの、お義母様ったら。追い詰められてた女の子なんて、あたしが離れた場所に退避させた後は、お義母様の迫力が怖かったのか、壁に張りついて震えてたじゃないですか。

まあ、じっとしててくれた方が安全だからいいですが。

お義母様の周りには、見回す限りの屍《しかばね》の山ができていた。倒れた男達は、勿論お義母様が一撃必殺で仕留めたものだ。

なんだか効果音がばご！　とか、べぎぃ！　とか、かなり危ない感じだったけれど、流石《さすが》に息の根は止めずにおいたらしい。良かった。姑が犯罪者にならなくて。

しかし、あたしがほっと胸をなで下ろしたのも束の間。

「――動くな！」

響いた怒声に気がつき振り向いた時には、既に遅かった。

いつの間に意識を取り戻したのか、最初の方にのした筈の男が、クレイ君を後ろから羽交《はが》い締《じ》めにし、彼の細い首に鈍い銀色をした短刀《ダガー》を当てていたのだ。クレイ君の薄い肌には一筋の赤い線がつき、刃に力が込められているのだとわかる。

言うまでもなく、男はほんの少しの動きで彼の頸動脈《けいどうみゃく》を切り裂いてしまうだろう。ここであたしは、はっとした。

あ、ああああっ、わ、忘れてた……！　パロウとネイは、守護獣魔としてあたしとお義母様を守ってくれているけど、それ以外の人間には基本、無関心なんだった……！

元々受けている命令はあたし達の命の守護だけだし、だから嫁姑争いにも関与してこないのに……っ！

盛大なうっかりに、頭を抱えたくなる。

彼らの性質を失念していたのはあたしだけではなかったようで、お義母様も動きを止めて表情を強ばらせていた。

「パロウっ、ネイっ！　二人共ちゃんとクレイ君を守ってくださいよ！」

わかってはいても、怒りと焦りでつい二人を怒鳴ってしまう。

「そんなこと言われても～命令外だから仕方がないニャ～。それにソイツを守ったところで意味ないニャ」

この猫らしい性格した猫め……！　お前は時間外勤務を嫌がる公務員か！　ネイまで頷くなんて薄情者ー！

道ばたの猫じゃらし草にじゃれつきつつ非情な台詞《せりふ》を吐くパロウに内心憤《いきどお》りながら、この事態をどうするかと必死に考える。

あたしはお義母様の方に視線を流し小さく頷いてから、とりあえず付け焼き刃だが行動を開始した。当たって砕けろでは駄目なので、とにかく慎重に。

「……その子を離して。捕らえるならあたしにしなさい。あたしの名はサエ＝オルダイア。皇国魔導師、クレイヴ＝オルダイアの妻です」

名乗りを上げて一歩踏み出せば、いつの間に集まっていたのか野次馬達がどよめいた。

相手を刺激しないように、ゆっくりと歩み出る。両手を上げて、降参のポーズで。

男からあたしの動きが全て把握できるように。

「皇国魔導師の女だと……!?　確かオルダイア家に、異界から来た女が嫁入りしたって噂《うわさ》があったな。見ない顔立ちなのはそのせいか。しかし、髪の色は黒だと聞いたが……そうか、術で色を変えているな!?」

なるほど、相手も馬鹿ではないらしい。ちょっと感心しましたよ、リーダーっぽい人。

そう素直に感想を抱いていたら、パロウが先ほどの余裕はどこへやら、ネイまでもが一転してばっと戦闘態勢をとっていた。

「サエ何してるニャ！」

「やめなさイ！」

パロウとネイが、口々に叫ぶ。お義母様は、気配を殺し無言を貫《つらぬ》いている。

「だって仕方ないでしょう、こうでもしないと。彼を助けなきゃ」

言った瞬間、男に捕らわれているクレイ君の縹色《はなだいろ》のそれと目が合った。彼はこんな時まで無表情で、だけど綺麗な瞳をゆらゆらと揺らめかせている。

ごめんね、もう少し待っててね。そう視線に込めて、大丈夫だよと微笑を浮かべた。クレイ君の目が、ぱっと開かれる。

パロウには悪いけど、今一番男の気を引ける行為はあたしの正体をさらすことだ。そして隙さえできれば、クレイ君を相手から離すことが容易になる。

あたしはそれを狙って、片手の刃を少し緩めた男に無駄な説明を付け加えた。

「よく知ってますね。そうですよ。あたしの髪は元々は黒です。この世界では珍しいらしいですね」

「っは……！　こんな街で、大層な大物がかかったもんだな!!　よし、この坊主を殺《や》られたくなかったら、こっちに来い！　けど妙な真似はするなよ……っ！　下手に動けば、この首を即刻切り裂いてやる!!」

――かかった。

「了解です。クレイ君、大丈夫だからね」

あたしは勝利を確信して、一歩ずつ歩みを進めた。勿論、顔は笑顔のままで。

クレイ君は、あたしをじっと見つめて目を逸らさない。

「は、ははは！　これで俺は贅沢三昧《ぜいたくざんまい》だ！　皇国一の魔導師が意のままだ！」

近づいたあたしの腕を、男が素早い動きで捕まえる。

その瞬間、クレイ君の首から短刀が離れ、束の間の隙が生まれた。

男は今度はあたしの首に刃を当てようとする。

けれど。

キィンと、硬い金属音が鳴り響き、男の持っていた刃が空に飛ぶ。

そしてそのまま、綺麗に弧を描き地面へ落ちる。

「なっ……!?」

男の顔が驚愕《きょうがく》の色に染まっていた。

自分の刃が、まさか弾かれるとは思いもしなかったのだろう。

今のはクレイヴによる守護警術が発動したのである。

なので、あたしは男のもとに歩くだけで十分だったという訳で。

「残念でした。考えてもみてください。皇国魔導師の妻ですよ？　何も対策をしていないなんて、そんなことある訳ないじゃないですか。何のための魔術ですか。うちの夫は人を害する獣魔を倒し、国の人達を守っているんです。それはあたしも然《しか》り。ですが貴方みたいに、人を傷つけ喜ぶ人間を守るために、クレイヴは仕事を頑張ってるんじゃありません」

呆然と立ち尽くしている男を前に、時間稼ぎの意味も込めて朗々と語ってみた。その隙に、お義母様がクレイ君を安全な場所まで連れていく。あたしはそれを目の端で捉えながら、男へとどめの一言を投げてやる。

「獣魔に襲われる人が出ないようにと、夫はほとんど毎日出かけていきます。この間なんて一週間も会えませんでした。そんな夫とあたしの努力を、無駄にする貴方みたいな人が、あたしは心底、大っ嫌いです」

「女風情《ふぜい》が、生意気な……っ!!」

最後まで言い終えると、男は目を血走らせ、怒号を上げながら突進してきた。

自分の得物が弾かれたばかりだというのに、どうやら怒りで我を忘れているらしい。

迫る男の姿を視線に捉え、あたしは左手の甲に念を込める。するとクレイヴが刻んでくれた魔術文様が浮かび上がった。

青い光で描かれた異界の文字に右手をかざせば、ズズズ、と得物の持ち手が姿を現した。

甲から出てきたのは、あたしが元の世界で学生時代に愛用していたのと同型の——実戦用竹刀《しない》。

あたしには魔力がないけれど、こうしてクレイヴが手の甲に記してくれた術によって、得物を呼び出すことができる。手をかざしただけで、勝手に道具が出てくる収納庫みたいなものだ。

「なっ……!?」

眼前にきた男の顔が、驚愕《きょうがく》に歪《ゆが》む。既にあたしは、竹刀《しない》を男の顔めがけて打ち下ろしていた。面取ったり、と内心呟く。

「ぐあっ!!」

バシン、と小気味良い音が辺りに響き、ついで男がよろめき後退する。

これが木刀なら気絶くらいはさせられたのだろうけど、竹刀《しない》ではこんなもんだろう。間合いを取りたかっただけなので、十分である。

「この、クソ女あああああっ!!」

怒り狂った男が今度は助走つきで突撃してくる。

力任せに殴りかかってくるのを冷静に見ながら、再び構えの姿勢を取り後ろに飛んだ。

次はどこにお見舞いしようか、と竹刀《しない》を持つ手にぐっと力を込めたところで、あたしの目の前に真紅《しんく》が割り込んできた。

……やっぱりお義母様、動きが速過ぎますよっ!

身体のラインにぴったりと沿うマーメイドドレスが、裾をひらひらと風にはためかせていた。

紅《あか》に精微《せいび》な金刺繍《きんししゅう》の入った背中が、あたしと男の間で静かな怒りに燃えている。

「よくも……うちの嫁に、手を出してくれたわね」

地の底を這うような、低い声が聞こえた。

長い紅蓮《ぐれん》の髪がさながら燃えさかる炎のように風にあおられ、ぶわりと舞い上がる。

お義母様の手にはいつの間にか、クレイヴのものとよく似た一角獣の錫杖《しゃくじょう》が握られていた。

ただ一角獣の身体は白く、角は紅《あか》い。

錫杖《しゃくじょう》が輝いて、彼女の周りにいくつもの炎の玉が生まれた。人の拳《こぶし》程度の大きさの塊《かたまり》は、赤い猛火を纏《まと》い輝いている。

周囲を取り囲み眺めるだけの野次馬から、再びどよめきが湧き起こった。

「その紅蓮《ぐれん》の髪と瞳……っ！　炎の魔力を持つ女だと……⁉」

お義母様の周囲に、真っ赤な火の玉が円周状に浮かんだのを見て、男が足を止め叫ぶ。

恐らく本能で危険を察知したのだろう。しかも、どうやらお義母様について覚えがあるらしい。

「あら、私の二つ名をご存じ？　なら話は早いわね――熱くしてあげるわ。骨も焼けるほど」

「れっ……煉獄《れんごく》の魔導師……レイリア＝バーネット……‼」

名が呼ばれた瞬間、炎の玉がごうっと音を立て男に向かい襲いかかった。

「ほほほ、それは旧姓なの。今の私はレイリア＝オルダイア。古びた情報ほど、無駄なものはないわね」

紅蓮《ぐれん》の炎が男を取り囲む。お義母様は魔女らしい酷薄な笑みを浮かべて、黒焦げになっていく男を悠然《ゆうぜん》と眺めていた。

……うん、大丈夫です。パロウとネイが、たった今近くの消火栓から長いホースを引っ張ってきました。

首都の手前の街だからでしょう。設備が整っていて良かったです。

おかげで、あの人命拾いしましたね。

◆◆◆

「お義母様、相手の戦意が喪失というか焼失してます」

人間ミディアムレア、という字面にするとかなりえげつないお仕置きが終わった頃合いで、あたしはお義母様に戦闘終了を告げた。さっきの不届き者は命を取り留め、黒焦げ姿で呻《うめ》いている。

「あらまぁ、他愛もないわね。サエさんくらいの根性を見せてほしかったのに」

大トリを飾ったお義母様は、やたらすっきりした満面の笑みを浮かべていた。錫杖《しゃくじょう》は既に小さくして髪飾りの中へ収納済みらしい。便利ですね。

「それ褒《ほ》め言葉じゃないですよ……でもお義母様が魔術を使うところ初めて見ましたけど、結構格好良かったです」

素直に勇姿を称えたら、なぜかお義母様の顔がみるみる赤く染まっていった。

「ばっ……馬鹿言わないでっ！　姑を褒《ほ》めても何も出ないわよっ！」

と言いつつ、お義母様は顔を赤くしながら小さい炎をポポポポ、と出現させていた。

いや、思いっきり出てますよお義母様。むしろ飛び火してネイの尻尾を焦がしてます。

お義母様ってば、そんな悪の女王様みたいな格好してツンデレ度が高いんですから。

ほんと人間、見た目じゃありませんね。

っていうかあれ、何かまずくないでしょうか。

道端の草まで燃えてるんですが。……って、いや、ちょ、まずいですよねこれっ⁉

気付けば、お義母様が照れまじりに発した炎が、さながら蛍が止まるように、ぽっぽっと、道端の雑草に燃え移っていた。

あたしは口をはくはく開閉し、やっとの思いで喉から声を絞り出す。

「お、おおおお義母様‼　飛び火！　飛び火してますーーーっ‼」

「なんですって……？　嘘っ⁉　きゃあああ水！　サエさん水ぅーーーっ‼」

先ほどまでツンデレかましていたお義母様があわあわと泡を食って慌て出す。ついでにあたしもパロウもネイも、周囲の野次馬達も皆で「消火！　消火あああっ‼」と叫んでいた。

まずい、このままではあたし達は放火魔になってしまう。さっき名乗ったばかりだし、顔も割れている。正直言って非常にまずい。

なのに、燃え移るの速っ⁉

雑草に引火した炎がうち捨てられていた樽《たる》に燃え移り、キャンプファイヤーの如《ごと》くごうごうと炎を吹き上げ燃え出した。

近くの民家に火が飛ぶまで、あと数分とかからなさそうだ。

「こ、こうなるから……オルダイア家は首都に住めないのヨ！　昔レイリアが街を燃やしちゃったカラ……！」

「人間火炎放射器だものニャ～。レイリア」

慌てふためきながらも、ネイとパロウがぶちぶちと愚痴《ぐち》を零《こぼ》す。初めて知る内容に、あたしは

「だからか！」と大いに納得していた。

皇国一の魔導師で、多忙な筈のクレイヴが、いくら転移術が使えるといっても、なぜあんな辺鄙《へんぴ》なところに住んでいるのか、聞かされていなかったのだ。

別宅くらいあっても不思議じゃないのに、それすらなかったし。

あとお義母様が術を使うところを見たことがなかったのも、これが理由なら頷ける。オルダイア家は、首都に住まないのではなく、住めないのだ。

……もしかして、結構はた迷惑な家に嫁入りしたんでしょうか？　今更ですが。

なんだか現実逃避したくなったけれど、目の前の炎を放置する訳にいかないので、先ほどパロウ達が持ってきていた消火栓のホースで水をかける。どう見ても焼け石に水だけど、何もしないよりかはマシだろう。

「いいいい今言わなくてもいいでしょっ！　よりによって今！　ああああの時は、ちょっと焦がしちゃっただけじゃない！」

いつの間にかあたしの横に来てくれていたクレイ君と協力しながら、ちょっとずつ水を撒《ま》いていたら、お義母様がパロウとネイの暴露に慌てて反論していた。

いや……お願いですから消火活動しましょう。手遅れな気もしますけど……

「今回は焦げる程度で済みそうにないわネ……レイリアは燃やすだけで、消せないかラ……」

お義母様の反論にネイがすかさず諦観を込めて言う。

「英雄の母が放火魔とか、大スキャンダルだニャ」

「そ、そんなぁああああっ!!」

「わっ」

獣魔達の容赦ない感想に、お義母様が悲鳴を上げる。

でもってそのまま、泣きつくようにタックルであたしに抱きついた。プロレスか。

「サエさん何とかしてええええっ！」

「む、無理……っ！　ちょ、ぐえぇ、おがあざ、くび……っ!!」

首、首締まってますってお義母様！　離してえええええっ。

消えない炎と、嘆く姑、諦めの色を見せる獣魔二匹と、無表情で消火活動に勤《いそ》しむクレイ君。

まさに、場が混沌《カオス》と化した——その時だった。

「ツサエさん!!」

「つきゃあっ!?」

どん、と。

突然お義母様に突き飛ばされて、あたしは地面に思い切り尻餅をついた。

尾てい骨に痛みが走り、眉を顰《ひそ》める。

痛《い》たた、急に何するんですかお義母様！　と文句をつけようと顔を上げ、しかし、目にした光景に絶句した。

「「レイリアっ!?」」

パロウと、ネイの声が場に響く。

ばしゅう、という音と共に、それが地面に突き刺さる。たった今、あたしとお義母様がいた場所に、深々と。

炎に巻かれる地面の隙間、そこに突き立つ、禍々《まがまが》しく輝く紫水晶《アメジスト》の群れ。

身の丈はあろうかという鋭利な塊《かたまり》が、まっすぐに、真紅《しんく》のドレスを貫《つらぬ》いていた。

がくりと地面に膝を突く姿を見て、あたしの心臓が凍り付く。

長い紅蓮《ぐれん》の髪が力なく地に落ち、真っ赤な花を咲かせていた。

「お、お義母様……っ！　お義母様あっ‼」

飛び起きて、無我夢中でお義母様のもとに駆け出す。

炎に照らされた紅《あか》い身体が小刻みに揺れていて、まさか、という恐怖で腹底が冷える。

あたしを逃がしたせいで、お義母様が……！

視線の先にある紅《あか》に手を伸ばそうとして、けれどばっと上がった顔に、目を見開いた。

「……あーっ！　吃驚《びっくり》したっ‼　ちょっと⁉　私のドレスになんてことしてくれるのよっ⁉　穴だらけじゃない！」

「お、おかあさま……？」

辿り着く直前、予想外に元気な声が聞こえて、あれ、と思考が止まる。

「これ三着しか持ってないのに……っ‼」

お義母様は立ち上がりながら深々と突き刺さった紫水晶《アメジスト》を引き抜き、盛大に文句を垂れていた。

お、お義母様、まさかの無傷……⁉

しかも三着も持ってるんですか、同じドレスを。

ほっとするやら、驚くやらで、混乱しつつ呆然とする。

そんなあたしを見て、お義母様がにっと笑った。まるで大丈夫よ、とでも言うように。

それから、きっと顔つきを鋭くして、カツン！　と強くヒールを鳴らした。それが合図みたいに、ネイがすかさず移動する。

「どうやら、まんまと罠に嵌《は》められたみたいね、私達」

「匂いは人間だったわヨ。今は違うケド」

「獣臭いニャ」

お義母様の言葉にネイが返し、いつの間にかあたしの傍に来ていたパロウが同意した。

常とは違う、厳しい表情の三人が見つめる方向に目を向けると、そこには一人の少女の姿。

「つく、くくくくくっ!!」

俯いた白い顔から、不気味な音が木霊《こだま》する。

それは、さきほど男達に襲われていた金髪の少女だった。逃げ惑う野次馬達の向こう、建物と建物の隙間に見える壁に、『彼女』はいた。金色の髪で顔を隠し、赤い口元だけを見せて、嗤《わら》っている。

あれ、は――

少女の放つ異様な気配に息を呑む。

その時、少女の顔がこちらに向いた。あたし達の方へ、まっすぐに。

「っ……!!」

漏《も》れた声は、果たして誰のものだったのか。

この世のものとは思えないような、醜悪な顔に時が止まる。

「くはははははははっ!!」

燃え盛る炎の中、人々の悲鳴さえもつんざいて、禍々《まがまが》しい哄笑《こうしょう》が響き渡った。

少女の顔は、恐ろしい獣めいた形相に変わっていて、あたしは硬直した。

彼女の碧眼《へきがん》は今や鮮血の色を湛《たた》えてつり上がり、唇はまるで、裂け引きつれたようになっている。

「また来るわよ!!」

気配を察したのか、はっと上空を仰ぎ見たお義母様が声を上げた。それから左右の腕を交差させ、右手に出した錫杖《しゃくじょう》から先ほどより多くの、夥《おびただ》しい炎の玉を出現させる。その数が相対する敵の力を表しているようで、凄まじい威圧感に圧倒された。

「パロウ、サエさんを守って!!　っネイ!!」

「レイリアっ!!」

お義母様が鋭く叫んだ瞬間、上空に現れた紫水晶《アメジスト》の群れが、雨の如《ごと》く地上めがけて降ってきた。

同時に無数の炎の玉が、それらを迎撃していく。

硝子《ガラス》を溶かす溶鉱炉のように、お義母様の炎が水晶を捉え、一瞬で消していく。

「駄目……っ!!　数が多過ぎる!!」

悲痛な声に、パロウとネイが、それぞれ瞬時に身体を巨大化させて、あたし達二人の上に覆い被さる。互いの主《あるじ》の命に応えるように、二人は身を挺《てい》してあたし達を守ろうとしていた。

パロウ、ネイ――っ!!

声にならない叫びが上がる。

刹那《せつな》、パロウの身体の隙間から、少年の姿が垣間見えた。

クレイ君だ。

彼はあたし達から少し離れた場所にいて、こちらへ細い片手を伸ばし、叫んでいた。

「サエ――!!」

クレイ君の声が聞こえた瞬間、パロウの黒い身体越しに、漆黒の背中が現れた。

見開いた視界に、見慣れたローブの黒と、藍色が映る。

「――守護警術の発動を感じて戻ってみれば……」

そして、身に纏《まと》う黒布を波打たせ、縁の金飾りがシャラリと音を鳴らした瞬間、彼の持つ黒き一角獣が煌《きら》めいて、降り注がんとしていた水晶の悉《ことごと》くを打ち消した。全ての水晶が消えると同時に、辺りを火の海にしていた炎までもが、まるで最初から存在しなかったかのように立ち消え、静けさを取り戻す。

「……へえ。人間に獣魔の核を憑依《ひょうい》させたのか。確かに、人も所詮獣だ。子供なら自我も弱いし、筋は通ってるな。悪趣味だが」

錫杖《しゃくじょう》の一振りで迫り来る脅威をなぎ払った藍色の魔導師――クレイヴが、その場から微動だにしない少女に目を向け、感心した風に告げる。

そのクレイヴの言葉に反応したのか、少女は異形と化した蒼白な顔を歪《ゆが》ませニタリと嗤《わら》った。

ついで、声を発さずに唇だけを動かし始める。

サエ、サエ、サエ、と。何度も、音もなく。

唇だけが機械的に動く様《さま》は、まるで壊れたからくり人形を見ているかのようだ。

「あ、あたし……？」

「獣の分際でサエを呼ぶか。……目障りだ、消えろ」

クレイヴが怒りを露《あら》わに吐き捨て、右手の錫杖《しゃくじょう》を再び振った。聞き慣れたシャンという音が鳴り響いた瞬間、少女の唇が今度は違う形に素早く動く。

――ハ　ヤ　ク　コ　イ　と。

あたしがその動きを読み取った途端、少女の身体はがくりと地面に倒れ込んでいた。細い身体から黒い靄《もや》がすううっと抜けて、空の彼方《かなた》へ消えていく。

少女の頬には、淡い色が戻っていた。生気に満ちた肌を見て、ほっと安堵の息をつく。

後には、状況についていけず目を白黒させている街の住人達と、倒れている金髪の少女にゴロツキさん達、そしてへなへなとその場に座り込む、あたし達がいた。

◆◆◆

「サエごめん。怖い思いをさせたね。怪我はない？」

野次馬達が去り、クレイヴが街をすっかり元通りに修復してくれてから。

あたしはなぜか彼の腕と長いローブの中に収納……もとい、すっぽり包まれていた。おかげでちょっと暑い。

「だ、大丈夫ですっ。いえ、それよりも、助けてくれてありがとうございました。お義母様も、パロウ達も」

努めて平静を装《よそお》いながら、皆にお礼を伝える。恥ずかしさで声が上擦《うわず》ってしまうのはご愛嬌だ。

「私こそ。さっきは悪かったわね、突き飛ばしたりして」

お義母様があたし達のもとに駆け寄り眉を下げる。息子の腕の中、ほとんどカンガルー状態だというのに、突っ込む気配すらなくて、本当に心配をかけてしまったのだと申し訳なくなった。

「全然ですっ。お義母様の方こそ、大丈夫でしたか？　……ごめんなさい。あたし魔術戦だと、てんで役に立てなくて」

「もう、サエさんったら馬鹿ね。私にかかったヴルガの術まで突き破ってくるような代物《しろもの》、止められるのなんてクレイヴくらいのものよ。私だって無理だったもの。だから貴女が気にするのは筋違い」

お義母様が笑いながら肩を竦める。その笑顔は、母親らしい慈愛に溢れたものだった。

「でも、クレイヴが間に合って良かったわ」

「術の発動もあったし、パロウにも呼ばれたからね」

「おかげで助かったニャ」

「一時はどうなることかと思ったワ」

既に変化を解いているパロウとネイが頷く。

彼女達が巨大化したのと、クレイヴが転移で現れたのはほぼ同時だったそうで、騒ぎにならないように目くらましの術をかけてくれていたらしい。夫が仕事のできる人で良かったです。

ちなみに、お義母様のドレスもクレイヴが修復済みである。一着失わなくて良かったと喜んでいた。何でも特注品なのだとか。初めて知りました。

巨乳だもんねお義母様。下手すりゃはち切れそうな感じの。

また、先ほど突き破られたと言っていたお義母様の守護警術は、今は自動修復されているとのこと。

自己再生機能つきバリアーって、かなり凄いと思います。

ともあれ、結構な有様だった割に、街の人達に被害はなく、無事ゴロツキさん達も役所へ連行されて、辺りには日常の空気が戻っていた。

まあ……連行されていく彼らに、パウロが「冥福を祈るニャ」と胸で十字を切っていたのとか、それにクレイヴが満面の笑みを見せていたのには気づいてないふりをしましたが。

「さて、それじゃあいい加減に、敵の本拠地へ行こうか。予想していた通り、この案件は俺に一任されたからね」

夫に感心しているうちに、待っていた台詞《せりふ》がやっと聞こえました。

なんだかここまで長かったような気すらします。たった数日のことなのに。

「いよいよですね！」

「そうだね」

勢い込むあたしの横で、クレイヴは静かな眼差しをクレイ君越しの『誰か』に向ける。

クレイ君は事後処理中から終始無言であたしの隣にいた。

彼の姿を見て、お義母様とカフェで交わした話を思い出す。

皇国最大の害敵であった獣魔獣《じゅうまじゅう》を封印するため、異世界からあたしを喚んだクレイヴと、彼の持つ剥奪《はくだつ》という魔力。そして、獣魔獣《じゅうまじゅう》の封印者であるという事実。鍵であるあたし。

最初から、クレイ君は言ってくれていた。クレイヴの妻である『あたし』を連れてくるよう言われたと。

今回の黒幕の目的は、あたし。ただそれだけのことだった。

何らかの思惑があるのだろうとは思っていたけど、少女の一件ではっきりした。

あたしには何の魔力もないけれど、『鍵』という役割がある。

鍵は、閉めることもできれば、開けることもできるものだ。

つまりは、あたしが鍵であり、この世界に存在する以上、封印は解くことができる。

強大な魔力を持つクレイヴと、何の力もない女。利用するのなら、ほぼ十割の確率であたしの方を選択するだろう。

クレイヴやクレイ君を巻き込んだ、全ての元凶は……あたしだ。

だからこそお義母様は、柄にもなくあんな話をしてくれたのだ。

あたしがどういう存在なのか、思い出させるために。

ほんと気が良いというか、何て言うか。

厄介な嫁を持ったために余計な苦労をしなければいけないというのに、一言もそれを口にしない皆に、あたしは苦笑しながら、心の中で頭を下げた。

「それじゃ、オルダイア家の人間に喧嘩《けんか》を売ったことを、後悔させてやりましょう」

お義母様が、パロウが、ネイが、悪役っぽくニヒルに笑う。

あたしは静かにこちらを見つめる、クレイ君を見る。彼のことを何とかしたいと思ったのは、自分との共通点を見つけたためもあるけれど、今となっては――贖罪《しょくざい》の意味も込められている。

『鍵』が誰であっても結果は同じだったのかもしれないけれど……でも、あたしさえいなければ、あたしがあの時クレイヴの手を取らなければ、きっとクレイ君が生まれることもなかったのだろう。

だからこそ、申し訳なくて、悲しくて。

クレイ君から視線を外さないまま、あたしは自分の胸元を片手でぎゅっと握り締めた。

そんなあたしの手を、クレイヴが左手でそっと包み込む。彼の右手には見慣れた銀月に黒い一角獣の錫杖《しゃくじょう》が、しっかりと握られていた。

「……行こうサエ。ソイツを創り出し、俺と君に喧嘩《けんか》を吹っかけた、不届き者の顔を拝みに」

「はいっ」

あたしが返事をしたすぐ後、クレイヴが錫杖《しゃくじょう》で床を叩くと、シャンッと金属音が鳴り響き、地面に浮かんだ円模様が銀色に輝いた。恐らく転移魔術の強化版なのだろう。普段クレイヴが使っているものより十倍くらい大きな魔方陣が煌々《こうこう》と光を放ち、柱状に伸びていく。それに呼応するように、周囲の景色が全く違う様相へと変わっていく。

次の瞬間には、見えるもの全てが変わっていた。

荘厳な神殿作りの巨大な建築物がそびえ立ち、見る者を押し潰すような圧迫感を漂《ただよ》わせている。昔、歴史の教科書で見た、古代の神殿に外観が似ている気がした。

細やかな彫刻が施《ほどこ》された大理石の円柱が、何本も等間隔に立てられ神々《こうごう》しいとすら言える威厳を放っている。

「出迎えもないとは、礼儀がなっていないわね」

お義母様が、硬い床にこつんとヒールを打ち鳴らしながら言った。神殿内は壁際の松明《たいまつ》で淡く照らされており視界には困らないが、赤いヒールの色味が普段より濃く見える程度の光量である。

「奥にいるニャ」

パロウが琥珀色《こはくいろ》の目を大きく開いて告げる。恐らく千里眼を使っているのだろう。ネイも匂いを探っているのか鼻をすん、と鳴らしていた。

「まあ、ここにいるって時点でどういう相手か大体察しはついてるんだけどね」

「そうなんですか？」

かつかつと大理石の白く長い回廊を歩きながら、クレイヴが微笑する。そういえば確か、クレイ君は自分の母親は『聖巫女《せいみこ》ミシェーラ』だと言っていた。

それを思い出し、なるほど、だから神殿なのかと納得する。

「ここは首都ファスティアの地下にある神殿なんだ。サエには言っていなかったけど、皇国でも限られた人間しか存在を知らない。だってここには、獣魔獣《じゅうまじゅう》の封印石が置いてあるからね」

「封印石……」

あたしがクレイヴに召喚される原因となったモノが封じられている石の名。

まさか首都の地下に置かれただなんて流石《さすが》に想像していなかった。その驚きが伝わったのか、クレイヴが説明を付け足してくれる。

「俺がたまに様子を見に来ていたのが、ここなんだよ。なぜここに封印石を保管したかには理由があるんだ。サエも、獣魔が発生する条件については知ってるだろう？」

彼の言葉に、こくりと頷く。

「人間の負の感情、憎悪や嫉妬《しっと》ですね」

「そう。俺が獣魔獣《じゅうまじゅう》を封印する少し前までは、それだけしか判明してなくてね、だけど封印石に封じ込めるって決まった直前に、父さんの研究からそれとは逆のことがわかったんだ」

「もしかして……」

逆、という彼の言葉に、ふと思いつくことがあった。呟きを漏《も》らしたあたしに、クレイヴが首を縦に動かす。

「そう。人間の負の感情が獣魔を生み出すのなら、反対に、正の感情にも触れる場所ならどうかって。封印を強固にするのに、逆の感情が役立つと考えたんだ。それに今まで、獣魔は人に害を成すって理由で、見つけ次第消滅させていた訳だから、誰も『人々の中』にいる獣魔を見たことがなかったんだよ。でも、父さんが実は、母さんと結婚した時ぐらいに一度やっていた実験があって、その結果が……『獣魔は人の正の感情でも創れる』ってことだったんだ」

「獣魔を……創れる、ですかっ？」

驚くあたしに、クレイヴは少し嬉しそうな顔をした。そして、彼の説明を黙って聞いていた黒猫と銀狼に目を向ける。

まるで手品師が種明かしをするような、そんな楽しげな表情に、あたしは一瞬、頭に疑問符を浮かべた。

ん？　待って？　正の感情でも獣魔は創れる……？　パロウとネイ、二人は獣魔な訳で。

「っえ」

「そ。パロウとネイがまあ、生き証人というか生き証獣？　いや言い方はなんでもいいんだけど」

目を見開いてぽかんと口を開けたあたしに、クレイヴが正解だとばかりにクスクス笑う。並んで歩くパロウが、耳の鈴をチリンと鳴らした。

「クレイヴ様～今ネタばらししちゃうんニャか～？　あれだけ口止めしたのに酷いニャ」

「本当、ヴルガとそっくりで勝手よネー」

しかも、二人揃ってそんな軽口まで叩いている。

二人の声が、大理石の回廊に反響して、妙に緊張感を緩ませた。おかげで、あたしにも片手をぽんと叩く程度の余裕が生まれる。

「パロウとネイって、使役されている訳じゃなかったんですね……！　どうりで気安い猫と犬だと思った……！」

使い魔という形態ではなく、クレイヴとヴルガそれぞれの魔導師から生まれた存在だから、個として成立しているのだ。

やたら自己主張が強いなと思っていたけど、確かに、パロウやネイの性格は元となった二人に似ている気がする。

「ちょっとサエ、また犬って言ったら尻尾で擽《くすぐ》り地獄の刑にするわヨ！」

ネイから鋭い一喝をもらい、うっと言葉に詰まった。

ま、まずい、興奮してつい。

「ごめんごめん」

「はは、まあまあ、ネイそう怒らずに。と、つまりはそういうことだね。パロウとネイは俺と父さんが創り出した新型獣魔だよ。しかも発生源は愛情。面白いだろう？」

「あ、愛情ですか……っ」

ネイを宥《なだ》めてくれたクレイヴが続けた言葉に、あたしは羞恥《しゅうち》で固まってしまった。

彼の愛情を基《もと》にして創られたパロウ。ということは、だ。ある意味、愛の結晶とも言えるんではなかろうか。

マジですか。嬉しいけど怖い、でも嬉しい、あれもう一体どっちなのかわかりません。

「だから言ったでしょう。オルダイア家の男は盲目的に相手を愛するって。考えてもみなさいな、好きの一念で魔獣を創り出すのよ？　普通におかしいわよ」

混乱半分、感動半分でぐるぐるしていたら、お義母様が若干げんなりした感じで溜息交じりに嘆いた。

あれって、そういう意味だったんですね……ってことは、パロウとネイがどうやって生まれたのか、お義母様は知ってたんですね。

仲間外れだったのはちょっと寂しいですが、結婚当初に言われていたら間違いなくドン引いていたと思うので、これはこれで良かったのかも。

「あはは、そんなに驚いてもらえると説明のしがいがあるな。まあ普通の獣魔も術で無理矢理従わせることはできなくもないけど、そんな他人の黒い感情から生まれた代物《しろもの》を、愛する人の傍に置きたいなんて誰も思わないでしょ」

あたしの気持ちを知ってか知らずか、夫が藍色の頭を軽く揺らして明るく言った。

まあ確かに。

あたしもパロウについて『この子はメイドイン人間で、原材料は憎悪&嫉妬《しっと》とかのヘビー感情です』なんて言われた日には、確実に元の世界へカムバックさせてくれと泣いて頼んだことだろう。

そうならなくて良かった良かった。

「そういう訳で、正と負の感情がせめぎあう皇国の地下は、封印石を保管するのに最適な場所だったんだ。陰の気を浴びる代わりに、陽の気も浴びて相殺《そうさい》されるからね。人間が皆もっとサエのように綺麗なら浄化もできたんだろうけど、まあそれは無理な話な訳で……と、獣魔に関する講義はここまでにして。着いたよ、この面倒な事態を引き起こしてくれた元凶のところに」

長かった回廊の最奥、数メートルはありそうな巨大な大理石の扉の前で、クレイヴが声のトーンを落として立ち止まった。

同時に、石でできている扉が、勝手にゆっくりと開いていく。

石の自動ドアです。音が凄く五月蠅《うるさ》いです。あれ、しかもなんだか嗅《か》いだことのある香りがします。これって……

甘い花と土の交じった香り。それに気付いてクレイヴの顔を見れば、笑顔でこくりと頷いた。

なるほど。ここで嗅《か》ぐとよくわかる。これはやっぱりお香の香りだ。たぶん神殿で焚《た》いているものなんだろう。

入った時は薄かったので気付かなかったけれど、今や辺りには香りが充満していた。

ここに、この騒動の元凶がいるのだ。

あたしはクレイヴと、お義母様、パロウにネイ、そしてずっと無言でついてきていたクレイ君のそれぞれの目を見てから、ぐっと気を引き締め、開いた扉の奥を見据えた。

荘厳な神殿の奥深く。

地下さながらの冷たい空気の中で、あの写魔鏡《しゃまきょう》に映っていたのと同じ金糸の髪に透き通る肌を持った女神の如《ごと》き女性が、人の身の丈よりも数倍大きな巨石の前で、邪悪な笑みを浮かべていた。

「――写魔鏡《しゃまきょう》で見た時も思ったけど、本当に女狐顔《めぎつね》ね。あんなのがうちの嫁でなくて良かったわ」

刻印の入った巨石を背にした女性を見て、お義母様が言い放つ。

声音には、普段あたしとの嫁姑戦争では決して聞くことのない、嫌悪と侮蔑《ぶべつ》が込められていた。

「ようこそ我が神殿へ。サエ、そして皇国の英雄クレイヴ。この時を待ち望んでおりました。ワタクシの名はミシェーラ。このファスティア神殿の聖巫女《せいみこ》を務めている者でございます」

金糸の髪に白く透き通った肌をした女性が、恭《うやうや》しく腰を折り礼を取る。

敬虔《けいけん》な信徒の仕草に見えるのに、彼女が放つ黒く禍々《まがまが》しい空気と圧迫感は、決して聖の側にいる存在ではないと知らしめていた。

「うちの嫁に手を出そうなんて良い度胸ね、その上、私を無視するなんて」

聖巫女《せいみこ》ミシェーラの自己紹介を、お義母様がふんっと鼻で笑い飛ばす。

それを、ミシェーラは聖母のような慈愛ある笑みで受け止めた。それから、美しい顔を酷薄な笑みに変容させる。

「まさかそのような。煉獄《れんごく》の魔導師レイリア＝バーネット。貴女にはそちらで鑑賞していただきましょう……息子とその妻の、行く末を」

「レイリアっ!!」

「お義母様っ⁉」

ミシェーラが白い片腕をお義母様にかざすより速く、ネイが前に躍り出て巨大な銀狼に変化した。しかし、ミシェーラの手から生まれ出た膨大な水流が、巨大化したネイをお義母様ごと水の膜に包んでしまう。

球体と化した水の中で、お義母様が焦った表情を見せる。あたしの声が、広い地下空間に空《むな》しく木霊《こだま》した。

「クレイヴっ‼　お義母様がっ……っ⁉」

咄嗟にお義母様とネイのところに駆け出そうとしたら、なぜかクレイヴに腕を取られ引き留められた。何故止めるのか、と振り返れば、どうしてかふっと微笑まれる。

それから、小さな子をあやすみたいに頭を撫でられて、驚きのあまり二の句が告げなくなった。

ど、どうしてクレイヴはそんなに落ち着いてるの……っ‼　お義母様が大変なのに……っ‼

驚愕《きょうがく》と、混乱と、焦りとでごっちゃになったまま、あ、あ、と声になっていない音を吐き出すと、クレイヴは、すっとお義母様達がいる方向を指差した。

「大丈夫だよサエ。見てごらん、ちゃんと息はできているから。母さんにも父さんの守護警術がかけられてるからね。そうそう命の危険にはならないさ」

「で、でも……っ」

「あの程度、すぐに解除できるから大丈夫。母さんなんてあぐら掻いて座ってるよ？」

尚《なお》も戸惑うあたしに、クレイヴが摩訶不思議《まかふしぎ》なことを言う。

あぐら？　え？　だってミシェーラの術に取り込まれたのに、どうして……

驚きながら水の球体へ目をやり、あたしは固まった。

「へ？」

お義母様ったら、マーメイドラインのドレスなのに器用にあぐら掻いて座ってる。スカートが長いから下着は大丈夫そうですね。良かったです。

どうやら、あたしが思うより二人は平気みたいである。大分、かなり。

お義母様はとてつもなく不機嫌な顔をしているけれど、それも眉間に皺《しわ》を寄せている程度のものだ。お義母様、それ下手すると痕が残りますよ。

それにパロウも「サエは心配し過ぎだニャ。レイリアは殺しても死ぬタイプじゃないニャ」なんて鈴を鳴らしつつくすくす笑っている。

あ、水の中のお義母様が、パロウをぎろりと睨みつけた。水越しでも聞こえてるんでしょうか。もしや読唇術？　猫の？　だとしたらかなり凄いと思われます。とはいえお義母様、ほっぺた膨ませるのは年齢的にどうかと。

「サエを俺の複製体《ホムンクルス》で呼び寄せ、封印石の魔術式を解くつもりだったんだろう？　残念だったね。お前の足止めは既に片付けてあるよ」

安堵しているあたしの横で、クレイヴが聖巫女《せいみこ》ミシェーラと言葉の攻防を始めていた。普段は見ることのない彼の冷酷な笑みが、美しい褐色《かっしょく》の肌を彩《いろど》る。

なんだかお義母様のリアクションのおかげで拍子抜けしたためか、夫の悪役っぽい表情も、これはこれでツボかもしれません。SとMで言うならば、ドS度が普段の四割増しです。

「足止めなどと……。あのような者達では貴方を止めることなど端《はな》から無理でしょう……ですから、ワタクシはソレを創り出したのです。この姿の持ち主であった魔導師を喰らい、得た知識によって」

しかし聖巫女《せいみこ》ミシェーラは、そんなクレイヴの迫力ものともせず、朗々と自《みずか》らについて語り始めた。

おかげで、内心ふざけていたのが一瞬で吹っ飛ぶ。

足止め、とクレイヴが口にしていたあたり、あたしの知らぬ間に抗戦は始まっていたのだろう。

魔導師を喰らい、障害となるクレイヴの足止めをした上で、クレイ君にあたしを連れてこさせようとした、そういうことなのだ。

「喰らったって……！」

「やたら獣臭いと思ったニャ」

戦慄《せんりつ》するあたしの傍で、パロウが琥珀《こはく》の目を見開き言った瞬間、聖巫女《せいみこ》ミシェーラの身体が捻《ねじ》れるように、ぐにゃりといびつに歪《ゆが》んだ。

って、ひえええ！　美女が！　パツキンの美女がアメーバみたいに変形しました！　色んな意味で怖い！

恐れ戦《おのの》くあたしを余所《よそ》に、ミシェーラの身体はみるみるうちに膨張していく。美しかった彼女の肢体は、巨大な獣の姿に変わり、やがて目の前にとてつもない巨躯の金狐が出現していた。

金色の髪は身を覆い尽くす体毛となり、碧眼《へきがん》は今や濁った血の如《ごと》く毒々しい赤へと色を変えている。禍々《まがまが》しさを感じる数を増した尾が、伝説の妖狐を彷彿《ほうふつ》とさせた。

「確か、神殿に仕える巫女は水の魔導師だったかな。なるほど、力ある者を喰らって取り込むことで、知識と魔力を得、強力な獣魔へと二重に変異したか。中々どうして、獣魔獣《じゅうまじゅう》にも匹敵する程の負の魔力だね。何度も散らしてやったのに、ご苦労なことだ」

奇々怪々、としか表現できない状況を前に、あたしの横に立つ藍色の髪の魔導師は悠然《ゆうぜん》と、余裕たっぷりに解説していく。その瞳にはどこか、獰猛《どうもう》な光が灯されていた。

「戯《ざ》れ言《ごと》を。歳月をかけ、封印石より流れ出た力を纏《まと》い、ワタクシは巫女を喰らえるまでに成長したのです。散らされた程度で、消えゆくものではない」

クレイヴが獣魔獣《じゅうまじゅう》に匹敵すると称したのが誇らしいのだろう、巨大な九尾の狐となったミシェーラがくっくっと笑いを零《こぼ》した。

「なるほど。となれば複製体《ホムンクルス》は……そうか。お前を散らした時に、俺の魔力片でも残っていたかな。それを水の魔術で培養したと。聖巫女《せいみこ》は皆、水の魔力を持っていたためか」

淡々と行動を分析され苛立ったのか、狐はぐるると喉奥で唸《うな》り、裂けた口をかぱりと開いた。

「無駄口もそこまでです、英雄殿。ワタクシがなぜ貴方までこの場に踏み入れることを許したと思うのです？　この神殿には、一体何人の巫女がいたかご存じで？」

狐が裂けた口から真っ赤な舌を覗かせ、にい、と嗤《わら》う。

「……っ」

まるで鮮血で染まったかのような毒々しい色に、背筋がぞおっと寒くなった。

「……俺の奥さんに、血なまぐさい話を聞かせないでくれるかな」

「これは失礼。ですがご理解いただきたいのです。今のワタクシは、貴方ですら凌駕《りょうが》する魔力を有しているのだと」

「他人の魔力だけどね」

ミシェーラの言葉に悉《ことごと》く鋭利な反論で返すクレイヴ。

見ているあたしは爽快だけど、やられている方は腹立ちもピークに達しつつある様子で、狐の唸り声はどんどん大きくなり、今や神殿内に響き渡ろうかという程のけたたましい地鳴りに変化していた。

うん、もの凄くやかましい。

「……黒き剥奪者《はくだつしゃ》から奪うのは、さぞかし愉快でしょう」

「獣魔もどきにその名を呼ばれるとはね。どちらにしろ、端《はな》からサエも俺も殺す気だろう。なら黙ってる訳にはいかないな。サエに触れさせる訳がない。人の排出物如《ごと》きに」

シャン、とクレイヴが錫杖《しゃくじょう》の金輪を鳴らしながら啖呵《たんか》を切った。

すると、狐ミシェーラは血に濡れたような鋭い目をかっと見開き、大きく吠える。

「貴様あああっ!!」

ミシェーラの金色の体毛が一瞬赤い光に包まれ、ぶわりと大気が震えた。狐の背後にあった巨石から、鋭利な結晶が錐状となって、こちらに向けて伸びてくる。それは街であたし達を襲ってきたのと同じ物体だった。

「……っ!?」

まるで剣山のように迫ってくる紫水晶《アメジスト》の群れに、息を呑んだ瞬間。

キィンッと、耳鳴りに似た音が鼓膜に響く。

クレイヴの黒い一角獣が、紫水晶を悉《ことごと》く弾き飛ばしていた。

「クレイヴ……っ！」

「俺の最愛の女性に手を出すな。……穢《けが》れの分際で」

地を這うが如《ごと》く重い声を発したクレイヴが、右手の錫杖《しゃくじょう》で頭上に一文字を描く。

普段は優しい夫の横顔には、静かで荒々しい怒気が宿っていた。

強く音を奏でた錫杖《しゃくじょう》が、黒曜石の一角獣を輝かせる。その軌跡を追って、赤、青、黄、緑の四つの宝石が出現していた。

それらは目にも止まらぬ速さでミシェーラのもとに移動し、煌々《こうこう》とした光を放つ。

「その負念の魂《たま》ごと貫《つらぬ》かれ、塵芥《じんかい》へと消えるがいい」

「しまっ……!?」

ミシェーラが焦った声を発した刹那《せつな》、クレイヴは金色の狐の真正面に移動し、纏《まと》う衣を翻《ひるがえ》していた。

「――悪いね。俺は意外と、肉体派なんだ」

彼の余裕と威厳がある声が聞こえた時には、黒い一角獣の錫杖《しゃくじょう》がさながら槍となって、ミシェーラに突き出されていた。

「やれっ!!」

――ガシャアアアン!!

クレイヴが振り下ろした錫杖《しゃくじょう》の先端がミシェーラに届く寸前、狐の前に青く透明な板が現れ、硝子《ガラス》みたいに砕けて散った。

落ちていく破片が、冬の細氷《ダイアモンドダスト》を思い起こさせる。

「……へえ。やっぱりか」

自分の攻撃が防がれたのに、クレイヴはなぜか楽しげに、くっと冷笑を浮かべた。

彼に対峙する金色の狐は、それを憤怒にまみれた赤い瞳で見つめ返している。

「同じ魔力を持つ者ならば対抗できると思いましたが。やはり即席の出来損ないでは、相殺《そうさい》程度が関の山ですか」

「その複製体《ホムンクルス》はサエをおびき出すのと、俺への対抗策ってところかな。よくまあ、こうも愚劣な考えが浮かぶものだ」

「負け惜しみをっ……!!」

既に怒りの最高潮に達している狐を、クレイヴは尚も悠然《ゆうぜん》とした態度で煽《あお》る。

そんな彼らのやりとりを尻目に、あたしは後ろにいたクレイ君を振り返り、彼の縹色《はなだいろ》の瞳を見つめていた。

そして思い出す。彼は、あの狐から創り出された存在なのだと。

今、クレイヴの攻撃を阻《はば》んだのが誰だったのかを。

まっすぐあたしを見るクレイ君の表情は、出会った頃と同じく無に包まれている。綺麗な瞳の色が変わらないのが、余計悲しい。

「剥奪《はくだつ》の魔力と言えど、相殺《そうさい》されては意味はないっ！　妻より先に逝《い》くがいいっ!!　さあ!!　殺せっ!!」

狐がクレイ君に向かって怒鳴った瞬間、彼は細い手をクレイヴに向けかざした。

その手の前に、パキパキと音を鳴らしつつ、針のような氷塊が形作られていく。

「クレイ君……⁉」

「なるほど。水の魔力を合成したのか。だから壊れかけでも、俺の魔力を循環させていられたんだな」

素早くミシェーラから距離を取ったクレイヴが、中空で錫杖《しゃくじょう》を真横に持ち変え、シャラララ、と輪を鳴らしながら錫杖《しゃくじょう》を回転させた。

すると文字の羅列で造られた巨大な円陣が、いくつも層を成して浮かび上がる。

「オリ、ジ、ナル……」

「なあ――彼女の前で、無様《ぶざま》な姿をさらすなよ」

「っ……！」

その言葉を合図に、クレイ君の手から閃光が、クレイヴに向かって一斉に放射された。

ズワワッと空気を斬る音が何重にも重なり、光が錫杖《しゃくじょう》を構える彼に刺さらんと伸びていく。

「クレイヴ――っ‼」

「死ねえええええっ‼」

あたしの絶叫と、獣の咆哮《ほうこう》が神殿の空気を震わせる。

駆け出したあたしを、パロウが掴んで無理矢理止めた。あたしの伸ばした手が空を切る。

どおん、と大きな音の後、クレイヴがいた場所に爆発が起き、辺り一面が煙で真っ白くなった。

「いやあああっ!!」

「っサエ、落ち着くニャ!!　狐の本命は……っ」

パロウが何かを言いかけて、あたし達の上に、ふっと大きな影がかかる。

「獣はやはり鼻がきく――」

目の前が、巨大な金色に覆われた。その中で、もっとも目を引く毒々しく赤い双眸《そうぼう》が、こちらを捉える。

その目を見た瞬間、息が、鼓動が、沸き立つように激しさを増す。

脳内に警告音が鳴り響き、早く逃げろと心を急《せ》かす。

「サエっ!!」

パロウがあたしの名を呼んだ。視界の端で、彼女の全身が膨らむのが見える。恐らく変化してあたしを守ろうとしてくれているのだろう、だけど。

「鍵よ。その身を無に帰《き》し我らが王を解き放て――」

ミシェーラの声が響く。巨体が音もなく動き、鋭い爪があたしに向けて振り下ろされる。

そこでやっと気付く。

鍵を壊すことが、狐の狙いだったのだと。封印石のある、この場所で――

「っ……」

パロウの身体が前に出るよりも速く、爪の切っ先があたしの眼前に迫る。

何をするにも、もう遅い。夫の安否すら確認できず、このまま切り裂かれてしまう――そう思った時。

「うちの嫁に!!　手を、出すなあっ――!!」

お義母様の声が聞こえた。同時に、視界が紅《あか》の炎で包まれる。

狐の目の赤とは違った温かい色が、あたしと金色の獣の間を断ち分けていた。

「お義母様っ!?」

「サエさんっ、こっちへ!!」

いつの間に水の膜から脱出したのか、あたしの背後にいたお義母様が、あたしの腕を引っ張り自分の後ろに隠す。

変化を終えたパロウと、そしてネイも含め、三人があたしの前に並んでいた。

「皆……っ」

「ごめんなさいね。クレイヴが解いてくれて、もうとっくに水から出ていたの。そうでもしないと、『あの子』の気持ちを、断ち切ってあげられなかったから」

お義母様がなぜか悲しそうな笑顔で言った。視線は炎の前にいる狐ではなく、別の場所へ向けられている。ちょうど、周囲に立ちこめていた白煙が薄まり、神殿内がはっきりと見え始めた時だった。

「あの子――?」

お義母様の視線を辿る。そこにはクレイヴと、クレイ君の姿があった。

「え――」

一見して、二人の身体に傷はない。

「貴様、何を――っ!?」

それと同時に、視線の先にいたクレイ君の姿が、掻き消えた。

狐が吠える。

「な……っ！」

驚愕《きょうがく》の声が上がり、狐の前に少年の姿が現れる。

彼は細い褐色《かっしょく》の右手を、今度はミシェーラに向けてかざしていた。

金色の狐とその前にいる華奢《きゃしゃ》な少年の姿が、あたしの目に映っている。

「さよなら。俺の創造者」

「貴様――っ！」

クレイ君のかざした右手から、青い光が煌《きら》めく。激高した狐は彼の手に食らいつこうとしたけれど、長い口先が届く前に、なぜか凍り付いたみたいにその動きを止めた。

「っ」と、小さな息づかいだけが、裂けた口元から漏《も》れ聞こえる。

「まあ、そうだろうな……お前が『俺』なら」

あたしの隣に立つクレイヴが静かに呟いて、狐の巨体がずるり、と地面に倒れ伏す。

その胸には、大きく長い水の刃が、深々と突き刺さっていた。

第四章　嫁姑戦争は今日も続きます！

巨大な狐の身体が頽《くずお》れるのと同時に、水の刃が姿を変え、ばしゃりと元の液体へと戻る。

大理石の地面が濡れて、今は息絶えたミシェーラの横顔をその水面に映していた。

「クレイ、君……っ!?」

狐が倒れている場所より少し上空に浮かんでいる少年の名を呼ぶと、彼はゆっくり振り向いた。

「サエ」

クレイ君が、あたしの名を呼ぶ。そして、隣に浮かぶクレイヴの方へ視線を向けた。

「どうして、俺じゃない」

彼がいつもと違う一人称でクレイヴに問いかける。静かに、声に諦観を込めて。

巨石と倒れた狐のやや上、空中に浮かぶ二つの藍色が、大理石の床に広がった水面に映っている。

一方は少年の身体、一方は大人の身体。

まるで、過去と未来を合わせ見ているようだった。

「どうして、俺じゃないんだ……っ!!」

少年の悲痛な慟哭《どうこく》が広く冷たい虚空《こくう》に消える。

なぜ、そんなに嘆いているのか……それは聞くまでもなかった。

大丈夫？　と、駆け寄って抱き締めてあげたいのに、喉に鉛が詰まったみたいに、声を出すことができない。

クレイ君の身体は、ぼろぼろと乾いた粘土のように崩れ、そこから光の欠片《かけら》となって消滅し始めていた。

「なぜ、どうして……」

「俺の記憶を持っていることには同情するよ。申し訳ないとも思う。だけど理《ことわり》は変えられないんだ。すまない」

「……っ」

悲しみに暮れる少年に、クレイヴが静かに告げる。

言葉は平坦なのに、どこか哀れむような、そんな響きが込められていた。

複製体《ホムンクルス》と、オリジナル。彼ら二人は、どんな思いで今こうして対峙しているのだろう。

薄い唇を引き結んだクレイ君が、ふっとあたしに視線を向ける。あたしは彼の目を見つめたまま、ゆっくり近づいていく。クレイ君の華奢《きゃしゃ》な手が、ぎゅっと握り締められたのがわかった。

「お前が、核を生み出したりしたから……っ！　だから俺が創られたんだ！　お前さえいなければ、こんな思いをせずに済んだのに……!!」

「クレイ君っ!?」

少年が縹色《はなだいろ》の瞳に涙を溜めて叫んだ瞬間、彼の身体が青く光り、クレイヴに向けて光の刃を放った。

隣にいるクレイヴは、ただじっとそれを見つめている。微動だにせず、悲しげな眼差しで。

クレイ君の攻撃を避ける気がないのだと悟った瞬間、あたしは自分でも驚くほどのスピードで動き出す。

その場から勢いをつけて駆け出し、地面を蹴って飛び上がる。同時に左の甲から竹刀《しない》を出し、クレイヴへ向かっていた光を叩き落とす。

バシイッ!! と音が上がった時、クレイヴにもう一度魔力を込めてもらっておいてよかったと、ほっとしながら地面に降り立った。

目の前には、泣き濡れた、幼い頃の夫の姿。

「サエ……君はやっぱり、そうやって、今の俺も、未来の俺も、守るんだね」

薄く微笑んであたしにそう言った少年は、細い身体の端々を光として零《こぼ》しつつ、足下に広がる水面へと落ちていく。

「クレイ君！」

咄嗟に、彼の身体を受け止め、すんでのところで落下するのを防いだ。けれどその身体には最早、人としての重みが抜けていた。

発光しながら崩れていく少年を、押しとどめるように強く抱き締めるけれど、光の粒が上へ上へとのぼっていくのが止まる気配はなかった。

クレイ君が、か細い声で「サエ」とあたしの名を口にした。

「……自分の寿命はわかっていた筈だろう。なのにどうしてわざわざ、サエのところに来た。短命でも、自由に生きたいとは思わなかったのか」

クレイ君を抱き留めるあたしのすぐ後ろで、クレイヴが悲痛を滲《にじ》ませた声で問う。

短命でも、という彼の言葉に、あたしはお義母様や彼が言っていたのはこのことだったのかと、込み上げてくる悲しみと共に理解する。

いや、本当は、薄々感じていた。

クレイ君がクレイヴの複製体《ホムンクルス》だと聞いた時から。

だけど考えたくなくて、気付きたくなくて。それがあたしのせいだということを、認めたくなくて、心で拒否していた。

あたしはなんて愚かで、卑怯で、臆病で、矮小《わいしょう》な人間なのだろう。

彼のことを大事にしたいとか、存在を認められることの嬉しさに気付いてほしいとか思いながら、その実クレイ君の命が短いことから、ずっと目を逸らし続けていた。

クレイヴもお義母様も、それをちゃんと正面から見据えていたのに。

皆のクレイ君への態度は、彼の儚《はかな》い命に対しての礼儀でもあったのだ。

「クレイ君……っクレイ君っ……!!」

クレイ君が、縋《すが》るように彼を掻き抱くあたしの手にそっと自分の手を添えた。胸に後悔や憐憫《れんびん》、自分への嫌悪が渦《うず》巻いていて、謝罪も感謝すらも口にできない。

そんなあたしを縹色《はなだいろ》の双眸《そうぼう》で見つめながら、クレイ君が細い声で言葉を紡《つむ》ぐ。

「だからこそ……『お前』だからこそ、サエに会いたかった。この記憶を持っていたから。自分に感情を与えてくれた人の隣で、過ごしてみたかった。少しでも長くサエといたくて……だから、ここまで連れてきた」

クレイ君の言葉に、限界まで目を見開く。

会いたかったと言われて、魂《たましい》ごと心が揺さぶられて、思考が一瞬白くなった。

咄嗟に、クレイ君が添えた手を、ぎゅっと握る。

「……だろうな。お前は俺の記憶全てを持っている。身体は幼くとも中身は現在の俺だ。サエと出会う前の俺も、サエと出会ってからの俺も、愛情も、お前の中にもあるのだから。複製体《ホムンクルス》で弱まっているとしても、剥奪《はくだつ》の魔力で吸収をし続け、壊れかけの器でよくもここまで耐えたものだ。……何か、してほしいことはあるか。俺になれなかった俺への餞別《せんべつ》として、この魔力の全てをもってお前の願いを叶えてやるよ……クレイ」

クレイヴが初めて彼の名を呼ぶ。

口調も声音もぶっきらぼうなのに、どこか包み込むような優しさが溢れている言葉に、なおさらクレイ君の命の終わりが近づいているのだと感じる。あたしは彼の手を握る指先が震えるのを抑えられなかった。

「あの子の身体では、クレイヴの剥奪《はくだつ》の魔力には耐えられない。本人ですら、命を落とす寸前になってやっと抑える術《すべ》を身につけたのだもの」

お義母様も、ネイと並んでクレイ君を見つめていた。

「なら……っ！　それを使えば……！」

お義母様の言葉に、そう簡単な話ではないと気付いていながらも、咄嗟にカフェでの会話を思い出し叫ぶ。

だけど、お義母様は静かに首を振り、悲しげな顔をするのみ。

「それは無理よ。元々クレイ君はミシェーラが即席で作った複製体《ホムンクルス》だもの。オリジナルに比べれば、格段に脆《もろ》い作りになっている。入れ物がもたないのは、どうしようもないわ」

お義母様の瞳が、初めて見る水滴で潤《うる》む。

彼女にとっては、自分の息子と同じ顔――かつて死の淵《ふち》を何度も彷徨《さまよ》った息子が今、目の前で消えようとしているのだ、その心痛はいかばかりか、あたしですら想像に難《かた》くない。

「さあクレイ、願いを」

クレイヴが、シャランと錫杖《しゃくじょう》を鳴らして彼の願いの言葉を待つ。着ている長いローブの房飾りが、神殿内の明かりで神聖な輝きを放っていた。

「願いを叶えてもらえるのなら……だったら、今度こそ人として生まれてこられるようにしてくれ。サエと同じ人間に。ああ、だけどまたお前になるのはごめんだからな」

あたしの手を弱々しく握り返しながら、既に身体の半分以上が光となって散ったクレイ君が笑う。

初めて目にする彼の笑顔は、幼い顔立ちには不似合いなほど大人びていて、そして穏やかだった。

泣いてはいけないと思うのに、込み上げてくるものが止められない。視界が涙の膜で覆われて、クレイ君の顔がぼやけていく。

見続けなければと、見届けなければと、強く強く思うのに。

「わかった。人の輪廻《りんね》に干渉するのは禁忌だが、お前とサエのためだ。多少の無理はしてやるよ」

そう言って、クレイヴは静かに呪文の詠唱を始めた。よく通る低い声が、周囲に広がっていく。

彼の藍の髪に隠れていた銀色の額飾りが、光と巻き上がる風によってきらきらと白銀に反射した。

「……とこしえの闇、奈落《ならく》に住まう剥奪者《はくだつしゃ》、混沌たる暗夜の住人が乞い願う。我が御印《みしるし》において、まがいの御霊《みたま》を剥奪《はくだつ》せん。在るべき転生の輪廻《りんね》へと還《かえ》れ、彷徨《さまよ》いし者よ……!!」

青い光の文字が帯となって浮かび、クレイ君の零《こぼ》れ落ちる身体を包んでいく。謡《うた》うように奏でられる言の葉は、まるで蚕《かいこ》が繭《まゆ》を作るみたいに幾重にも細い身体の上に折り重なった。

あたしはまだ、光に包まれていく彼の手を離せない。

「クレイ、君……!」

手を強く握った。

か細い力で握り返されたのを感じた瞬間、溢れる涙が滂沱《ぼうだ》と頬を落ちていく。

「ありがとう、サエ。次は……サエを幸せにできる人間として、生まれたいな……サエが好きだよ。クレイとして、僕を好きだと言ってくれたこと、忘れない」

最後の言葉を言い切る寸前、クレイ君が握った手ごとあたしを引き寄せた。

そして、羽のような感触が、唇に束の間触れる。

それは本当に一瞬で、儚《はかな》く触れるだけのキスだった。

「最後にこれを。僕はサエに、これを見せたかったんだ」

「クレイ君……?」

クレイ君の右手から、青い光が滲《にじ》む。

その小さく華奢《きゃしゃ》な手があたしの頬に触れた瞬間、意識が遠のいていくのを感じた。気を失うとか、そういう類《たぐい》のものではなく、まるでどこか別の次元に、感覚だけを持っていかれるような――

「構わないだろう？　オリジナル」

「人の妻の唇を奪っておいて、無理も聞けって言うんだから、我ながらいい性格してるよ……いいさ、それまでは持ちこたえてやる。なけなしの魔力をサエのために使うお前へのはなむけだ」

遠ざかっていく意識の中で、二人の声が響く。

それは水越しに聞くもののように籠もっていて、きちんと理解するには不鮮明だった。

だけど、何か温かいものに包まれていくのはわかる。

「サエ。これは彼になれなかった僕からの餞別《せんべつ》だよ。知って、そして胸に留めてやって。アイツが、どれほど君を……」

クレイ君の声が遠ざかる。

次の瞬間、視界が開け、ただ延々と続く……闇が広がっていた。


混沌の暗闇の中、不自然に一ヶ所だけがぼんやりと明るい。

目をこらすと、そこには誰か人間がいた。

華奢《きゃしゃ》な身体。その髪の色と、肌、顔立ちは知っているものだ。

とても見覚えのある少年。彼が、闇の中で一人鎖に繋がれているのが見える。

「ク、クレイ君……!!」

「――違うよ。アレはアイツだ。君の夫である男の、過去の姿」

頭の中に、クレイ君の声が木霊《こだま》する。

「あれが……クレイヴ?」

「そう。これは僕の中にあるアイツの記憶。アイツは成長するまでこうして繋がれていた。たった一人で。身に受けた剥奪《はくだつ》の魔力で、他者に危害を及ぼさぬように」

「そんな……」

説明を聞いて、唇が震えた。

お義母様の話で少しだけ聞いたけれど、まさかこんなにも惨《むご》いものだったとは。

明かり一つない場所で、たった一人鎖に繋がれている。これが、あのクレイヴの過去だと。

指先が、膝が震え出したあたしの前で、映像を早送りするようにクレイヴの身体がどんどん成長していく。

二十歳ぐらいになったころ、彼の身体より、巨大な黒い靄《もや》が生まれた。

クレイヴが額《ひたい》から汗を大量に流しながら、荒い呼吸を繰り返している。

「あれが、獣魔獣《じゅうまじゅう》の核だ。サエ」

「え……あれ、が?」

「そう。獣魔は人間の負の感情から生まれる。生み主の魔力が高ければ高いほど、生まれる負の感情も大きくなる。アイツが創り出したものは、そういう次元のものだった。皮肉だよね。剥奪《はくだつ》の魔力を恐れて幽閉したら、今度はそのせいで獣魔獣《じゅうまじゅう》が生まれたんだから」

クレイ君が説明を続けてくれている間に、クレイヴから生まれた黒い靄《もや》がだんだん、何かの動物の形を象《かたど》っていく。

しなやかな首と胴体、それらを支える頑強な、けれど優美な四本の足は、あたしも知っている幻の獣とそっくりだった。

「アイツの錫杖《しゃくじょう》にある一角獣が黒い本当の理由はこれだよ、サエ。白は与える者、黒は奪う者。そしてアイツの場合は……自《みずか》らが生み出した獣を象《かたど》ったものだ」

ただ聞いているだけのあたしを気遣うように、けれど目を逸らすことは許さないとばかりにしっかりとした少年の声が響く。

あたしは目を見開き、瞬《まばた》きすらできずに夫の過去を見つめている。

黒い靄《もや》が完全なる黒い一角獣となって、クレイヴのもとから消えた頃、嘲笑《あざわら》うような低い声がした。彼の周囲に、幾人もの人影が浮かぶ。長いローブを身に着けた、クレイヴと同じ魔導師達だ。

「――行け。そして貴様の鍵を喚ぶがいい」

嗄《か》れた声の直後、クレイヴの身体を繋いでいた鎖がパキンと砕け散る。

彼の目の前に、宝石に似た青い石と、見慣れた銀月に黒い獣の錫杖《しゃくじょう》があった。

クレイヴが青い石を手に取り、口元に近づけ喉を鳴らしながらごくりと呑み干す。途端、彼の周りにあった闇が掻き消えた。それから、右手で錫杖《しゃくじょう》を握り締め、一振りして魔導師の礼装へと姿を変える。

次の瞬間、目の前に覚えのある懐かしい景色が広がっていた。

「う、そ」

一目見て、思わず声を上げる。

静かで薄暗い部屋。一ヶ所だけ、煌々《こうこう》と明かりがついている室内。

それは魔術洋燈《リュミエール》でもなく、神殿に灯された松明《たいまつ》でもない。

どれとも違う、けれど懐かしい人工的な明かり。

そこは。

その場所は。

元の世界の、あたしがいた会社《ばしょ》だった――

◆◆◆

「うん、うん……っわかったから。また振り込んでおくから。お祖母ちゃんの遺産？　そんなのないよ。あたしだってお給料ぎりぎりで生活して……ってもうっ、切れてるし」

コトリ、と鼠色《ねずみいろ》のデスクにスマホを置いて、スーツ姿のあたしが背もたれにぎしりともたれかかる。身体は重たげで、顔色も我ながら酷かった。

周囲を見回し時計を見ると、時間は深夜十一時を差していた。

広いオフィスに他に人の姿はなく、あたしは一人きりで残業しているみたいだ。

いつだろう。これ。ああそうか。確か新人さんが辞めて、その子が抱えてた仕事が回ってきちゃった時の……

「……どうして、君はそんなに頑張るのかな」

そう朧気《おぼろげ》に思い出していると、声が聞こえた。覚えのあるそれに、え？　と振り向いたところ、そこにはふわりと揺らめく『彼』がいた。

「クレイヴ……？」

すぐ目の前、オフィスの天井近くでゆらゆらと漆黒のローブをなびかせ浮かんでいるのは、藍の髪に褐色《かっしょく》の肌を持つ、あたしの夫であるクレイヴだった。

窓から差し込む月光が、スポットライトの如《ごと》く彼の藍色の髪と錫杖《しゃくじょう》を照らしている。

クレイヴはまるで食い入るように、デスクにいるあたしの姿をじっと見つめていた。

……どういうこと？

「これは、サエがアイツに出会う前の話。アイツが君を見つけて、見ていた時の話」

「見ていた……」

クレイ君の声が頭に響いて、咄嗟に辺りを見回す。するとぼんやり浮かぶ灯火《ともしび》みたいに、半分透けた彼の身体があたしの隣に寄り添っていた。

「クレイ君」

「サエ。アイツはね、君を見つけてからしばらくの間、見守っていたんだ。こうやって」

そう言ったクレイ君が笑顔を見せてくれた時、スライドが切り替わるように、場面が夜から昼へと変わっていた。

次に見えたのは、これまた既視感のあるカフェ。オープンテラスの席に一人で座っているあたしは、しきりにスマホを気にしている。

普段より少しお洒落《しゃれ》した格好から、これは元彼の到着を待っていた時だな、と思い出す。

けれど、同時にこの後の展開も浮かんで、我ながら馬鹿だなぁと息を吐いた。

同じような溜息が、また浮かんでいるクレイヴの方から聞こえた。

「ああもう、君は本当にお人好しだね。約束を違《たが》える人間にですら誠実であろうとするんだから。なんていう……愛しい愚かさだ」

藍色の瞳を楽しそうに嬉しそうに煌《きら》めかせながら、クレイヴがふわりと『あたし』の傍まで下りていく。けれどテラス席に座っているあたしは気付く気配なく、じっと手元のスマホを見下ろしていた。

なんとなく気付いていたけど、クレイヴの姿は誰にも見えていないらしい。見えていたら大変な騒動になっていたことだろう。

あたしも、初めて見た時は凄く驚いたし。

懐かしい気持ちを思い出してくすりと笑うと、隣にいるクレイ君も優しく微笑んでくれていた。

それから、また場面が切り替わり、今度は会社からの帰宅道に変わる。勿論、時間は夜だった。

コンビニから出てきたあたしが寒さに悲鳴を上げている。

あ——これ、あの日だ。クレイヴと出会った時の。

夜空には星が瞬《またた》き、冬の風が雲を流している。街頭の明かりが薄く道を照らしていて、あたしがそこから歩き出そうとした時、スマホが鳴った。

うんざりとした表情に、我ながら酷い顔だなぁと思う。

クレイヴはといえば、やっぱり夜空でふわふわと、海月《くらげ》みたいに浮かんでいた。

通話を切ったあたしは右手にスマホを持ったまま、左手には白いビニール袋を提げてとぼとぼ歩き出す。

なんとも情けない背中だなと思っていると、クレイ君に呼ばれた。

振り向けば、彼はクレイヴの方を指差している。

「どうして……そんなに与え続けるのかな、君は。決して愛してくれない母親に献身を捧げて。彼らは君から奪うばかりなのに……」

藍色の眉を顰《ひそ》め、けれど夢見るようにクレイヴが言う。

「俺は剥奪者《はくだつしゃ》。奪う者だ。だけど……君にもし、あげられるとしたら」

言葉を切ったクレイヴが、ふわりと空を渡り、あたしの前に降りてくる。

彼が見えていないあたしは、夜空を見上げている自分の頬を彼が両手で包んでいることにすら、気付かない。

「ねえ、君。新しい世界が欲しくはないかい……。俺のところにおいでよ。きっと、君にあげるから。俺の想いも君を愛する世界も、全て君にあげるから」

そして、空からあたしに向かって、甘い声で囁く。

「……おいでよ。俺の世界に。だって君は俺の鍵になる人だ。君だけが俺の心を震わせた。琴線《きんせん》に触れた。感情を、与えてくれた。俺が生んでしまったあの闇を、閉じることができるのは君だけだ」

謡《うた》うように言った後、クレイヴがあたしから少し距離を取って、月を見上げた。そして再び、視線をあたしに戻す。

「君を奪おう。俺は剥奪者《はくだつしゃ》。この世界から、君を奪う者――」

そう告げた彼は、躓《つまず》いて倒れていくあたしの身体を、その身で受け止めていた。

ぱあっと、視界が開ける。

闇が晴れるように。夜が明けるように。

目の前には、青い繭《まゆ》となっているクレイ君が見えた。

『知っていて。僕の中にある、アイツのことを。愛してやって。今よりも、もっと』

――涙が、出た。

開いた目から湧き出して、勝手に頬へ流れていく。とめどなく、顎《あご》に伝うほど。

「……っあたし、あたしが、今度はクレイ君のお母さんになるからっ……！　君が絶対に生まれてこられるように、たくさん子供産むから！　クレイヴと一緒に、絶対大事に育てるから、だから……っ！」

あたしとクレイヴのことを思ってくれた優しい少年と、とにかく繋がりを持ちたくて、必死に言い募る。輪廻《りんね》転生があるのなら、必ずまた共に過ごせるようにと。

「クレイ君っ……！」

『またね、サエ』

その言葉の直後、繭《まゆ》は青い光と共に、サアアと風に流れ、溶けていった。

僅《わず》かに残った光の粒が名残《なごり》を追うように天へとのぼっていく。

少年のいた場所、光の繭《まゆ》が消え去った後には、あたしが彼にあげたネモフィリアの青い花輪が、しおれて横たわっていた。

◆◆◆

「……っ」

意識を取り戻したあたしの目から、はたはたと、熱い雫《しずく》が零《こぼ》れる。

残された青い花輪を両手で包みながら、まるで子供の頃のように、顔を隠さずひたすら泣いた。

クレイ、と名付けた少年の最後を見届けて、魂《たましい》が抜け落ちたみたいに、その場で立ち尽くす。

「……クレイは俺だから。自分だから、わかる。アイツはサエに会えて幸せだったよ。短い生に意味を見い出し転生への希望が持てた。きっとまた会えるよ。俺が君を見つけたように、クレイもきっとサエを見つける。だって、アイツは俺の魂《たましい》を継いでいるんだから」

その場をじっと動かずにいるあたしを、クレイヴが後ろから優しく抱き締め、耳元で語る。

澄んだ彼の声が、清水が染み渡るように心の隅から隅へ広がっていく。

あたしは、かつてあの寂しい世界で自分を見つけてくれた夫の胸で、彼の魂《たましい》を分けた少年のことを思って泣いた。

またね、と告げた彼の言葉は、きっと生涯忘れない。何があろうと、再び会える日を夢見続けるだろう。

そしてまた会えたら、あの優しい少年にあたしは青い花輪を作り、細い首にかけてあげたい。

今度はきっと、笑顔で受け取ってくれるだろう。あの縹色《はなだいろ》の瞳によく似合う、青い花畑で。

◆◆◆

「――おーい！　遅くなって悪かったなー！」

……と。

あたしがようやく泣きやんだ頃。

突然、場違いにも程がある脳天気な声が木霊《こだま》した。

そして、クレイヴが使用するものとよく似た転移魔術の方陣が、巨石のすぐ傍の大理石の床に描かれ、人影が現れる。

細かいウエーブのかかった白髪《しらが》交じりの藍色の髪に、褐色《かっしょく》の肌。夫そっくりの容貌のその人は、片眼鏡《モノクル》をかけ、少々癖のある笑みを浮かべていた。服装もこれまたクレイヴとよく似ていて、ローブや中に着込んだシャツ、ベストに至るまで、濃緑色でまとめられている。

手にあるのは、白い一角獣の錫杖《しゃくじょう》。角の色は魔導師服と同じ緑である。

美中年、という表現がしっくりくる人だ。

「遅いよ父さん」

「すまんすまん、クレイヴ。これでも急いだんだから許してくれ。ギリギリまで調整してたんだぞこっちは。少しは父親を労《いたわ》ってくれよ」

「そんなの知らないよ。仕事が遅いのは無能の証《あかし》って父さんが言ったんじゃないか。いいからさっさと起動させてくれるかな」

「うう……息子が冷たい」

目の前で、やたら暢気《のんき》な親子の会話が繰り広げられる。あたしは先ほどまでの涙の跡を拭《ぬぐ》い、二人を眺め呆然としていた。

え、何してるんですかお義父様。というかお久しぶりです？

あ、お義母様がわなわなしてる。あれは怒ってます。絶対に怒ってます。

「～～～ちょっとヴルガ!!　妻を放置で何やってるのよ貴方!!　私と会うのがどのくらいぶりだと思ってるのっ⁉」

あたしが泣きやむまで、パロウやネイ達と静かに待っていてくれたお義母様が、けたたましく怒り出す。

やっぱり怒ってた、と少しだけ元のテンションを取り戻したあたしは、お義母様の目尻に光る滴を見つけて、ふっと唇を綻《ほころ》ばせた。

お義母様の彫りの深い顔には、あたしと同じ場所に涙の跡が残っている。

それがなんだか嬉しくて、分かち合う人のいる幸せを、内心そっと噛み締めた。

「おお、レイリアじゃないか。久しぶりだなぁ。元気そうで良かったよ。相変わらず君は綺麗だねぇ」

「～～～～っ!!　誤魔化そうったってそうはいかないわよっ!!　クレイヴとばっかり会って、私のところには全然帰ってこないで……っ！」

「あははー」

「あはは、じゃないわよっ!!……毎日毎日、クレイヴとサエさんのイチャラブ見せつけられて、私がどれだけ……っ!!　ヴルガの馬鹿……!!　私、私八つ当たりして……サエさんにいっぱい意地悪しちゃったじゃないのっ……!!　嫌われたらどうしてくれるのよおおおっ!?」

え、ちょ、お、お義母様……!?

ありえない人からのありえない台詞《せりふ》に、驚愕《きょうがく》で感情の諸々が吹っ飛んだ。

だって目の前で、お義母様がヴルガお義父様の胸をぽかぽか両手で叩きつつ、まるで少女みたいにぼろぼろと大粒の涙を流していたのだ。

ええええええっ!?　お義母様が泣くところなんて初めて見た……っ!!

顔も真っ赤にしながら！　しかも理由!!　理由が超がつくツンデレだった!!

お義母様には悪いけど、もの凄く貴重です……！

小さな女の子のように泣き崩れるお義母様が可愛いとすら思えて、あたしは衝撃と変な感動で固まっていた。

どうやら、お義母様の普段のツンデレのツン言動は、ヴルガお義父様と離れて寂しかったことが関係しているらしい。予想はしていたけれど、まさか的中していたとは。

にしても本音だだ漏《も》れていますが大丈夫ですか、お義母様。後で羞恥《しゅうち》で爆発とかしなきゃいいですけど。嫁はちょっぴり心配です。

「いやあ、ごめんよレイリア。悪かった悪かった。ちょっと離れた場所で獣魔獣《じゅうまじゅう》の核を戻す方法を研究していてね。やっと魔術式が組み上がったんだ。これからは君の傍にいられるから、安心してくれていいよ」

「う、嘘だったら承知しないいんだから……っ！　この研究オタク！　獣魔オタク！」

「ははは、父さん達、相変わらず仲良いなあ」

……えーっと。

オルダイア家の親子三人を前に、あたしの思考能力は著《いちじる》しく低下していた。

人生、本当に何が起こるかわからないものですね……

あたしは夫と、養父と、義母を眺めながら、そんな悟りめいた思いを抱いた。

◆◆◆

その後、思っていたよりあっけなく封印石は破壊され、周囲にも影響がないことが確認された。

神殿内に飛び散った石の欠片《かけら》が、白い大理石をきらきらと輝かせている。

「これで獣魔の活性化も止まるだろう。発生の度合いも相当下がる筈だ」

「元が人の感情だから消し去るのは無理だけど、まあ核は浄化されて『戻った』し、サエがいてくれる限り、もう出てはこないだろうね。これで俺もやっとサエとゆっくりできるよ」

消えた魔術方陣の上で、ヴァルガお義父様とクレイヴが口々に言う。

元々人の感情が生み出すものだから、完全に消滅させることはできないとお義母様も言っていたけれど、二人には今後の対策が見えているようだ。

どうやら核は、生み主のもとへ無事に戻ったらしい。

会話の中にあたしの名前が出ていることには、突っ込まないでおいた。

クレイ君が見せてくれたから知っているけれど、わざわざ口に出すようなことではないから。

大役をこなしたのであろう二人の魔導師を前に、あたしはほっとした思いを抱いていた。

「「さてと」」

……ん？

そう思ったのも束の間、二人の魔導師が同時に同じ言葉を口にして、ぱっと振り向く。

ヴァルガお義父様はお義母様の方に、クレイヴはあたしの方に、それぞれが己の伴侶に身体を向けている。

あれ。なんでしょうか。その、満面の、フルパワーな笑顔は。

本能的にまずい、と感知して、あたしはその場から一歩下がる。見れば、お義母様も引きつった表情を浮かべながら、同様に後ずさっていた。

「レイリア。君、また街中で術を使ったんだって……？　クレイヴから聞いたよ？」

「そ、それは……！」

クレイヴより先に一歩踏み出したヴルガお義父様が、お義母様に笑顔で迫る。

その動作に連動するように、お義母様がびくっと反応して後ろに引いた。それを見て、ヴルガお義父様の表情がなんとも言えない艶《つや》やかな笑みに変わる。

……ひぃいいいっ!!

自分が対峙している訳でもないのに、内心絶叫しそうになった。

あれは駄目だ、敵にしてはいけない、と本能が警告している。

ヴルガお義父様のウエーブがかかった髪の奥にある瞳に、まるで墨を流し込んだみたいな深淵《しんえん》が見えている。口角は上がってるが、目が明らかに笑っていない。

め、めちゃめちゃ怖い……っ！　じゃない、これはやばい、の部類だ……っ!!

片眼鏡《モノクル》の悪魔が降臨しましたっ。巻き角と黒い翼が見えますっ!!

ネイがお義父様のことを恐がってたけど、これは本当に怖いっ!!

「だだだだって……っ！　あの場合は仕方な……っ！」

邪悪で残酷な悪魔と化したヴルガお義父様に、お義母様がかろうじて反論する。流石《さすが》お義母様である。だてに妻をやっていない。あたしは無理です。こんな瘴気《しょうき》を放ってる人に手向かうなんて自殺行為だ。

「その上、ドレスが駄目になるくらいの無茶をしたんだってね？　君にかけた術からある程度は把握できているけど、ちょっと無理をし過ぎじゃないかな？　君に何かあれば僕がどうなるかって、わかってるかい、レイリア」

「そ、そそそそれは……っ」

「そりゃあ、君は二つ名を持つ程の魔導師だけど……あれかな、もっと『お願い』した方が良かったかな」

「〜〜〜っ⁉」

お義母様が、声になっていない悲鳴を上げた。

な、なるほど……！　ヴァルガお義父様も、決して怒らせてはいけない人種のようです。

気をつけましょう。触らぬ悪魔に祟《たた》りなし、です！

「サエ、君なに傍観者の体《てい》で逃げようとしてるのかな？　俺、君が言ってたことをちゃんと聞いてたからね？　約束は果たさないとね」

「や、約束……？」

心の内でお義母様に合掌《がっしょう》していたら、見ないふりをしていた夫から満面の笑みを向けられ、ひくっと喉が狭まった。

不思議な問いかけに、知らぬふりで問い返すと、綺麗な顔に浮かんだ笑みが、より一層深くなる。

お、夫も怖かったああ……っ！

「クレイに、たくさん子供産むからって言ってたよね。愛しい奥さんの切なる願いだ、これは頑張って叶えないといけないよね？」

「ええと……そんなことも言った、気も……しないでも、ない、ですが」

断言するのが恐ろし過ぎて、どうしても言葉が尻すぼみになってしまう。

クレイ君への言葉は本心だけど、今のクレイヴに『お願いします』なんて言えばどうなるか、明日の我が身が迎える結末を想像して震えた。

「だから言ったのニャ……」

「結果は見えていたワ……」

青褪《あおざ》める嫁と姑を尻目に、黒猫と銀狼が溜息交じりに零《こぼ》す。

少し離れた安全地帯で思い切り他人のふりをしている獣どもが恨めしい。

「いえ、そのっ、あのですねクレイヴ⁉　確かにああ言いはしましたが、一応心の準備というのもありますので、できればすぐじゃない方が、あたしは嬉しいなと思ったりするんですがっ！」

「大丈夫だよサエ。ちゃんと優しくいっぱいするから」

それフォローになってませんっ‼　むしろ最後のいっぱいの一言で色々台無しですっ！

「ええと……っそれに‼　お義母様もまだお婆ちゃんと言われるには早いと思いますしっ！」

「つな⁉　ちょっとサエさん⁉　私に責任転嫁しないで頂戴……‼　そ、そうだわヴルガ、それもこれも、サエさんの無茶を止めるために仕方なかったことなのよっ！　そりゃ、ちょっぴり街を焦がしちゃったけど……っ壊滅はしなかったんだから、いいじゃないっ」

何でもいいから理由をつけろ、とばかりにお義母様を引き合いに出してみたら、当の本人から文句が飛んできた上に、巻き込み事故な発言をされてしまった。駄目だ、今のあたし達にお互いを気にしている余裕はない。

自《みず》らの身を守るため、互いを蹴落とすことにためらいがないのだ。

しかも、お義母様なんて弁明してるつもりなんでしょうが、全然弁明になってませんし！

むしろ墓穴掘ってます、盛大に!!

「ははは、安心していいよサエ。母さんだって、俺が結婚した日にそんな覚悟とっくにしてるさ。サエ自身の心の準備は……そうだな、とりあえず、寝台でゆっくり話そうか？」

いや、それ何の罰ゲームですか。

寝技的な力業で従わされそうな気が、とてつもなくいたしますが。

ついでにさっきから足音立てずにじりじり寄ってきてますよね？　あたしも下がってますけど、そろそろ躓《つまず》きそうです。

「レイリアもだよ。サエさんのせいにしちゃいけないな。それに、彼女を庇ったのはまだ許せるとしても、街への引火は壊滅しなかったからいいって問題じゃないよね。首都に別宅を持てなくなった理由を忘れたとは言わせないよ？　ああ、そうか、思い出させてほしいってことだね？」

あたしとお義母様に、藍色の髪と瞳を待つ褐色《かっしょく》の悪魔が迫る。

あたし達は二人一緒に後退《あとずさ》りながら、ぱっと顔を見合わせた。

お義母様と同時に、無言で頷く。最早あたし達の間に、言葉は必要なかった。

そのくらい、出会ってから今までやり合ってきたのだ。

「「……っ！」」

共にばっと身を翻《ひるがえ》す。そして、いつかと同じように、地を蹴りその場から駆け出した。

まさしく脱兎《だっと》の如《ごと》く。

昔の人は、実に良い教えを後世に残してくれたと思う。

三十六計逃げるに如《し》かず。

形勢が明らかに不利であったなら、思案するより逃げてしまうのが得策であると。

この場合、普通に恐怖で逃げ出しただけだけど。

「「無駄なことを……」」

こちらの希望を根ごとへし折るような声が聞こえた。

続いて、全速力で走るあたし達の後ろから、ごおっと風の唸《うな》る音が響く。

速度はそのままに、少しだけ顔を傾け背後の様子を窺《うかが》えば、尋常じゃないスピードで飛んでくる二人の悪魔の姿があった。身を覆うローブが風に翻《ひるがえ》り、さながら悪魔の羽に見える。

「い、いやあああああっ！」

「サエさんっ！　気を確かにっ！」

逃げるあたし達を追いかけて、クレイヴとヴルガお義父様が風の術で文字通り飛んできていた。

しかも二人揃って笑顔なのが、余計に恐怖を増大させる。

「むむ無理ですっ！　怖過ぎますっ！　お義母様っ！　あれ、あれどうにかしてくださいいいっ！　アナタの夫と息子さんでしょおおっ⁉」

「無茶言わないでよっ！　一人でさえ大変なのに、二人も無理なのはわかるでしょうっ⁉」

「ならどーして、しつけの段階で矯正しといてくれなかったんですか、お義母様っ！」

「仕方ないでしょっ‼　遺伝子に矯正は効かないのよっ！」

「んな身も蓋もない……‼」

母は強しじゃないのか、と絶望していると、お義母様がきっと顔を引き締めた。

あ、これは覚悟を決めた顔だ。

「とにかく！　逃げられるだけ逃げるわよっ！　先に捕まった方が負けですからねサエさんっ‼」

「こんな時まで勝負ですかっ⁉　それどころじゃ……っ」

「当たり前でしょうっ‼　貴女は嫁で、私は姑なんだから‼」

「どーゆー理屈っ⁉」

「つべこべ言わない！　嫁姑戦争に平穏はないのよっ‼」

「はいいいいいいお義母様あああああっ‼」

——異世界にある、皇国ティレファスの地下神殿にて。

白い大理石でできた回廊に、あたしとお義母様の声が、大きく反響していた。

◆◆◆

結局、ものの数分であたしとお義母様は捕獲された。

なので、昔見たメロドラマの「あはは、待て～い♪　こいつ～う♪」のメガ進化アルティメット恐怖版は、早々に終わりを告げたのである。

走ったのは浜辺じゃなくて、硬い大理石でしたけど。

それはさておき。

「風の魔術なんて反則よ……そりゃヴルガの属性だから使うのはわかるわよ……にしたって、あんなに本気出して追いかけなくってもいいじゃない……」

しくしく泣きながら、お義母様が言う。

「クレイヴもです……全属性使えるとか何ですかそれ……反則通り越してチートじゃないですか……ただでさえ足のコンパスが長いのに、それすら使わず飛んでくるなんて……手加減なしにもほどがあります……」

互いに、互いの夫の肩に担ぎ上げられながら。

あたしとお義母様は、俵担《たわらかつ》ぎの体勢で夫の胸元にぶつぶつと苦情を漏《も》らしていた。

「サエもレイリアも、無駄な抵抗って言葉を知った方が良いニャ」

「気持ちはわからないでもないけどネ」

そんなあたし達を離れた場所から眺めるパロウとネイが口々に言う。

巻き込まれるのを恐れてか、完全に傍観者と化している二匹である。薄情な。

「じゃあ一ヶ月後にね、父さん」

「了解した。何ならもう少しゆっくりしても良いぞ。フォローはしておいてやる」

晴れ晴れとした顔で色違いの錫杖《しゃくじょう》を手に語り合う父と子に、あたしは一ヶ月ってなんのことでしょうか？　と首を傾げた。

とてつもなく嫌な予感がします。予知能力なんてございませんが、予想程度ならできないこともありません。これまでのやりとりからして、ここで期間的なフレーズが出るということは、まさか……⁉

「ク、クレイヴ⁉　一ヶ月って、どういう意味でしょうかっ？」

「ん？　ああ。今後は獣魔での呼び出しも減るからね。サエから言質《げんち》もとったし、そろそろ君に似た可愛い子が欲しいなと思って。あれ、もしかして一ヶ月じゃ足りなかった？」

いいえ、あたしが聞きたいのはそういう意味でなく。

全くもって質問の意図を理解していただけておりません。聡明な夫だったと思うのですが、おかしいですね。ついでに言えば極上スマイルもおかしいくらい神々《こうごう》しいです。眩し過ぎて、話の本筋がブレブレです。

提案には同意が必要な筈なのに、総スルーされているのはなぜでしょう。

「まだ新婚一年だったし、俺もサエと二人きりでいたかったから、できないように魔術式をかけていたんだけど。もう解除していいよね」

きらきらしい笑顔で恐ろしいことを言う夫の顔を凝視する。

背中に若干冷や汗を掻いている気がするのは、この際考えないことにした。

ちょっと待ってください。伴侶を置いてけぼりにしないでください。いつの間にそんなものかけてたんですか。それってもしかして、現代日本で言う避妊的なアレですか。物質がいらないだけエコですね。ってああ、そうではなくて。

「サエさん貴女、知らなかったのね……」

驚きに引きつり固まっていたら、なぜかお義母様に同情されていた。やめて。あたしをそんな哀れみの目で見ないでください。

ただでさえ、お互い俵担ぎ状態なもんで、上体を起こすのが大変なのに。お義母様は腹筋鍛えてるから平気でしょうが、あたしはそれほどでもないので結構キツいです。どうして夫の肩で海老反《えびぞ》りなんてしなければいけないのか、果てしなく謎です。

にしてもなぜにお義母様が知ってるんですか。むしろそちらの方が疑問です。

「レイリア」

「っひ!?」

そんな風に思っていたら、ちらっと横目で肩のお義母様を流し見たヴルガお義父様が、人の良さそうな笑みを浮かべた。

しかし、お義母様はその無害そうな顔を引きつった表情で見つめ返している。

「確かクレイヴ達は新婚旅行もまだだったよね？　ちょうど良い機会だ。この際二人をゆっくりさせてあげようか。それに僕らも久しぶりに、夫婦水入らずといこうじゃないか」

続けて告げられたお義父様の言葉に、さーっと血の気を引かせていた。

凄いです。お義母様の紅《あか》の髪が、一気に白くなった気がします。

怒濤《どとう》の老化が始まってますよお義母様……！　主に髪と顔色ですが！

「それじゃ、これで失礼するよ。愛する妻の機嫌を取らないといけないからね。他にも色々と『お願い』しないと」

「レイリア、頑張ってネ……」

お義母様達を離れた場所で見守るネイが、哀れな、と弱々しいエールを送っていた。

ええ、助ける気なんてこれっぽっちもなさそうです。貴女は守護獣魔じゃなかったですっけ。愛情でできてはいても優しさは半分も含まれていなかったのでしょうか。

ですがあたしも無理です。むしろここから助けてください……

「ネイ！　この薄情者っ」

「だってアタシはヴルガの使い獣魔だもノ」

「うニャ。そうでなくても、この二人に逆らうなんて無理ニャ〜。誰だって命は惜しいニャ〜」

非情な返答に、お義母様が縋《すが》るような目であたしを見る。

「さ、さささサエさん助け……っ！」

「お義母様っ⁉」

滅多にあたしへ助けを求めないお義母様が、紅《あか》の瞳を潤《うる》ませながら手を伸ばす。

咄嗟にそれを掴もうと指先を伸ばしたけれど、その前に「じゃーねー♪」という間延びした声を発したお義父様の華麗なターンによって、差し伸べた手は届かず空《くう》を切った。

あ、お義母様が絶望してる。

「父さん達も若いなぁ……負けていられないね。俺達も」

転移魔術の魔方陣の上で、青い光に包まれる両親を前にクレイヴは心底感心した風に言う。

いえあの、すいません意味がわかりません。勝ち負けに拘《こだわ》ることはないと思います。

むしろ拘《こだわ》るとこですか、そこ。

「ヴルガっ！　いい加減歳を考えてと、あれほど……っ！」

「んー？　レイリア何かなあ？　聞こえないなー？　あはははは」

「いやああああっ……!!」

悲痛な声を最後に、お義母様はヴルガお義父様にドナドナされていった。

魔術方陣から放たれていた光が消えていく。

「行ってらっしゃーい」

それを笑顔で送り出した夫が、あたしは心の底から……怖かった。

「――じゃ、パロウ、ネイ。俺達も行くよ。君らは適当に遊んでおいで。認識阻害は延長しておくからのんびりしてきていいよ。どうせ父さん達は研究棟の方だろうし、俺もサエと家で一月《ひとつき》はゆっくりしたいからね」

「一ヶ月以上は帰ってくるなって意味ニャね。了解したニャ。久しぶりに酒場をはしごしまくってくるニャ」

クレイヴの恐ろしい提案にパロウが頷く。続いて、ネイも上機嫌でふふんと鼻を鳴らしていた。

こ、こいつら……！

「ならアタシも良い機会だから狩りにでもいってくるワ。最近腕がなまってたのよネ。今年生まれた狼達の顔も見たいシ」

「よし、ならそれぞれ休暇を楽しむってことで」

「はいニャ。じゃあサエ、健闘を祈るニャ」

「死なないでネ」

旅行の予定を立てるみたいに、朗《ほが》らか、かつ整然とスケジュールを決めていく一人と二匹を前にして、あたしは「ちょ、待てよ」とドラマがいな台詞《せりふ》を口にしていた。そんなあたしを、パロウとネイが、ん？　と見やる。

お願いですからぼっちにしないでください……！　そしてできればそろそろ降ろしてくださ い……！

何、パロウもネイも当たり前みたいな顔して話してるんですか!!

「健闘を祈るとか死ぬなとか、それどういうフォローなんですかっ!?　パロウ、ネイ待ってくださ……！」

先ほどのお義母様と同じように、救いを求めて二匹の獣魔に手を伸ばす。

お願いだから守って。守護獣魔さん仕事して。頼むから……！

「馬に蹴られたくないのニャ」

「下手すると消し炭にされるものネ」

が、黒い猫と銀の狼は、それだけ言って、短いかけ声の後すぐに身体を巨大化させてその場から駆け出していってしまった。

いやあああ、いつもより変化するの早過ぎるでしょうっ、それえええええっ⁉

あたしの内心の悲鳴を残し……後にはただ、静かな空気だけが流れていた。


「サエは嫌？　俺と二人きりでのんびり過ごすの」

「い、嫌という訳では……っ！」

二匹の獣魔があっという間に消えてから、しばし無言だったクレイヴがちょっとだけ悲しそうに言った。

慌てて否定しつつ、首を横にぶんぶん振ったけれど、藍色の眉は下がったままだ。

嫌という訳ではない。ただ恐いだけで。

むしろ、愛する夫と水入らずで過ごせるのは嬉しいことだ。だけど、少し前から放たれている妙に艶《なま》めかしい空気が、なぜかあたしの背筋にうっすら寒さを感じさせるのである。

その上、言質《げんち》も取られているとなれば、流石《さすが》に諸手を挙げて喜ぶという訳にもいかない。

「ごめんねサエ。サエを恐がらせたい訳じゃないんだけど、もうそろそろ限界なんだ。サエが足りなくて、サエが欲しくて、渇いて死にそうなんだよ。だから、悪いけど観念してもらえるかな」

二人きりになったことで、甘さを大爆発させた夫があたしを肩から降ろし、今度は両腕で抱え上げる。

俗に言うお姫様抱っこの体勢になったあたしは、こつんと額《ひたい》を押し当て熱い息と共に甘い言葉を吐き出す夫を前に、顔面を沸騰させていた。

きつい……！　甘過ぎるのと嬉し過ぎるのとでなんだかもう、色々と過多状態ですっ。

血圧を抑制する魔術とかないでしょうか……！

「わ、わわわわかりました……っ！　その、あの、あたしもっ、クレイヴと過ごせるのは嬉しいです。ええと、言った内容のあれこれは置いておいても、あたしもずっと、こうしてクレイヴにくっつきたかったので……っ」

姫抱っこされている状態で、あたしは柄にもなく甘えた望みを口にしながら、夫の黒いローブをぎゅっと握った。縁を飾る金飾りが、シャラリと音色を奏でる。

「……」

「クレイヴ？」

額《ひたい》と額《ひたい》を合わせたまま、無言になった夫に声をかけると、藍色の目が一度伏せられ、それから蕩《とろ》けたように破顔した。

そして顔を近づけて、ちゅ、と軽く頬に口付けられる。

触れた箇所から溶けていく気がしているあたしに、クレイヴは熱の籠もった溜息をつき出す。

「ごめん、サエ。本当はデートついでにゆっくり帰って、家でのんびり過ごしてって思ってたんだけど、ちょっともう色々と駄目だから、直帰していい？」

と、首を傾けて言った。

「え」

「行くよ」

驚きの声を零《こぼ》すあたしを抱えたまま、クレイヴが少し腕の位置を変え、錫杖《しゃくじょう》で床をコツンと叩く。

すると、足元が転移魔術の光で輝き始め、重力の感覚がなくなった。

「お湯はぬるめにしとくから、気持ちの準備だけよろしく」

「へ？　お湯？」

身体が魔力に包まれその場から消える瞬間、言われた言葉の意味がわからず聞き返したけれど、返事は嬉しそうな夫の笑顔だけだった。

◆◆◆

「……え？」

かっぽーんと、元の世界でも聞いた覚えのある間の抜けた音がして。

気がつけば、あたしは白い湯気《ゆげ》と温かい湯船に身を包まれていた。

目の前に広がっているのは、ローマ風呂もかくやという、総面タイル貼りの異国情緒溢れる浴場である。

「うわっ⁉」

急激に変わった状況に驚き、動いた拍子に、ぱしゃんと乳白色《にゅうはくしょく》の湯が跳ねた。

「こここ、ここって……!?」

「うん、我が家のお風呂だね。サエのことだから、お風呂に入ってからとか言うだろうなと思って。なら直《じか》に転移しちゃえばいいかなと思ったんだ。俺も一緒に入りたかったし」

笑顔で答えてくれる夫だが、心の準備も何もなく目の前には彼の裸身がさらされていて、厚い胸板がぴったりと、これまたなぜか素っ裸なあたしの胸とくっついている。

え、いや。服はどちらに。消えておりますが、跡形もなく。ってもしかして、心の準備ってこれのこと!?

「ははははハダカ……っ!」

「それはそうだよ。だってお風呂だし」

「そういう問題じゃなくっ」

小学校の二十五メートルプールくらいありそうなただ広い丸い浴槽の中、乳白色《にゅうはくしょく》の湯のおかげでかろうじて上半身のみの露出で済んでいる夫は、未だあたしを抱っこしたまま、朗《ほが》らかな笑みを零《こぼ》している。

そんな彼の前で縮こまりながら、あたしは真っ赤になって小さな文句を言った。

一緒にお風呂とか……! 滅多に入ったことありませんしっ!

これは絶対に確信犯だ。だって前もって言われていたら、絶対無理だと言っていた筈だもの。

だけど強く怒れないのは、湯よりも熱いクレイヴの体温が、直接肌に当たっているせいにほかならなかった。

ず、ずるい……っ‼

しっかりした筋肉を纏《まと》った褐色《かっしょく》の肌が、あたしの肌を火照《ほて》らせていく。彼が言った通り、湯はぬるめになっているのに。でも、だからこそ、余計に感覚が過敏になっていることや、体温が上昇する様《さま》がありありと感じられるのだ。

「ねえサエ」

「んっ……ク、クレイヴ？」

クレイヴが、あたしの首筋を形良い薄い唇で撫でる。時折ちゅぅ、と強く吸い付く音が小さく響く。

「サエはさ、自分のことを過小評価し過ぎているよ。君は自分に、何の力もないと思っているみたいだけど、それは違う」

身体を抱いていた腕が解かれて、あたしは湯船の中で彼の下肢の間に腰を下ろした。

そうしてあたしの両頬を、クレイヴの大きな手が包み込む。彼の腕を、水滴が流れ落ちていく。

「俺はさ、サエをあの世界で見つけた瞬間、この娘《こ》だって思ったんだ。視界に入れた瞬間、目が離せなくなった。動けなくなった。自分でもおかしくなったんじゃないかと不思議だったよ。あまりにも強烈に惹きつけられたから……吃驚《びっくり》し過ぎて、サエのことを攻撃しそうになったくらい」

言い終えてから、あたしの両頬を押さえ固定しているクレイヴが、これ以上ないほど妖艶《ようえん》に微笑んだ。

……ちょっと待って。

初耳です。夫からの衝撃告白です。出会い頭に下手すると殺されておりました妻です。

「クレイヴ？」

「だけど、実際に手を伸ばしてみたら、俺が掴もうとしていたのは錫杖《しゃくじょう》じゃなくて、サエの細い手だったんだ」

軽い嘆息の後、クレイヴがあたしの両頬を持ったまま、額《ひたい》、瞼《まぶた》、鼻先に唇へと口付けを落とす。

「……っ、ふ……っ」

最後に触れた唇に、ぬるりとした舌が滑り込む。顔を後ろに引こうにも押さえられているせいで逃げられなくて、されるがままに口内を貪《むさぼ》られてしまう。

勿論、嫌な訳はない。ただ、恥ずかしいだけで。

湯船からではない水音に、胸の底からじわじわと羞恥《しゅうち》が湧き上がってくる。

み、水風呂に……っ！　飛び込みたい気分です……っ！

そんなあたしの慌てようが楽しいのか、クレイヴは喉奥でくっくと笑っていた。

「俺自身、自分のことがよくわからなくて、不思議で、最初は腹立たしいくらいだった。だけど、しばらくサエの様子を見ていて……サエを俺のところに連れてこないといけないって、強く思ったんだ。疲れた身体で、悲しそうな顔をして、寂しそうな目をして、毎日を過ごすサエのことを、俺は見ていたから。君はあの世界で、誰かに心を与え続ける人だった」

唇を離し、透明な糸を親指で拭《ぬぐ》い去ったクレイヴが、思いやりに溢れた声で言う。

出会った頃、好きだ好きだと挨拶《あいさつ》みたいに繰り返されて、いつの間にかあたしが心引かれていた彼は、こちらが思うよりずっと深く、あたしを想っていてくれたらしい。

あの当時、誰も知る人のいないこの世界に連れてこられて、やっぱり動揺したし、混乱したし、不安だった。

だから正直、にこにこと笑顔であたしを連れ回すクレイヴと一緒にいたのも、打算がなかったと言えば嘘になる。

最初のうちは訳がわからず、彼に酷い態度を取ったりもした。亡くなった祖母を思い、泣きながら帰りたいと叫んで、どうして帰してくれないのとクレイヴに詰め寄ったことだってある。

母とも言えない人にすら会いたいと願うほど、あの頃のあたしはこの世界も、クレイヴのことも恐がっていたからだ。

だけどそんなあたしを、彼は辛抱強く、ひたすら大切に大切に、絹布《けんぷ》で包むように守ってくれた。

「俺なら……こんな顔はさせないのにって思ったんだ。俺のところに来れば、サエには毎日穏やかに過ごしてもらって、楽しいことや、幸せなことを沢山経験させてあげたいって。そして、俺もサエと一緒にそうできたらいいなって」

そんな、今も変わらず包み込んでくれている夫は、まるで少年みたいに頬を赤く染めながら、恥ずかしげもなく想いを口にしてくれる。

「サエをもっと知りたくて、俺のことも知ってもらいたくて、君を愛したくて、愛されたくて。だから俺は、あの世界から君を奪った」

クレイヴが、指先であたしの額《ひたい》にかかる髪を払う。穏やかで熱い吐息が、ふっと肌に落ちる。

「君がクレイと一緒にいるのを見る度《たび》、俺はアイツに嫉妬《しっと》していたんだよ？　あの頃の俺には君がいなかったのにってね。中身は今の俺と同じ記憶を持っていたのに、身体が子供だからって。……家族の傍にすらいられず、身に宿る魔力で身体が弾けそうになるのを、ぎりぎりのところで堪《こら》えていたあの頃は、正直俺にとって一番辛い時期でもあったから。しかも、クレイは身体が子供だという理由だけでサエに心配してもらえる。サエを取られやしないかって、気が気じゃなかった。……それに、君が悲しむ顔はどんな理由であれ見たくなかったし、昔の俺を知られるのも怖かった」

クレイヴが、不安がっているのだとお義母様が言った意味。

それは、こういうことだったらしい。

「サエ、俺は世界を超えて君に焦がれた。そして今も、俺は君への恋情で焼かれている」

腕をあたしの背中に回したクレイヴは、一度ぎゅっと身体を抱き締めてから顔を覗き込み、告げた。

「もう妻になったのに？」

「だからだよ。俺は臆病だからね。手にすれば、今度は失うことを恐れる。これまで欲しいと思うものも人もなかったから、失くすというのを知らないんだ。……奪うだけだった。未知は恐怖だ。だから俺はサエを縛りたいし、閉じ込めたいとすら思う。もしも君を失ったら、俺は確実に、闇にこの身を落とすだろう」

いつの間にか愛おしげに背に掌《てのひら》を這わせながら、クレイヴは静かに、藍の双眸《そうぼう》に深淵《しんえん》を滲《にじ》ませて告げる。声音に熱っぽさと、湯の温かみを忘れてしまうほどぞくりとする痺《しび》れを感じた。

「……いいですよ」

「サエ？」

「縛っても、閉じ込めても。クレイヴのことが好きですから。……愛して、いますから」

これ以上なく恥ずかしくて、羞恥《しゅうち》で顔を伏せたまま、夫の告白に返事をする。

恐らく当の本人は告白と思っておらず、ただ想いの丈を口にしただけなのだろう。

これほどに求めてくれる人を、どうして突き放したりできるだろうか。

ずっとずっと、誰かに必要とされたくて、そういう人間になりたくて。

あたしがクレイヴを好きになったのは、間違いなく彼と出会ったあの夜、彼があたしに手を差し伸べてくれた瞬間だ。言わば一目惚れに近い。

そんな相手にこれほど愛されて、嬉しくない女がいるだろうか。

むしろ、嬉し過ぎて少々呼吸困難を起こしそうです……！

なんだか血圧が高いです。脈拍も速いですっ。

あれ、これってもしかして、逆上《のぼ》せていたりしますでしょうか。主に夫の愛に。

ぶわわわわっと湧き上がる歓喜やら恥じらいやらに、頭がくらくらしていた。

けれど、なぜかクレイヴはぐっと唇を引き結び、それから片手でくしゃりと前髪を掴んで撫でつけていた。まるで、参ったというように。

「っそんなことを言われたら……俺は君に甘えて、歯止めがきかなくなってしまう。たとえ父さん達に止められたとしても、サエを俺という檻《おり》に繋いでしまう。君は、優しくて……酷いな」

嬉しいのか、困っているのか、わからない顔で彼は笑う。

「本人がいいって言っているのに。クレイヴは自分で止めるんですね。優しいのは、クレイヴの方ですよ」

あの手を差し伸べてくれた日から、どこまでも優しく、どこまでもあたしに甘い人。

いったいどうすれば、この人を愛さずにいられると言うのだろう。

「本当に、妻が可愛過ぎる場合はどうしたらいいんだろうね。愛《め》でずにはいられない……」

あれ。

「あ、あの、クレイヴっ？」

今の今まで、甘くともどちらかと言えば優しい空気だった筈なのに、それがなぜか一気に艶《つや》めいたものに変わって、内心焦る。

ええと、どうしましょう。もしかして良い話で終わらせようとしたのがばれたんでしょうか。

だってこのままじゃ完全に逆上《のぼ》せて倒れそうですし。

って、えええ何だか夫の手が怪しいです。色んなところを撫で始めています。

まずいです。スイッチが入ってしまった様子です。ですがここはお風呂場です……っ！　本来の用途は何ですかっ。

そう、身体を清めるところです……っ！

「ええと、クレイヴっ」

「それこそ子供がいっぱいできたら、俺の不安も少しはマシになるのかな。だけど、子供にサエを取られそうなのも心配だし。今まではずっと避妊の術をかけていたけど、今さっき解いてしまったからどうしようか。もう一度かけ直そうか。でもサエとの可愛い子が見てみたいっていうのも本心なんだ」

クレイヴが子供好きとは知りませんでした。そういえば、クレイ君はある意味例外でしたし、実際に子供を前にした彼を目にしたことはなかったですね。

いやしかし、実は子沢山希望だったとかそういうおまけはいらないのですが。

え？　もしかしてあたしがクレイ君に言ったから？　だから路線変更したんでしょうか？

いけませんねダイヤの乱れは滅多に起こってはいけないことです。主にあたしが困ります。

物理的にも人間って何人まで産めるんでしょうか。元の世界で大家族系のテレビ番組とかやってましたが、実は見たことがありません。人様のご家庭を見るには中々辛い境遇だったもので。祖母に心配かけたくなかったですし……って、ああ現実逃避しました。

話を戻しましょう。

「クレイヴ……っ、手、が……っ」

あたしが色々内心で語りながら逃避している間に、クレイヴは湯の中で両の手を滑るように動かし、やわやわとあたしのあらぬところに触れていた。

なんというかアレコレ揉まれています。

もう一度言います。ここはお風呂です。身を清めるところです。

ですがこのままいけば確実に、水ではないものに濡れることになるでしょう。

言い方が破廉恥《はれんち》で申し訳ありません。

じゃなくて、誰か、とーめーてーっ!!

「サエ。可愛いサエ。ごめんね、もう我慢できない」

その甘い悪魔の一言の後。

スイッチの入ってしまったクレイヴは、さあ始めようか、とばかりに艶《つや》やかな微笑を浮かべていた。

「おいでよ」と。

あの時差し出してくれた手が、私にとって、どれだけの救いになったことか。

貴方はきっと知らないのだろう。

私も、私が貴方の手を取った時、貴方がどう考えていたのか、今もどこまで愛してくれているのかは、知らない。

だけど――夫婦だからって、全て知ってる訳じゃない。

でもそれでいい、それでいいのだと思う。

だってこれから長い時をかけて、あたし達は互いを知っていくのだから。

紺藍《こんあい》の夜空の下、出会った私達。

藍の色が深く濃くなっていくように、あたし達も気持ちを重ねて、今よりもずっと、あたし達らしい色味を出していけたらと思う。

愛に染まった藍は、きっと美しく映《は》えるだろうから。

◆◆◆

「避妊の魔術って……そんなのがあるなんて全く知りませんでした……」

色々と事後処理や回復魔術やらが終わり。

窓から差し込む夕日に遠い目を向けていたあたしは、寝台の上で自分を抱いて離さない夫の腕の中で、ぐったり脱力したまま会話していた。

ええはい。動けないからですよ。回復魔術をかけてもらったのに、精神的にくたびれてしまって動けないとはこれ如何《いか》に。

「俺もサエと結婚するまでは知らなかったんだよ。式の後に父さんが教えてくれたんだ。何しろあの魔術式を組み上げたのは、誰あろう父さんらしくて」

我が親ながら凄いよねーと、その息子がとても軽く言う。

いや、何やってんですかお義父様。

本当に、いつも研究で家にいませんがナニ研究してんですか。んなのお義母様が怒っても仕方ないと思いますが。

せめて前もって言っておいてください……そういうことは。

「だからお義母様が知ってたんですね……」

脱力した上がっくりと項垂《うなだ》れていたら、自分を抱く人がふふふ、と含み笑いを漏《も》らした。

「まあね。でももう解除したから、これからは自然に任せるままだよ。サエが望むならまたかけることもできるけど、どうしたい？　後手になって悪いけど。まあ、魔導師は元々魔力を宿しているせいでできにくいらしいんだが、今回のでできてたらそれはもう運命ってことで」

にっこり、と笑って恐ろしい新情報を暴露する夫に、もう今更だな、と溜息をつく。

ここ最近、あたしの初耳学が膨大に増えています。辞書でも作ろうかしら。書いたところで使い道はないけれど。

「できにくいとかあるんですね。でもクレイヴなら、色んな意味で突き抜けてきそうです。物理的な意味ではなく」

規格外な夫なら、魔導師達の常識を覆《くつがえ》しても不思議ではないと、結構本気で思う。

「あはは、妻に評価してもらえて、俺も嬉しいよ」

褒《ほ》めているとは言い難い言葉に、けれど夫は本当に嬉しそうに破顔した。

まるで子供みたいだ。だけどそれが可愛くて、そして愛おしい。

クレイヴと夫婦になった時、漠然といつかは子供ができるもの、もしくはできなくとも、とりあえず共に生きていけたらと思っていたけれど……

クレイ君の顔がふっと脳裏に浮かんだ。

彼にいつか会えるなら、勿論頑張れるだけ頑張りたい。それは本音だし願いでもある。

しかしそれは別として、ただ子供が好きかと聞かれると、たぶん元の世界にいた頃のあたしなら「わからない」と答えていただろう。道端で出会う子供や赤子はまあ可愛いと思う。好きというよりかは、無事に大きくおなりよ、というどこか親戚めいた感覚に近いかもしれない。

だけど自分が実際育てるとなると、どんな風に感じるのか未知の世界だからだ。

実母との関係性があまり良くなかったことにも、起因しているのかもしれない。

だけど、クレイヴとの子供なら、素直に見てみたいし、欲しいと思える。

それにあたしには、身近な先輩だって傍にいる。

時にはちゃめちゃで、毒きのこ両手に追いかけてくるような人だけど。

それも、異世界から転移してきた不安定なあたしという存在のバランスを取るためだったのだと、さっきクレイヴに聞いた。

戦争と言いながら、実は優しい心遣いをしてくれる姑であることも、夫が不在の間にとうに気付いていていた。私は美魔女よ！　と豪語するあの人に小さな孫を抱かせたら、一体どんな顔をしてくれるだろう。

「そうですね……このまま、自然のままにいきましょう。先の話にはなりますが、お義母様がお婆ちゃんって言われてどうするか、あたしも楽しみなので」

あたしの返答に笑みを濃くした夫が、そっと唇を寄せてくる。

それに応じながら、あたしは未来へのもう一つの楽しみを見つけていた。

……もしも子供が生まれたら。

お義母様のことだから、きっと孫フィーバーとかも起こすだろう。

そうなったらまた——と想像するあたしの耳に、いつかも聞いた開戦の合図が、聞こえた気がした。

——そうして、一ヶ月と少しの時が過ぎ。

あたしとお義母様は、久方ぶりの対面を果たしていた。

場所は朝日の降り注ぐ食堂。鮮《あざ》やかなステンドグラスが、石畳を染める時間。

普段なら、いつもの嫁姑戦争を繰り広げている頃合である。

……が、しかし。

ずりずりずり。

ずりずりずりずり。

台所には不似合いな這いずる音が、二人分響いていた。無論、あたし達の移動音である。

春といえど石畳の上でほふく前進さながら動くのは正直しんどいものがある。お義母様なんて、今や進むのを諦め、床に突っ伏してしまっている。顔に跡がつきそうだけど。

なぜあたし達二人がこんな状態になっているのか。理由はただ一つ。

立たないのだ。本気で。足腰が。

悲鳴を上げるどころか死んでいる。回復魔術を所望しても、それを施行できる人物達自身にこうされたとあっては望むべくもない。

「回復しちゃう？　じゃあもう一回頑張れる？」という爽《さわ》やかで恐ろしい笑顔を前に、あたし達に果たして退路があったと言えただろうか。いや、宣言しよう。あれは逃走不可能な案件である!!

ぬあああ腰が……っ！　腰から下の感覚が……っ！

脱力通り越して下半身が異世界だ。感覚どこいった。

もうやだ。恥ずかしくて死ねる。

「だから言ったのニャ～自業自得だニャ」

「本当よネー」

そんなあたし達を、テーブルに腰かけた二匹の獣魔が呆れながら眺める。

きっかり一ヶ月過ぎて帰ってきた黒猫と銀狼の獣魔達は、バカンスを終えたみたいなすっきりした顔で普段の生活に戻っていた。

おのれ……あたし達を見捨てた薄情獣魔め……っ！

って、それどころではなくてっ！

「お、お義母様……！」

床の上でぜえはあ荒い息を繰り返し、なんとか声を絞り出す。

一言喋《しゃべ》るだけで、生命力をごっそり失った気がした。

「な、何かしらサエさん……っ！」

お義母様もまた、あたしと同じように息切れしつつ、やっと返事を吐き出している。

「今日のところはっ、休戦といきませんか……！」

「い、異論はないわ……!!」

あたしの提案に、お義母様が待ってましたとばかりに首をぶんぶん振って了承する。

二人の思いは、一つだった。

「魔導師って体力ないのが鉄板じゃなかったんですか……っ!! 何なんですか回復魔術って……っ! 無限バイア○ラじゃあるまいに……っ」

「研究ばっかしてるくせに、どうしてああ持続力が高いのよ……っ私が、妻がいくつだと思ってるのあの研究オタク……っ! 引き込もり過ぎて時間が止まってるんじゃないかしら……っ!?」

お義母様とあたしは、ゾンビのようにげっそりしつつ、床でぼそぼそ夫に対する文句を言い募る。

うん。とっても悲しいです。お義母様なんてちょっと泣いてる。ヴルガお義父様が帰った途端、義母の涙が増えてます。救いの手を差し伸べようにも、むしろこちらにも必要です。どうしろと。

「もう一度逃げてみますかお義母様……今夜も下手すりゃまずいですよ……!」

「奇遇ねサエさん……っ! 私もそう思っていたところよ……! 体力が回復次第、荷造りして身を隠しましょう……っ!」

「んなことして、どうせ捕まるのに無駄ニャ」

「むしろもっと酷い目に遭っても知らないわヨ」

あたし達の一抹《いちまつ》の希望に、パロウとネイが残酷な水を差す。

「「貴女達は黙っててっ!!」」

それにお義母様と同時に言い返しながら、あたしはお義母様と一緒にこつこつと響いてくる恐怖の夫達の足音を聞いていた。

どうやら嫁姑戦争は、本日は休戦の模様である。

「あ、そうだお義母様」

「何よサエさん」

二人一緒に夫から逃げながら、あたしは前を走るお義母様に声をかけた。

お義母様からは、あたしの顔は見えていない。それをわかっていて、口にした。

「ありがとうございました。あの時、二度も庇ってくれて」

「……？　なっ……！」

一瞬訝《いぶか》しむ素振りを見せたお義母様が、すぐに慌てた声を出す。

それを聞いて、あたしの笑みが深くなった。

「あの後、お互いすぐに強制連行されたせいで、言えてなかったですからね。お義母様に二度も庇ってもらったお礼」

「なななななっ」

一度目は、少女を助けた時だった。ミシェーラに利用された少女が攻撃をしかけてきた際に、お義母様はあたしをその場から逃がした。自分のドレスを穴だらけにしてまで。

二度目は、ミシェーラ自身と対峙した時だった。

普段は嫁姑戦争なんて言ってお互いやり合っているのに、危ない時はちゃんと助けてくれる。

甘やかさず、かといって放置もしない、お義母様はとても格好良い女性だと思う。

「あっ……貴女馬鹿なのっ……!?　サエさんはクレイヴの、息子の嫁なのよっ!?　で!!　私は義理の母!!　つ、つまり……っ」

「つまり？」

「あ、貴女は私の義理の娘なんだからっ!!　親が子を守るのは当たり前でしょうっ!!　恥ずかしいこと言わせないでよおおおっ!!」

恐らく真っ赤になっているだろう顔を見せまいと、より速く走り出した姑の後を追いながら、あたしは口を開けて笑った。

あたしは、この異世界に来て。

愛しい夫だけでなく、どうやら優しい姑《はは》を含めた家族までも、まとめて得たようである。


異世界にある、皇国ティレファス。

日本で本﨑紗江と呼ばれていたあたしの今の名は、サエ＝オルダイア。

オルダイア家の嫁であり、そして愛しい夫クレイヴに大切にされ過ぎている……妻である。

この数年後、青い花で花輪を作るのがとても上手な男の子がオルダイア家に生まれ、その上、その子が「今世はお前に譲ってやるよ。だけど来世は僕の番だ」と父親に言ったとか、言わなかったとか——それはまた、先の話。

新感覚ファンタジー

RB レジーナ文庫

イケメン旦那様の執着愛!?

レジーナブックス Regina

勘違い妻は騎士隊長に愛される。

更紗　イラスト：soutome

価格：本体 640 円＋税

騎士隊長様と政略結婚をした伯爵令嬢レオノーラ。外聞もあって、猫を被り退屈に過ごす彼女のもとへある日、旦那様の元恋人という美女がやって来た！　離縁しろと言う彼女に、鬱屈していたレオノーラは「よしきた！」とばかりに同意する。そして旦那様にうきうきで離縁を持ちかけたところ、彼が驚きの変化を見せて――!?
暴走がち令嬢と不器用騎士の、すれ違いラブファンタジー！

詳しくは公式サイトにてご確認ください

http://www.regina-books.com/

携帯サイトはこちらから！

この作品に対する皆様のご意見・ご感想をお待ちしております。

おハガキ・お手紙は以下の宛先にお送りください。

【宛先】

〒150-6005 東京都渋谷区恵比寿4-20-3 恵比寿ｶﾞｰﾃﾞﾝﾌﾟﾚｲｽﾀﾜｰ 5F
（株）アルファポリス　書籍感想係

メールフォームでのご意見・ご感想は右のＱＲコードから、
あるいは以下のワードで検索をかけてください。

アルファポリス　書籍の感想　検索

ご感想はこちらから

嫁姑戦争《よめしゅうとめせんそう》in 異世界《いせかい》！

更紗（さらさ）

2019年 7月 5日初版発行

編集－反田理美
編集長－太田鉄平
発行者－梶本雄介
発行所－株式会社アルファポリス
〒150-6005 東京都渋谷区恵比寿4-20-3 恵比寿ｶﾞｰﾃﾞﾝﾌﾟﾚｲｽﾀﾜｰ5F
TEL 03-6277-1601（営業）　03-6277-1602（編集）
URL http://www.alphapolis.co.jp/
発売元－株式会社星雲社
〒112-0005東京都文京区水道1-3-30
TEL 03-3868-3275
装丁・本文イラスト－泉美テイヌ
装丁デザイン－AFTERGLOW
（レーベルフォーマットデザイン－ansyyqdesign）
印刷－中央精版印刷株式会社

価格はカバーに表示されてあります。

落丁乱丁の場合はアルファポリスまでご連絡ください。

送料は小社負担でお取り替えします。


ISBN978-4-434-26145-9 C0093